MånPocket

JAN MÅRTENSON

Mord i Venedig

EN HOMANDECKARE

MånPocket

Omslag av Pia Forsberg
Omslagsvinjett: från Botticellis "Våren"
© Jan Mårtenson 1989

Denna MånPocket är utgiven enligt överenskommelse
med Wahlström & Widstrand, Stockholm

Tryckt i Norge hos
Aktietrykkeriet i Trondhjem 1990

ISBN 91-7642-565-7

Kapitel I

Litet könlöst, tänkte jag och såg på det lilla glaset som stod på armstödet bredvid mig i flygplansfåtöljen. Som att kyssa sin syster ungefär. En vattnig Dry Martini där två små iskuber skvalpade omkring, ett litet grönt plastspett med två oliver uppträdda och en gul bit citronskal emellan. Nej, själv var bäste dräng också när det gällde drinkar. Ett stort, generöst glas skulle det vara. Fyllt till randen med isbitar. Vit, torr Vermouth över dem, Martini Rossi, men där är jag mera frikostig nuförtiden, kanske har det med växande ålder och visdom att göra. Och så gin, fast inte för mycket. En fjärilslätt, lövtunn, guldgul bit citronskal blir pricken över i:et.

Men jag skulle inte klaga. Det hade varit en bra dag affärsmässigt sett och det var ett konstaterande som jag tyvärr inte kunde göra varje kväll. I min antikaffär på Köpmangatan i Gamla stan kan det gå veckor utan att jag får sälja någon större sak. Men räntekostnaderna ligger där och tickar oberoende av det. Hyra och el och många andra läckande kranar dränerar min ekonomi utan hänsyn till tillgången på kunder. Och staten skulle som alltid ha sitt. Skatt och moms.

Under mig försvann Nordtyskland i molnslöjor och dimmor. Genom revor i molntäcket blänkte små gula ljusstjärnor nere i det blånande mörkret och en trygg kaptensröst knastrade på tyska genom högtalarsystemet, talade om ankomsttider och vädret på Arlanda.

Min resa hade varit originell på två sätt. Jag hade flugit ner till

5

Frankfurt, men aldrig lämnat flygplatsområdet under mina tjugo-fyra timmar, och anledningen till resan var Napoleon Bonaparte, fransmännens kejsare. Och en av mina bästa kunder förstås. Advokaten och miljonären Stig Berglind. Hans stora intresse i livet, passion snarare, var Napoleon. Allt visste han, allt hade han läst och ingen kunde slå honom på fingrarna när det gällde korsikanen som intog den franska kejsartron han själv kreerat.

Stigs intresse tog sig konkreta uttryck också. I den stora Saltsjö-badsvillan hade han en samling napoleoniana som måste vara den största i Sverige. Allt han kunde komma över som hade någon anknytning till Napoleon köpte han. Tavlor, möbler, böcker. Allt. Gamla uniformspersedlar, regementsfanor, brev. Kvaliteten varierade och allt var väl inte "äkta" i betydelsen att det ägts av Napoleon eller haft något närmare samröre med honom, men samlingarna var imponerande och värdet mycket stort i pengar räknat. Jag var en av hans många kontakter. Ofta kom han in i min affär för att leta och fråga. Och ibland hade jag tur och kunde hitta någonting åt honom under mina auktionsresor ute i Sverige. I Stockholm också för den delen, inte minst när det gällde föremål och dokument med anknytning till Karl XIV Johan som ju var marskalk av Frankrike och stred under Napoleons fanor innan han blev Sveriges kronprins och kung.

För någon vecka sedan hade Stig Berglind ringt mig och frågat om jag kunde flyga ner till Frankfurt över en dag och bevaka en del objekt åt honom. På Sheratonhotellet vid flygplatsen skulle en stor auktion hållas på föremål med anknytning till Napoleon, bland annat hans tandborste i silver med monogram. Själv hade han inte tid att åka, men kunde jag? Och det kunde jag naturligtvis. Det är en del av charmen med att vara ensamstående egenföretagare. Att man kan disponera sin tid med större flexibilitet än i normala nio-till-fem-jobb. Min sambo, den vackra, blåmaskade siamesdamen Cléo de Mérode, gick det heller inte någon nöd på. Under mina utflykter inackorderades hon hos mitt faktotum och allt i allo Ellen Andersson i elvan, Köpmangatan 11. Varannan dag kommer hon. Städar, handlar och lagar mat. Cléo älskar henne. Och det är ett ömsesidigt förhållande.

Någon dag senare hade Stig Berglind kommit hem till mig efter stängningsdags, och över en kopp kaffe framför den öppna spisen i min våning högst upp över Sankt Göran och draken på Köpmantorget hade vi gått igenom den vackra, illustrerade auktionskatalogen.

– Tandborsten ger jag fan i, sa Stig och sände ut ett blåvitt moln från sin Ritmeester Ones, men den där tallriken med Napoleons vapen som kung av Italien får du fixa. Sen finns det en rysk gulddosa där på sidan tretton med porträtt av dom allierade mot Napoleon. Den får du också plocka med om den inte ramlar iväg för högt förstås.

– Det där kartetuiet då?

Jag pekade på en sida längre bak i katalogen som han inte hade sett. Ett magnifikt kartetui som tillhört Joachim Murat, inte bara kejserlig marskalk utan också kung av Neapel.

– Smakar ändå karl, som gumman sa när hon kysste tuppen, log han. Inte riktigt Napoleon, men nästan.

– Ganska mycket tycker jag. Det var ju Napoleon som gjorde honom till kung, eller hur?

– Okej. Kör till. Och hittar du nånting annat som du tycker att jag kan ha glädje av så genera dig inte.

– Det påminner mig om en historia, sa jag. Om den där amerikanska turisten i Italien efter kriget som skulle ge dricks. Men han hade händerna fulla med sin frus paket så han sa till piccolon som höll upp hotelldörren: Ta för dig ur min högra kavajficka tills du rodnar.

– Nu förstår jag inte riktigt.

– Priset. Hur långt kan jag hänga med? Tills jag rodnar, eller har du något tak?

Tak hade han naturligtvis haft och med noggranna instruktioner hade jag tagit eftermiddagsplanet ner nästa dag och ätit en sen middag på hotellet efter visningen i den välbevakade bankettsalen.

Någon rysk gulddosa räckte inte mina ekonomiska ramar till för, men porslinstallriken med det italienska vapnet ropade jag in litet under vad jag hade kunnat gå upp till, liksom en elegant gravyr med kejsarens katafalk. En vinkaraff ur en av Napoleons reseserviser fick jag också med i handbagaget efter en intensiv närkamp med en tjock schweizare från Bern och en fransk antikhandlare från Lyon. Annars var tyskarna aktivast, medan amerikanarna var tunnsådda. Det var väl en konsekvens av dollarns fall. Amerikanska antikhandlare hade haft sin guldålder när dollarn stod i långt över nio kronor. Och själv gick jag inte lottlös ur kampen. En liten miniatyr fick jag med mig hem, ett litet porträtt av Gustav II Adolf, målat 1632, samma år som kungen stupade vid Lützen. Studenterna i Upsala hade väl slutat med sina fackeltåg på dödsdagen och skolbarnen i Göteborg åt kanske inte längre bakelser med hjältekungens bild i choklad, men det var ett fint litet objekt och köpare skulle det inte bli svårt att hitta. Fast först skulle jag njuta av det hemma i min våning. Det är en av mina många dåliga sidor som antikhandlare. Jag har inte hjärta att sälja mina bästa saker. Kommer jag över någonting vackert och exklusivt blir det gärna kvar hos mig, jag har svårt att avstå det. Särskilt bra för affärerna och ekonomin är det ju förstås inte, men trots allt är pengar inte allt här i världen.

Flygvärdinnan avbröt mitt filosoferande, log tandvitt mot mig, ställde ner plastbrickan med middagen, och öppnade den lilla kvartsflaskan med röd bordeaux. Eftersom det var Business Class jag åkte hade jag fått en elegant liten matsedel. Men som alltid var steget långt mellan illusion och realitet. De välsvarvade franska köstermerna materialiserades i form av en grådaskig biff med några urkokta morotsbitar, en handfull torra, gröna ärtor och ett par klickar potatisgratäng, hårda utanpå och sega invändigt. En dallrig citronpudding var dessert och förrättens salta laxskiva gjorde mig inte gladare.

När jag bad om ett glas mineralvatten såg jag bort mot passageraren på andra sidan mittgången. Han hade brett ut sig. Lagt en attachéväska på ett av de tre sätena och tidningar på det andra. Snabbt och koncentrerat åt han, som om han gick till angrepp mot sin middag, attackerade den. Glasögonen satt uppskjutna i pan-

8

nan och näsan var markerad, som en rovfågelsnäbb nästan i det magra ansiktet.

Det var som om han kände på sig att jag studerade honom. Han lade ner kniv och gaffel, tog upp vinflaskan och såg på mig med en irriterad rynka mellan ögonbrynen, som om jag trängde mig på i hans middag. Och det gjorde jag ju på sätt och vis.

– Anders, sa jag tvärs över gången och lutade mig fram. Anders von Laudern!

Han såg förvånat på mig. Och nu var rynkan mellan ögonbrynen borta och skrattet tillbaka i de blå ögonen. Den slitna trumpenheten över munnen försvann. En vision av ett yngre ansikte kom för mig. Ett rundare, friskare, gladare ansikte med ett stort, generöst leende. Ljusblå, skrattande ögon. Solbränna, fräknar över näsan. Solblekt linlugg. Tidiga morgnar med duvskytte i augusti, sena kvällar med förbjuden kräftfångst i ficklampors sken. Den första cigarretten, det första glaset. Så illa vi mådde nästa dag!

– Det kan du ge dig fan på att det är. Och där sitter Johan Kristian Homan i egen hög person. Kom över för helvete.

Den gamla damen i sätet framför mig vände sig om och såg förebrående på honom, störd av hans gudlösa tal mitt i hennes kaloridrypande citronpudding, men det bekom honom inte.

En jäktad flygvärdinna befriade mig från min bricka och jag installerade mig med min kaffekopp och mitt konjaksglas i sätet bredvid honom.

Äldre hade han naturligtvis blivit, liksom jag själv, men åren hade inte varit ovänliga mot honom. Hårfästet hade gått i höjden och håret hade både grånat och tunnats ur, men leendet och blicken fanns kvar. De muntra, respektlösa ögonen.

– Var ska vi börja? sa han och höjde sitt glas. Fan, var det tjugo år sen vi sågs sist?

– Inte riktigt. Vi sprang ju på varandra i Harrys bar i Venedig förra sommaren. Fast det räknas inte.

– Javisst katten. Jag var där på ett konstseminarium och skulle på middag sen när du dök upp.

9

– Precis. Men tack för hjälpen i alla fall.

Frågande såg han på mig.

– Med snickaren. Leonardo Pici. Den där gamla farbrorn som du rekommenderade, han som gör "nya" antikviteter.

– Javisst ja. Det är ju roligt om du kan ha glädje av honom. Han har renoverat en del prylar åt oss på museet. Bara du inte säljer hans kopior som äkta. Anders log.

– Tvärtom. Hans möbler går som smör i solsken. Och mitt argument är just att dom är kopior. Lika vackra som originalen, i mycket bättre skick och mycket, mycket billigare.

– Fröken. Anders avbröt mig, vinkade til! en flygvärdinna som kom förbi.

– Ge Doktor Homan och mig varsin konjak till, bitte.

– Tack för utnämningen, sa jag. Men det är falsk varubeteckning.

– Inte alls. På kontinenten är alla doktor som har slips och avlagt realexamen. Han log och höjde sitt glas.

Anders von Laudern hade varit min bäste vän under skoltiden. Min första vän egentligen. I Viby socken i Närke, några mil sydväst om Örebro, hade min pappa varit kontraktsprost och jag växte upp i en stor, röd prästgård från 1700-talet, mitt i en stor trädgård som sluttade ner mot sjön. Mitt emot, över vattenspegeln, låg en gammal herrgård, högt bland lummiga ekar. Där bodde traktens ståndsperson, den pensionerade översten Georg von Laudern. Trots sin militära bakgrund var han mer av bohem och konstnär än hårdför krigare. Sin ekonomi skötte han med gudomligt lättsinne, slösade pengar på sin familj när de flöt in med skördeintäkterna och drog däremellan åt svångremmen. Det berättades på trakten, att när räkningarna kom så öppnade han dem aldrig, rev bara av ena hörnet på kuverten och satte det på näsan som skydd mot solen. Musikalisk var han också, och när vinden låg åt rätt håll kunde man höra honom spela Chopin för öppet fönster om sommaren. Revolutionsetyd och nostalgiska nocturner drev fram över vattnet för kvällsvinden. Jordbruket var han mindre intresserad av, men han drog sig fram med hjälp av en gammal inspektor och en lagårdskarl för korna.

Anders och jag hängde ihop som ler och långhalm genom folkskolan, den lilla B-skolan vid kyrkan där flera klasser undervisades samtidigt i samma rum, och genom Karolinska läroverket i Örebro där vi delade rum hos en gammal prästänka som var vår inackorderingstant. Hon var nyfiken och inte särskilt snäll, letade gärna genom våra lådor och skåp när vi var i skolan. Men det tog ett brått slut. Anders hade textat en lapp som han lade överst i sin byrålåda. Sedan dess slutade snokandet. Och jag förstod varför, för på lappen stod: "Gud ser dig, käring."

I Upsala höll vi också ihop i början. Båda läste vi konsthistoria, han med mera framgång än jag, som slutade efter några terminers studentspex och Juvenalordensaktiviteter för att slå in på en bredare väg som ledde till den fåfängans marknad som är antikhandeln.

När vi hade avhandlat Upsala, gått igenom gamla skolminnen från Örebro och Viby passerade vi Hamburg, och i höjd med Köpenhamn hade vi kartlagt gamla vänners och bekantas livsöden. Över skånska kusten, i höjd med Malmö, berättade jag om mina första, stapplande steg hos Bukowskis där jag gjort mina lärospån. Han kvitterade med ett misslyckat äktenskap och en karriär på Svenska museet där han specialiserat sig på barockkonsten efter sin doktorsavhandling om Rubens. Och nu hade han varit nere på ett seminarium i Venedig och föreläst just om Rubens.

– En fantastisk person, sa han allvarligt och skruvade av kapsylen på sin tredje konjaksflaska. För mig är han den störste. Tycke och smak ska man inte diskutera, men det är inte många som når upp till hans nivå. Och det lustiga är att han blev erkänd också av sin samtid. Det är inte alla som haft lyckan att bli det. Van Gogh fick knappt sälja en enda tavla medan han levde, men Rubens bildade skola och hyllades som en furste. Han blev ambassadör också, både i Frankrike och England. Har du sett hans hem som är museum förresten? I Antwerpen.

– Tyvärr inte.

11

– Enastående. Ett barockpalats fyllt av konst och praktmöbler. Det var ingen vindsateljé med en frysande och svältande konstnär där inte. Tvärtom.

– Jag är inte lika svag för honom, sa jag och smakade på min svarta Renault. Jag såg en utställning en gång på Metropolitan i New York. Det var furstens av Liechtenstein samlingar med hundratals kvadratmeter avklädda damer. Det var som att gå omkring i charkuteriavdelningen på gamla Arvid Nordquists. Skära, feta skinkor. Dallrande fläsk.

Anders skrattade.

– Jag håller med om att han kan verka lite överväldigande om du får för stora doser. Men ta en tavla i taget istället. Analysera, studera, jämför. Då förstår du vad jag menar.

– Jag vet, jag skojade bara. Men min läggning ligger mera åt det lite sparsmakade hållet. Jag föredrar Haupt framför överlastade franska barockbyråer. Så Rubens är inte riktigt min stil.

– På tal om Rubens. Det är en sak jag måste berätta för dig. Fast du kommer inte att tro mig och ibland gör jag det inte själv heller. Jag kanske drömde alltihop. Han tystnade, såg allvarligt på mig.

– Drömmer du om Rubens? frågade jag och sträckte fram min tomma kaffekopp mot flygvärdinnan som gick runt med sin silvriga kanna.

– Kanske, jag vet inte. Anders verkade oroad, tyngd av någonting.

– För ett tag sen vaknade jag mitt i natten i min våning av att nån lyste med en ficklampa rakt i ögonen på mig, sa han allvarligt. Två mörka skuggor stod bredvid min säng. Och en höll en pistol. Nu är det klippt, tänkte jag. Tjuvar, rånmord och allt det där.

– Om du klär på dig och kommer med oss så händer ingenting, sa den ene och den andre viftade med sin pistol. Så valet var ju inte så svårt. Sen gick vi ut till en bil. Dom hade satt en bindel för mina ögon, så jag såg inte ett dugg och själva hade dom såna där skidmössor på sig med hål för ögon och mun.

– Som bankrånare?

12

– Precis. Och vi körde väl en timme ungefär. Jag vet inte så noga. Och jag hade ingen aning om åt vilket håll vi for.

– Pratade dom med varandra?

– Låt mig berätta färdigt, sa han otåligt. Nej, dom sa ingenting medan vi åkte. När bilen stannade kom vi ut på en gårdsplan. Åtminstone klev jag på grus. Sen uppför en stentrappa och in i ett hus. Och sen uppför två trappor till. Så öppnades en dörr och jag stod inne i ett rum. Bindeln togs bort och jag kunde se mig om. Det var mörkt därinne, men på ena långväggen hängde en stor tavla som var belyst med en spotlight. Den var så stark att man egentligen inte såg nånting annat av rummet.

– Du är säker på att du inte drömde?

Han ryckte på axlarna.

– Det fantastiska var att tavlan var en Rubens. En okänd Rubenstavla.

– Hur kan du veta det?

– Jag skrev min avhandling om honom. Och jag är nån sorts världsauktoritet på Rubens. Du vet inte hur många museichefer och andra som jag har gjort besvikna genom att avslöja deras konstskatter. Ofta Rubens skola, ibland skickliga, samtida förfalskningar. Senare också. Men inte Rubens själv. Antingen har jag sett varje känd Rubenstavla med egna ögon, eller också haft tillgång till bilder och dior.

– Du undersökte alltså tavlan?

– Just det. Och det var precis vad dom ville. Att jag i detalj skulle gå igenom duken för att konstatera vem som hade målat den. Smutsig och dan var den, illa medfaren, men Rubens var konstnären. Utan nån som helst diskussion.

– Hur kan du veta att tavlan var okänd?

– Alla hans verk är katalogiserade. Men genom århundradena har många försvunnit, och en del finns bara kvar som kopior eller avbildade på kopparstick och gravyrer. Originalen förstördes vid eldsvådor eller andra olyckor. Trettioåriga kriget var en period när många stora verk försvann. Napoleonkrigen är en annan sån epok. För att inte tala om andra världskriget och nazisternas rovjakt på konst. Så det finns fortfarande möjligheter att upptäcka gamla mästare som Tizian, Michelangelo, van Dyck och Fragonard för att ta namn ur högen.

— Men hur hamnar en äkta Rubens i Stockholmstrakten?

— Inte vet jag. Kanske den kom hem hit från nån revolution eller nåt krig och hängdes undan eftersom smaken förändrades och ingen förstod hur fin den var.

— Vad föreställde den?

— Hur Judith dödade Holofernes.

— Förlåt?

— Hur står det till med din bildning? log Anders och smuttade på sin konjak. I "Judiths bok", som du hittar när du läser Apokryferna, berättas det om änkan Judith som räddar sin stad Betylua och dödar assyriernas fältherre Holofernes. Rubens älskade bibliska motiv och just det här finns bevarat på en gravyr i British Museum, men originalet har varit försvunnet. Tills nu. En ganska ruskig sak egentligen. Hon skär halsen av honom. Naken ligger han där och blodet sprutar.

— Du menar att du står där mitt i natten i ett stort rum, bortrövad av två skumma typer i bankrånarmössor och dom ber dig examinera en Rubenstavla. Att du har gjort århundradets konsthistoriska upptäckt?

— Jag vet att det låter otroligt, och ibland undrar jag om jag drömde eller inte.

— Vad hände sen?

— Jag talade om vad jag trodde. Att det var en äkta Rubens som varit försvunnen sen början av 1600-talet. Han målade den i Italien 1608 och tog den med sig till Antwerpen. Sen dess vet ingen vart den tog vägen. Tills nu. Då satte dom på mig bindeln och körde tillbaka till stan.

— Sa dom ingenting till dig?

— Att jag skulle dö om jag berättade nånting.

— Dö! Det var väl att ta i.

— Ja, sa han med en suck. Det låter inte riktigt klokt, men där i mörkret förstod jag att dom menade vad dom sa.

14

Jag såg på honom. Han var blek, ögonen blanka av spriten. Hur mycket hade han druckit egentligen? Hade han alkoholproblem eller måste han döva sin rädsla?

– En sak till, sa han lågt. Nästan lika surrealistisk. När jag undersökte tavlan så öppnades dörren och någon tittade in. Och jag såg hennes ansikte för hon hade inte någon mask.

– Hon?

– Dom skrek åt henne att gå ut. Dom var väl rädda för att jag skulle kunna känna igen henne.

– Gjorde du det då?

– Ja, jag kände igen henne. Jag hade sett henne förut.

– Var då?

– I Florens. Du har sett den där underbart vackra flickan som är Våren i Botticellis målning?

Jag nickade.

– Det var hon som stod i dörren. Botticellis Våren.

Kapitel II

– Du hittar en försvunnen Rubens som har varit borta sen början av 1600-talet. Samtidigt möter du en kvinna som bör vara omkring femhundra år gammal. Och runtomkring dig har du maskerade gangsters som ska döda dig om du berättar nånting. Det verkar lite mycket på en gång.

– Jag vet att det låter fantastiskt, sa Anders trött. Det är inte klokt helt enkelt.

– Du är säker på att du inte drömde? Om du tänker efter. Du är expert på Rubens, och innerst inne vill du göra en vetenskaplig sensation med en nyupptäckt målning. Och sen det där med kvinnan som skär halsen av Holofernes. Blodet sprutar, blanka knivar. Mörker och maskerade män. En underskön kvinna. Freud skulle få ut mycket av det.

Men Anders skrattade inte, snurrade sin konjakskupa mellan de långa, känsliga fingrarna. Han har händer som en violinist, tänkte jag. Eller pianist kanske. Jag såg på honom. Det veka, känsliga ansiktet. De stora, blå ögonen. Anders hade alltid varit en fantasimänniska, levt i sin egen värld. Men det här verkade alldeles för fantastiskt.

– Hur har du det med flaskan? försökte jag skämta. Det var inte så att du hade tagit dig några järn på kvällen och sen gått och lagt dig? Ätit nånting svårsmält kanske. Med en sömntablett ovanpå kan man drömma vad som helst.

Anders skakade på huvudet.

– Tyvärr inte. Då hade det varit enklare att förklara. Men det var faktiskt så det gick till, även om det verkar otroligt. Och jag kan bara komma på en lösning.

– Vad skulle det vara?

– Eftersom tavlan inte finns officiellt och har varit borta i mer än trehundra år så måste ägaren ha utgått från att det är en kopia eller målad av nån annan än Rubens. Att den var i dåligt skick bidrog naturligtvis.

– Varför tror du det?

– Du ska väl inte inbilla dig att en duk av Rubens skulle kunna hänga anonymt nånstans i Sverige? Det vore en världssensation i konstkretsar om den dök upp. Och om den funnits där från början, så hade den varit välkänd för alla konsthistoriker och experter och förmodligen såld till Amerika för länge sen.

– Jag förstår. Du menar alltså att ägaren skulle kidnappa dig mitt i natten och under dödshot förhindra dig att berätta vad du sett? Hade det inte varit enklare att be dig komma på kontorstid?

– Om det nu var ägaren. Anta istället att nån har sett tavlan och misstänkt vad det var frågan om. En äkta Rubens skulle gå för många, många miljoner om den bjöds ut. Men han ville inte ha den bedömd av en expert, för då skulle sanningen komma fram och han kan inte göra sitt klipp. I stället tar han dit en expert, mig alltså, och gör det på ett sånt sätt att jag inte kan identifiera vare sig honom eller platsen. Dessutom försöker han skrämma mig så att jag ska hålla tyst.

– Då fattar jag. När han har fått klartecken att tavlan är äkta, så kan han köpa den billigt och sen sälja den utomlands.

– Jag vet inte, men det verkar vara den enda logiska förklaringen. Det kan inte ha varit ägaren som gjorde det, för då skulle han inte behövt hålla på med den där maskeraden. Det måste vara nån annan. Och motivet är i så fall pengar. Att tavlan skulle köpas billigt som en kopia och sen säljas till en japansk eller amerikansk samlare.

– Det finns en hake förstås, sa jag och sträckte min tomma kaffekopp till flygvärdinnan och fick en chokladbit ur hennes ask i utbyte. Och det skulle vara, att när bomben exploderade, när

17

tavlan såldes på auktion i London eller Paris, så skulle hemligheten vara ute och du skulle störta dig på telefon och ringa närmaste polisstation och tala om vad som hade hänt dig.

– Det är logiskt, höll han med. Och det är väl därför dom hotade mig. Jag skulle dö om jag berättade. Han log, men det var inte något glatt leende.

– Har du gjort det då? Berättat för nån annan?

– Nej. Bara för dig. Det är en så osannolik historia att ingen skulle tro mig. Men jag känner dig sen vi var fyra–fem år gamla. Och jag har hört att du har varit inblandad i alla möjliga mordhistorier. Ja, på rätt sida av gallret förstås. Han log, litet gladare nu. Så när jag träffade dig nu så ville jag berätta. Jag vill att nån ska veta, om det skulle hända mig nånting.

– Okej, sa jag. Den dag jag läser om att ett okänt mästerverk av Rubens har sålts för tvåhundra miljoner, så ska jag komma hem till dig och hålla vakt vid dörren.

Men Anders skrattade inte. Satt tyst och såg ut i mörkret genom det rundade fönstret.

Långt därnere rullade Smålands skogar fram och vi bytte samtalsämne, kom in på framtid och karriär

– Vad mig beträffar är det kört, sa jag och fällde tillbaka stolsryggen. Inte ens min trebetygsuppsats om Fahlcrantz fick jag klar innan jag stack från Upsala. Då har du det bättre förspänt. För mig återstår bara två evenemang i livet. Folkpensionen och döden. Jag säger som den gamle biskopen i Karlstad. Efter storkorset av Nordstjärnan och den första hjärnblödningen finns det ingenting att se fram emot. Och nu sen dom har avskaffat ordnarna finns inte ens det nöjet kvar. Inte för att jag skulle få nån, men ändå.

– Jag håller inte med dig. Anders log. Egentligen är jag lite avundsjuk på dig. Fri som fågeln. Du har din antikaffär. Köper och säljer. Du stänger när du vill. Åker på trevliga auktioner. Går och kommer som du tycker. Själv sitter jag inlåst i mina moduler och plitar på alla möjliga rapporter och promemorior. En massa administration och MBL och allt vad det heter. Forskningen kommer i kläm, man hinner knappt med. Du ska vara glad att du inte har några anställda.

– Du får det att låta romantiskt och äventyrligt. Fri som fågeln! Verkligheten är inte lika glamourös, tyvärr. Det är ett helsicke att få tag på bra grejor nu. Det är ett väldigt sug efter bra saker och varenda börsklippare och fastighetsmatador ska ha sina statusprylar från 1700-talet hemma i vindsvåningarna på Östermalm. Enklare handlare som jag hinner inte med i svängarna. Vi har helt enkelt inte resurserna. Sen är jag dålig yrkesman. Kan inte sälja riktigt bra prylar. Har dom hemma istället. Fast är du inte lite blygsam när du beskriver dig själv? Jag tyckte jag såg nån blänkare nånstans om att du är på tal som ny chef för Svenska museet.

Då skrattade Anders von Laudern för första gången den där kvällen. Så såg han på mig.

– Allt som är tryckt är sant, eller hur? Allt som står i tidningarna måste man tro på. Men skämt åsido, så ligger det nån sanning bakom för en gångs skull. Lundman går i höst, och det finns en handfull kandidater som efterträdare. Jag är en. Och ärligt talat så tror jag nog att jag ligger hyggligt till. Jag har ju varit hans ställföreträdare i flera år, och är den på museet som har flest tjänsteår. Och mina akademiska meriter är det inte många som slår. Det låter lite stöddigt kanske, sa han urskuldande, men faktum kvarstår. Rent objektivt alltså. Fast allting flyter och allting kan hända. Det finns både politik och akademiskt rävspel med i bilden. Och det är en livsfarlig kombination. Så den som lever får se. Skål.

När jag kom ut i den stora Saltsjöbadsvillan nästa dag fick jag beröm av min napoleonsamlande uppdragsgivare. Och det är alltid trevligt. Ingen älskar kritik, speciellt inte när man har anförtrotts delikata inropsuppdrag. Det är mycket pengar som är inblandade och tycke och smak överensstämmer inte alltid hos båda parter. Men i det här fallet stämde det och priset hade han ingenting att anmärka på, tvärtom. Stolt förevisade han sitt senaste fynd, en stor silvertallrik som tillhört Napoleons fältservis och tagits som krigsbyte vid Waterloo.

19

– Hur kan du veta det? frågade jag. Tallrik som tallrik.

– Jag köper ingen gris i säcken, log Stig och vände på den tunga tallriken i solitt silver. Han visade en inskription på baksidan. I snirkliga bokstäver berättade texten att en engelsk löjtnant fått tallriken av Wellington själv efter slaget "för utomordentlig tapperhet".

– Grattis, sa jag, men ville inte säga att vem som helst egentligen hade kunnat göra inskriften. Att det kanske fanns en industri i napoleoniana. Alla behöver vi våra illusioner, och om han var lycklig så var jag nöjd. Förresten var Stig så kunnig att han säkert hade fått valuta för pengarna.

– Fast du vet väl att Napoleon inte satt särskilt väl till bords. Han var för otålig och en normal middag fick inte ta mer än sju minuter.

– Vilken barbar, sa jag. Men så gick det som det gick också.

Så var jag tillbaka i vardagens bestyr igen. Gick och plockade i min affär, satt på auktioner, förhandlade med dödsbon och gamla damer som ville sälja allt från nygjorda sängkammarskåp till rangliga barockstolar med sprucken gyllenläderskslädsel.

Jag fick nya leveranser också, från min hovleverantör i Venedig, Leonardo Pici. Han har en liten, exklusiv verkstad där han gör "nya" antikviteter och restaurerar gamla. Men jag är helt ärlig. Jag säljer dem som nya, redovisar öppet och ärligt och priserna blir därefter. De är oerhört skickligt gjorda och inte förrän man drar ut lådorna i skrivbord och rokokobyråer ser man på trä och teknik att möbeln inte är tvåhundra år gammal. Och alla blir nöjda. Kunden som får ett vackert matsalsskåp eller ett skrivbord i rokoko från Ludvig XV:s epok, jag som säljer och Leonardo och hans personal. Det var faktiskt Anders förtjänst, och det hade jag påmint honom om på planet. Jag hade rest till Milano för en antikmässa, men flygplatsen var stängd på grund av dimma och vi hamnade i Venedig istället. På kvällen flanerade jag omkring i de smala gränderna och stannade till på Harrys bar, världsberömd för sina Dry Martinis. Hemingway och Orson Welles var borta men där hade jag stött ihop med Anders von Laudern som tog med mig till en antikhandlare som jag bara "måste" träffa. Och det var Leonardo Pici, en kortvuxen, brunögd och vänlig gammal farbror, som var mycket intresserad av att göra affärer med Sverige. Nästa dag kom jag igen, det ena gav det andra och nu har jag importerat möbler från honom sedan något år tillbaka. Inte i någon stor omfattning, det räcker varken hans eller mina resurser till för, men jag har alltid någonting att visa upp i min affär, och då och då reser jag till Venedig när andan faller på, när jag behöver komma bort några dagar.

Mitt samvete blir desto lättare när jag sneglar mot min bokföring. För jag reser faktiskt i tjänsten, åker ner för att träffa mina affärskontakter. Så både flygbiljett och hotellrum är avdragsgilla. Fast den riktiga orsaken kan jag förstås inte sätta upp i kassaböckerna. Att få ett reningsbad för själen. Att gå omkring i den unika, historiska miljön, där tiden har stannat upp sedan dogernas tid. Att sitta på Markusplatsen när skymningen faller, att glida i svarta gondoler över kanalernas mörka vattenytor.

Och affärerna med de italienska stilmöblerna gick bara bättre och bättre. I början hade det varit litet trögt, men sedan en tid hade de försvunnit nästan samma dag de kommit. Egentligen borde jag ta hem mer, tänkte jag, när jag stod ute i mitt trånga kontor bakom affären och klippte snören och drog wellpapp från en väl emballerad liten byrå i pösig barock som just hade kommit. Enda anledningen att ta det litet försiktigt var utrymmesbristen. De två rummen ut mot Köpmangatan var inte särskilt stora, och ett skåp och några byråar tog plats. Fast försvann de i samma takt som hittills var risken kanske inte så stor att jag skulle bli inklämd bland osålda möbler.

Byrån var inte större än att jag kunde hantera den ensam, och pustande släpade jag upp den i ett av de båda skyltfönstren. Ett mörkblått sammetstyg under byrån kontrasterade effektfullt mot det skimrande träets mättade honungsfärg, och på skivan satte jag en silverterrin mellan två barockljusstakar. Ute på gatan såg jag in på mitt verk. Det gick mot stängningsdags och sommarsolen hade sjunkit ner bakom de höga husfasaderna längs den smala gatan,

21

men jag kompenserade med två små sidolampor som belyste byrån från olika håll. Silvret blänkte, träet levde under det milda ljuset. Ute på gatan, genom fönstret och i det förföriska ljuset, såg man inte att Leonardo Pici var mästaren. Bilden i fönstret gav illusion av månghundraårig barock, och byrån skulle inte skämmas för sig i vilken Strandvägsvåning som helst. Och jag var inte ensam i min bedömning. Ett äldre par hade stannat upp bredvid mig.

– En sån förtjusande byrå, sa hon och han höll med. Om vi skulle gå in och fråga vad den kostar?

De gick in genom dörren som jag ställt öppen och såg förvånade på mig när jag följde efter.

– Jag stod just och beundrade den själv. Byrån kom upp i fönstret för fem minuter sen. Det är därför den inte är såld än, skämtade jag.

Hon log bakom runda glasögon, såg ut som en klok uggla, och de gick fram till fönstret. Med en viss möda fick jag ner byrån på golvet.

– Den ser gammal ut, men är faktiskt ganska ny. Jag har en kontakt i Venedig, en oerhört skicklig gammal hantverkare som gör den här sortens saker för hand. Därför får jag inte in särskilt många. Och alla är olika. Det är inte nån serieproduktion.

De lyssnade intresserat, han drog ut en låda, tittade i botten och konstaterade belåtet hur skickligt och omsorgsfullt sidorna var hopfogade. Hon satte sig på huk framför byrån och lät handen smeksamt glida över det sidenblänkande, buktiga träet.

– Vi letar faktiskt efter en lysningspresent åt vår dotter, förklarade mannen, som såg ut som en pensionerad major, och log. Vi har gått omkring och sett oss om ganska länge, men vi har inte hittat nånting som vi har tyckt särskilt mycket om. Litet bättre möbler har blivit så fruktansvärt dyra dessutom. Bukowskis och Beijers och allt vad dom heter har ju fått upp priserna på såna nivåer att vanligt folk inte kan hänga med längre. Men den här gillar vi.

En stund senare gick de, nöjda och belåtna. Det var jag också.

Det är inte varje dag omsättningen går så snabbt. Ibland kan det ta månader och år innan man blir av med en sak, idag hade det gått på en halvtimme. Och alla hade gjort en god affär, inte minst köparna. För kvaliteten var fantastisk. Minutiöst hade Leonardos hantverkare kopierat originalet under hans vakande ögon och priset var inte högt om man betänkte arbetet och mödan de lagt ner. Om någon generation skulle det inte längre vara möjligt att få tag i den sortens hantverkare. De var ett utdöende släkte.

Jag gick ut i mitt lilla kontor, bakom den indiska schalen som hänger i dörröppningen mot affären, och satt just och plockade med min bokföring när den lilla kamelklockan från Tibet pinglade ovanför dörren mot gatan. Framme vid montern med ordnar och medaljer stod en man i ljus regnrock med skärpet hopknutet i midjan. Hade spännet gått sönder eller ville han verka ledigt nonchalant? Han hade mörkt hår och mörka, nästan stickande ögon i ett blekt ansikte. I fyrtioårsåldern var han och verkade litet osund i sin blekhet, trots sommarsol och friska vindar, som om han bar på en tärande sjukdom. Han hostade, satte handen för munnen. Så log han ett snabbt leende, men utan värme, mer som en konventionell gest.

— Den där byrån, sa han och pekade bort mot fönstret. Jag har faktiskt letat efter en sån i flera år.

— Tyvärr, tyvärr. Den är faktiskt såld.

— Är den såld? Häpen såg han på mig. En häpnad som var blandad med ilska.

— Ja, och det blev en snabb affär, sa jag avmätt. Jag tyckte inte att han hade någon anledning att komma in i affären och bli arg bara för att han inte fick det han pekade på. Jag hade knappt fått upp den i fönstret förrän ett par kom förbi och köpte den på stubben.

— Ett par, sa han snabbt. Hur såg dom ut?

Förvånat såg jag på honom. Vad angick det honom?

— Jag brukar inte diskutera mina kunder. Jag kan bara beklaga, men den är inte till salu. Jag kanske kan hjälpa till ändå. Den ser visserligen gammal ut, men byrån är faktiskt nygjord. Den är

23

tillverkad i Venedig och jag har bra kontakter med leverantören. Om ni kan vänta några månader så kanske jag kan få fram en till.

– Några månader? Han skrattade till, men det lät mera som en hostning än ett skratt. Jag tror inte att ni förstår det här. Min fru har födelsedag imorgon och vi har varit gifta i femton år precis just den dan. Och jag vet att hon skulle ha älskat den här byrån. Hon är konsthistoriker och har skrivit en avhandling just om rokokon. Ni vet inte vad dom heter som köpte byrån? Jag kanske kunde tala med dom och höra om dom kunde sälja den till mig. Det är ju förmildrande omständigheter, så att säga.

Jag såg på honom och ville inte rätta hans misstag. Kunden har alltid rätt, också när han blandar ihop stilar och epoker. Sen tyckte jag kanske att om hans fru hade födelsedag och bröllopsjubileum dagen därpå så kunde han ju ha varit ute i litet bättre tid. Men det sa jag inte, väluppfostrad som jag är.

– Jag kan inte ge några namn, tyvärr, sa jag istället. Men jag ska leverera den ikväll. Om jag får ert telefonnummer så kan jag ju alltid fråga.

Fundersamt såg han på mig.

– Nja, drog han på det. Inget besvär för min del. Men det är klart, att om ni ville fråga så är det ju bra. Jag kan ju ringa i morgon och kolla hur det gick.

– Jag är inte särskilt optimistisk, sa jag. Dom verkade väldigt förtjusta i byrån. Den ska bli lysningspresent till deras dotter.

När han gått log jag för mig själv. Det var faktiskt inte varje dag som kunderna slogs om möblerna. Fast när det gällde Leonardo Picis saker hade de gått förvånansvärt bra, snabbt också. Jag borde nog köpa in mer, inte vara rädd för utrymmet. Jag fick ju knappt in dem i affären innan de försvann.

På kvällen körde jag upp min gamla Opel till affären, virade en sliten filt om byrån och fick hjälp av Eric Gustafson, min kollega mittemot, att få in den i bilen. Det är en stationsvagn, tack och lov. Öppnar man luckan bak så är lastutrymmet stort och rymligt. Det är därför jag behållit den, åren till trots. Åker man ut till auktioner och sterbhus så är det praktiskt med den sortens bil.

24

Som jag trott var ugglan och majoren inte intresserade av någon försäljning, tvärtom.

– Du ser Gustav, log ugglan mot sin man. Vad var det jag sa? Vi har gjort en bra affär. Och vi hinner knappt hem förrän nån vill köpa byrån av oss.

Några dagar senare satt jag inne på kontoret med fötterna på skrivbordet och läste Svenska Dagbladet. Fönstret mot gården stod öppet. I den gamla kastanjen tjattrade gråsparvarna och det doftade friskt och fräscht av sommar efter ett kort men intensivt åskregn. Bredvid mig stod en mugg ångande hett nybryggt kaffe. Cléo spann i mitt knä och i bakgrunden bredde radion ut sin ljudtapet över rummet. Då ringde det på telefonen. Jag tog luren utan att sluta läsa Kar de Mummas kåseri.

– Homan.

– Goddag herr Homan. Det är Louise Grahn. Ja, det var vi som köpte byrån häromdan. Det har hänt nånting förskräckligt.

– Det var tråkigt att höra.

– Den är faktiskt stulen. Vi har haft inbrott i helgen. Gustav och jag var ute på vårt sommarställe på Dalarö och när vi kom tillbaka till stan så var byrån borta.

Kapitel III

Nästa dag ringde jag till Venedig, till Leonardo Pici. Men jag fick inte tag på den lille vänlige italienaren. Mannen som svarade förklarade någonting på bruten engelska som jag inte riktigt begrep. Herr Pici var inte anträffbar, han fanns inte. Förgäves försökte jag få fram ett besked hur jag kunde nå honom, men när jag berättade vem jag var och vad jag hade för ärende blev tonfallet ett annat.

— Herr Homan från Stockholm? Nu förstår jag. Nej, herr Pici borta. Inte känna till mera.

Men så mycket engelska förstod han, att han fattade att jag ville köpa möbler. Och jag hade tur. För man hade just fått en avbeställning på ett parti som skulle gå till New York. Men köparen hade gjort konkurs och inställt betalningarna. Turligt nog för firman hade leveransen inte hunnit skeppas än. Så visst kunde de hjälpa mig. Till slut kom vi överens om två skrivbord, ett Louis Quinze och ett Louis Seize, eller rokoko och gustavianskt för att översätta till svenska. Några byråar fanns tyvärr inte tillgängliga utan jag fick återkomma litet senare.

— Herr Pici har berättat att det alltid är angenämt att göra affärer med er, herr Homan. Man kan lita på er.

— Det var trevligt, sa jag. Hälsa honom så mycket. Så lade jag på.

Synd att jag inte fick tala med Leonardo, tänkte jag. Han hade säkert kunnat ordna en ny byrå till Louise Grahn och hennes dotter. Det var alltid trevligt att prata med honom och hans engelska var perfekt, trots en stark, amerikansk brytning. Han hade flyttat till Amerika som så många andra italienare, kommit dit som barn och vuxit upp i Brooklyn, men rest tillbaka för att ta över sin farbrors möbelfirma någon gång efter kriget.

Mellan kunderna, turister mest som inte köpte just någonting, hade jag tid att tänka på vad Anders von Laudern berättat för mig. Om hur oersättliga konstskatter försvunnit under krig och plundringståg för att då och då dyka upp och göra sensation. Jag kanske skulle börja se mig för litet bättre på landsortsauktioner och i gamla dödsbon. En liten smutsig oljemålning, som hängt i generationer i ett hörn på en gammal herrgård, kunde vara en Rafael. När Europas slott och kyrkor plundrades av segerrusiga svenskar under trettioåriga kriget försvann säkert mycket på vägen hem till de kungliga skattkamrarna. Alla de foror av trossvagnar som segade sig fram över Nordtysklands hedar och Polens leriga slätter, upp till Östersjön och de väntande skeppen för att föras hem till nyrika generalers och överstars slott och herresäten i barockens Sverige — vem visste vad som fanns instuvat i lårar och säckar? Krig kunde de föra, självsäkert och arrogant tog de för sig med svärd i hand. Segraren tog vad han ville, den besegrade väntade sig ingen misskund. Vad allt kunde inte ha dolts i soldatränslar och kaptenskvarter under de långa fälttågen? Och vad visste arvingar och ättlingar om värdet på det som alltid funnits vid den blå kakelugnen i stora förmaket eller i lilla biblioteket mot parken? Det var väl egentligen först nu, i vår generation, som kunskap och upplysning var så spridd att den här sortens konstverk inte kunde undgå upptäckt. Men även om man förstod att någonting kanske var värdefullt och fint så krävdes det en expert för att inse vad det egentligen gällde.

Jag kunde inte låta bli att fantisera kring Anders Rubenstavla, den stora duken där Judith dödade Holofernes. Fanns det någonstans i Stockholmstrakten en okänd originalmålning av Rubens? Var det bara Anders fantasier, eller en förvirrad dröm om nattliga åkturer med maskerade män och Botticellis undersköna kvinna?

Mina funderingar avbröts av Visseljohannas gälla, uppfordran-

27

de signal. Samtidigt ringde telefonen. Jag tog aluminiumpannan från kokplattan med ena handen och telefonluren med den andra. Det var Anders.

– Vad lustigt, sa jag. Rena tankeöverföringen. Jag tänkte just på dig och din Rubenstavla.

Han skrattade litet generat.

– Det har jag också gjort. Och jag får ingen rätsida på det. Men du har nog rätt. Det var kanske bara en dröm. Fast det var inte därför jag ringde. Jag vill att du ska fira en sak med mig.

– Oj då. Har du blivit chef för Svenska Museet?

– Inte riktigt, men nästan. Jag har köpt Backa.

– Det menar du inte.

– Jo, och det är en fantastisk känsla. Du vet ju att pappa fick gå från gården. Han klarade inte skulderna och var ju egentligen inte jordbrukare. Som gammal officer förstod han sig på hästar och jakt, men jordbruket fick gå lite som det ville och det funkar inte i våra dagar med avkastningskrav, räntor och allt som hör till.

– Jag kommer ihåg. Det var ju en tragedi för hela familjen när ni måste flytta.

Anders var tyst i telefonen.

– Det här har jag väntat på i tjugo år, sa han lågt. Att få komma hem igen, att få komma tillbaka. Men nu är det klart. Alla formaliteter är klara och om en vecka ska jag ha house-warming, om man kan säga det när man inviger ett 1700-talshus.

– Det är klart man kan.

– Och du är välkommen. Du är den första jag bjuder. För jag kom att tänka på det när vi hade träffats på planet. Du är faktiskt min äldsta vän. Och du gick som barn i huset på Backa i alla år. Lustigt egentligen att vi släppt kontakterna och inte sågs förrän i planet.

– Du glömmer Venedig.

– Jo, men det räknas inte. Det var så kort. Men det skulle vara roligt om vi kunde ta upp alla gamla trådar igen. Åtminstone för mig. Ett ålderstecken. Han skrattade. Man söker sig tillbaka till barndomen, till sina rötter.

– Det är väl naturligt. Och det skulle vara jätteroligt att vara med på din invigning. Själv kommer jag inte ner dit så ofta. Mina föräldrar flyttade ju till Askersund när pappa pensionerades och nu är båda borta. Men dom ligger på Viby kyrkogård, så jag är där nån gång. Går runt och tittar, du vet, när jag har ett ärende till Göteborg och andra metropoler åt det hållet.

– Det är bra, då har du inte glömt vägen. Då ses vi på söndag klockan sex. Det gör ingenting om du kommer lite tidigare, men du får ta det som det är. En del möbler gick med i köpet, men jag är rädd för att sovrummen är ganska primitiva. Ta med dig lakan om du har, förresten.

– Visst. Inga problem. Blir vi många?

– Nej, jag har inte grejor än så att jag kan klara nån större anstormning. Kolleger från museet bara.

– Jag ska göra mitt bästa för att leva upp till den intellektuella standarden. Det ska bli jätteroligt att komma.

Det var verkligen roligt för honom, tänkte jag när jag lagt på. Jag visste vad det betydde för Anders. Visserligen hade han redan flyttat hemifrån när Backa såldes, men det var en chock för honom när han fick veta att hans barndomshem skulle gå på auktion, att det inte gick längre. Och jag kom ihåg hur han berättade om sitt dåliga samvete för att föräldrarna hade hjälpt honom med pengar i Upsala, att det hade bidragit till att gården gått dem ur händerna.

Från den njurformade poolen kom barnskrik. Höga, lyckliga barnskrik. Vinden gick varsamt genom de lummiga trädkronorna längs häcken mot golfbanan. Ute i Long Island Sound manövrerade en armada av båtar med vita segel, nere vid stenpiren ut i det blågröna vattnet låg en motoryacht förtöjd. En vit, smäcker svan.

Enrico Mortella låg utsträckt i den låga solstolen. På glasbordet bredvid stod hans gin och tonic. Isbitarna hade börjat smälta i solvärmen, trots att glaset stod i skuggan under det blåvita parasollet. Han sträckte ut handen mot ishinken, tog en handfull kalla iskuber och släppte ner dem i det höga glaset. En ny, fräsch citronskiva lät han följa efter. Så rättade han till de guldbågade solglasögonen, såg på mannen i mörkblå kostym, vit skjorta och grårandig slips som satt i korgstolen bredvid det runda glasbordet.

Han är nervös, tänkte han. Wolfgang Gerber är nervös. Eller också är det attityden hos en underordnad, uppvuxen i ett auktoritärt samhälle. De känner olust och obehag. Var det inte så den gamla definitionen på disciplin löd? "En känsla av obehag i närvaron av en överordnad."

Wolfgang Gerber kände hans reaktion, blev ännu mera spänd, och rätade ofrivilligt upp sig i den rakryggade korgstolen.

— Well, well. Enrico Mortella läppjade på sin drink, sköt upp solglasögonen i pannan. Vill ni inte ha nånting att dricka?

— Det är lite för tidigt för mig, log den andre nervöst och rättade till slipsknuten.

Har han dåligt samvete? tänkte mannen i de blommiga badshortsen. Håller han undan någonting för mig, skummar han grädden av mjölken bakom ryggen på mig?

— Marknaden expanderar över förväntan, sa Gerber stelt och öppnade sin portfölj. Jag har med mig en del statistik och siffror som kan bevisa det.

— Är ni så djävla dum att ni sätter sånt på papper?

Nu var Mortellas vänliga attityd som bortsopad. Han satte sig upp. Såg ursinnigt på Gerber.

— Naturligtvis inte, sa den andre avvärjande, med ett nervöst litet skratt. Naturligtvis inte. Det här är en balansräkning som formellt sett täcker någonting helt annat. Den visar ställningen i ett av våra dotterbolag som handlar med apoteksvaror, som ni vet. Men i själva verket är det siffrorna för våra gemensamma transaktioner.

Mortella lutade sig fram, tog av sig glasögonen, såg Gerber stint in i ögonen.

— Om ni vill komma hit en gång till, sa han lågt. Om ni överhuvudtaget vill fortsätta att göra affärer med mig, så kom ihåg en sak. Och kom ihåg djävligt noga. Inga papper, inga siffror. Ingenting som kan binda oss vid någonting. Uppfattat?

— Jo, ja. Jag förstår. Men ni måste förstå oss. Vi måste redovisa.

– Underskatta inte oppositionen. Dom blir bättre och bättre och får mer och mer pengar för sitt djävla korståg. Det behövs bara att nån djävla figur från CIA eller FBI kommer över era papper så är det klippt. Underskatta dom inte! Vi behöver ingen bokföring. Ett handslag räcker och absolut diskretion, absolut tystnad, är det enda som gäller. Och ni vet alternativet.

– Alternativet?

Mortella gjorde en gest med pekfingret över strupen. Gerber bleknade i den starka solen.

– Ja, visst förstår jag, sa han snabbt. Och missförstå oss inte. Det är bara fråga om olika utgångspunkter, olika kulturer kanske man kan säga, sa han med ett tvunget leende. I fortsättningen ska vi följa era intentioner. Men bortsett från det så är jag glad att kunna konstatera att det går bättre än väntat. Vi har också tagit oss in på den nordiska marknaden, särskilt Sverige.

– Kineserna och holländarna då?

– Vi har gjort en deal med några av dom viktigaste grupperna. Lämnat en del av vår marknad i utbyte. Sen har vi arbetat upp nya kontakter inte minst med italienarna och har arrangerat nya vägar och metoder som har visat sig vara mycket effektiva.

– Jag har hört talas om det. Mortella lutade sig tillbaka mot de mörkblå kuddarna i solstolen, satte på sig solglasögonen igen. Fabio. Jag känner honom väl. En gammal räv. Eller snarare varg. Alltid hungrig, alltid på jakt. Han log och såg ut över poolen där de minsta barnen lekte på en flytande, röd gummimadrass. Stänkte vatten på varandra.

– Och vi behöver inte gå via några schweiziska banker med den här metoden, sa Gerber. Genom vårt apoteksföretag i Europa krediterar vi huvudföretaget i New Jersey.

– Jag förstår. Ni importerar luft som ni betalar med friska dollar.

– Just det, nickade den andre ivrigt.

– Det låter onödigt komplicerat för min smak. Men jag lägger mig inte i hur ni gör. Det är er ensak. Ingenting får leda tillbaka

31

till mig och min organisation bara. Det är huvudsaken. Och det är det enda jag bryr mig om, som ni förstår.

– Självklart. Er del går till ert nummerkonto på Cayman Islands som vanligt. Det finns inga som helst länkar bakåt.

– Utmärkt. Jag vill inte bli inblandad i dom här bokföringsknepen i New Jersey. Rätt som det är har ni skattemyndigheterna på er, och börjar dom nysta i era papper så kan vad som helst hända. Inga papper, ingenting skrivet, är min metod. Och blir nån besvärlig så försvinner han. Kom ihåg det! Det är det enda som håller i längden. Inga papper, ingen som pratar.

– Jag ska komma ihåg det. Wolfgang Gerber nickade bekräftande. Inga papper och om nån blir besvärlig så försvinner han.

– Ett litet råd bara. Enrico Mortella såg på honom, log ett tunt leende. Ska nån försvinna så ska han försvinna. Inga spår, inga problem. Och kan man inte ordna det på det viset så måste det skötas med finess och takt. Ingen brutalitet som skottlossning och bilbomber. Det är ute nu. Nej, finess är ordet min käre Gerber. Ingen ska märka nånting. Inte offret själv heller. Annars börjar bara polisen lägga sig i och det vill vi inte. Eller hur? Och han log igen.

Wolfgang Gerber såg på honom. Som en fågel inför en orm. Han rös trots sommarvärmen.

Kapitel IV

"Ernst Emanuel Homan" stod det med stora, kraftfulla bokstäver i den skrovliga graniten. "Teol.Dr, Kontraktsprost i Viby församling." Under fanns mammas namn, hon gick ju bort senare. Längst ner, med litet mindre bokstäver, kunde man läsa: "Men störst av allt är kärleken." Vid gravstenens fot satt en liten skylt på en järnstång, nerkörd i gräsmattan. "Vårdas av kyrkorådet."

Förr hade det funnits en inhägnad framför stenen, en fyrkant med krattat grus mellan stenar på kant. Mellan dem hängde kraftiga järnkättingar som inramade graven. Som ett utslag av demokrati inför döden, där allas jämställdhet och jämlikhet till slut konstateras, hade alla extra utsmyckningar i anslutning till gravstenarna på den lilla kyrkogården tagits bort. Förmodligen hade också fackliga krav spelat in. Det var onekligen lättare och bekvämare för personalen att åka på en gräsklippningstraktor över den mörkgröna gräsmattan mellan raden av stenar och kors än att sitta på huk och rensa ogräs för hand.

Litet skuldmedveten satte jag några nyplockade ängsblommor i den smala glasvasen. "Vårdas av kyrkorådet." Just en snygg son som inte ens kan se till sina föräldrars grav utan måste överlåta det till andra. Att jag inte blivit så mycket i livet när det gällde yttre glans och ära var en sak, men det minsta man kunde begära av en god son var att han höll sina föräldrars sista vilorum i skick. Men bodde man i Stockholm, 25 mil bort, så var det väl förlåtligt.

Jag reste mig upp, stod en stund i tankar inför gravstenen, tänkte på åren som ohjälpligt flytt, på min barndoms soldränkta

33

sommarlov i den gamla prostgården på andra sidan sjön.

Därframme, på en gammal offerplats där andra gudar tillbetts, låg den vita kyrkan, ombyggd och tillbyggd genom seklerna, centralpunkten för bygdens religiösa liv, samlingsplatsen. Så var det tänkt, och så var det förr. Nu kom väl bara en handfull pensionärer till gudstjänsterna. För dop, bröllop och begravningar var kyrkan fortfarande oumbärlig, en traditionell inramning till höjdpunkterna i livets cykel, men den religiösa betydelsen hade reducerats. Det var ett av min gamla pappas stora problem. Hur man kunde vitalisera kyrkan, göra den meningsfull i en sekulariserad tid.

Då rasslade det i gruset på gången bakom mig och en mjuk kvinnoröst avbröt mina funderingar. Jag vände mig om.

– Förlåt, men kan ni säga hur jag ska komma till Backa? Jag måste ha kört förbi avtagsvägen. Kartan jag fick är litet oklar. Men jag har alltid varit dålig på det, log hon. På att läsa kartor. Och när jag kom förbi kyrkogården och såg er så tänkte jag att ni säkert kunde hjälpa mig.

Jag såg på henne. Inte vacker, men söt. På ett friskt, naturligt sätt. Som en annons för svenska mejeriprodukter. Stora, vita tänder. Glada ögon, blont hår. Som om hon just kommit hem från höskörden i en 50-talsfilm efter någon av Saljes romaner, som om hon levde på mjölk, ost, sol och frisk luft. Och borstade tänderna med Stomatol.

– Backa? Det var lustigt. Jag är på väg dit själv.

– Då känner du Anders? sa hon spontant. Anders von Laudern.

– Om jag gör! Jag är ditbjuden på house-warming. Låter lite vanvördigt när det gäller ett 1700-talshus, men det är vad han sa.

– Sån tur jag har då, sa hon förtjust. Jag jobbar hos Anders på museet och jag har hjälpt honom att ta fram gamla tapetmönster och färgprover från tiden. För han tänker restaurera hela huset från grunden, inte bara sätta det istånd.

– Jag vet. Och han måste ha vunnit högsta vinsten på lotto. Att riva i gamla hus kostar skjortan.

34

Vi gick ner mot parkeringsplatsen. Gruset på den breda gången knastrade under våra skor, en koltrast spelade på sin nostalgiska flöjt högt uppe i en silvergrå ask. En bit ifrån min bil stod en blänkande svart Mercedes parkerad. En man satt i förarsätet och läste en tidning. Han såg upp när jag gick förbi. Snabbt höjde han tidningen, som för att dölja sitt ansikte. För ett ögonblick tyckte jag att jag kände igen honom, att jag sett honom förut, men jag visste inte var. Inte förrän jag öppnade min bildörr och satte mig bakom ratten kom jag på det. De mörka ögonen, hans osunda blekhet. Mannen som velat köpa byrån av mig, den som stals vid inbrottet hos familjen Grahn.

När jag såg bort mot den svarta Mercedesen hade den svängt ut från parkeringsplatsen och försvann bakom kyrkogårdsmuren. Men jag slog bort mina tankar. Jag inbillade mig alltid så mycket. Vad skulle mannen från min affär på Köpmangatan göra härute i Viby? Förmodligen var det någon lokal begravningsentreprenör som varit i kyrkan för att ordna någonting inför en jordfästning. De borde se ut så där. Bleka, dystra och med svarta ögon. Dödens representanter på jorden borde färdas i svart Mercedes. Det var helt i sin ordning.

En kvart senare svängde vi in på gårdsplanen framför Backa herrgård, jag före i min gamla Opel och hon efter i sin medfarna Saab. Huset låg på en höjd vid sjön och mittemot höjde sig tegeltaket till mitt barndomshem över grönskande trädkronor. Solen höll på att gå ned, blänkte i den stilla sjön. Svalor pilade lågt över gräsmattorna, förbi den gamla eken som växte som ett vårdträd mitt på den stora grusplanen. Huset var rött med svarta knutar, klassiskt stramt i arkitekturen, en karolinerlänga som byggts på och fått brutet tak. Två små flyglar i samma stil fanns också.

– Så vackert, sa hon och kom fram till mig. Så vansinnigt charmigt.

Och jag höll med. Det var charmigt, men förfallet. Det märktes när man såg närmare efter. Färgen flagnade, fönstren borde bytas och många av de gamla tegelpannorna måste ersättas med nya. Skorstenarna såg också betänkligt medfarna ut. Här hade Anders mycket att göra, här skulle det gå åt stora pengar.

Då öppnades de stora dörrarna och Anders kom ut mot oss med utsträckta armar.

– Välkomna till Backa! Välkomna hem till mig. För första gången kan jag säga det sen vi flyttade härifrån för tjugo år sen. Och det var duktigt att ni hittade hit. Ja, inte du Johan, men Barbro har aldrig varit här och jag är rädd för att min lilla karta var lite för skissartad.

Så kom han nerför den breda stentrappan och kramade om oss. Då slog det mig att jag inte visste vad flickan hette, att vi aldrig presenterat oss.

– Johan Homan, sa jag och sträckte fram handen mot henne. Johan Kristian Homan.

– Javisst ja, så dum jag är. Jag som inte ens sa vad jag hette. Men jag blev så glad att hitta nån som kunde hjälpa mig.

– Det här är Barbro Lundelius, sa Anders och kramade om henne igen med en hjärtlighet som fick mig att undra om det fanns mer än tapetprover och 1700-talsfärger mellan dem.

– Barbro är alltså min assistent och allt i allo, håller reda på mina byråkratiska plikter och fyller i alla formulär som jag inte begriper ett dugg av.

Då tutade det länge och ihållande nere i den långa lindallén som ledde upp till huset. En skinande blank, mörkröd Porsche kom därnere bland träden, tog sig uppför backen och stannade mellan min Opel och Barbros Saab. Våra bilar såg ut som fattiga kusiner från landet bredvid det kromglänsande fartvidundret. Dörren öppnades och ut kom en lång, skranglig man i fyrtioårsåldern. Jeans och T-shirt hade han. "Make love, not war" stod det i stora bokstäver på framsidan och på hans rygg gjorde två noshörningar det som texten uppmanade till. Det såg ut som om två lokomotiv kört in i varandra. På fötterna hade han vita joggingskor utan strumpor och det verkade vara längesedan en kam varit i närheten av hans mörka hår. Han såg ut som en skolpojke på sommarlov, en litet överviktig skolpojke som satt i sig för mycket pizza och pommes frites. Trots leendet fanns ett misslynt drag över hans ansikte, en

36

latent avund som han försökte dölja utan att lyckas.

– Det här är docent Nerman, presenterade Anders. Gunnar Nerman. Min främste konkurrent om posten som chef för Svenska museet.

– Lägg av, sa docenten och log mot oss. Du vet vad Coubertin sa om olympiaderna. Må bäste man vinna.

– Nej, det sa han inte, sköt Barbro in. Var det inte nånting om att huvudsaken inte var att vinna utan att kämpa?

– I så fall ligger jag jättebra till, skrattade Gunnar Nerman. Jag kämpar och Anders vinner.

– Vi har inte sett slutet än. Anders log. Men vem som än vinner så går det fler tåg.

Då kom ett par ut genom dörren, en man och en kvinna. Ett omaka par. Han verkade nästan dubbelt så gammal som hon, såg ut att vara hennes pappa. En gråsprängd, litet kutig professorstyp med ett vänligt leende och humoristiska ögon bakom de guldkantade glasögonen. Kvinnan vid hans sida hade en lätt och luftig sommarklänning i turkos och vitt, hon var solbränd och det långa, mörka håret dansade över skuldrorna för en plötslig vindfläkt nerifrån sjön.

– Sälj inte skinnet förrän björnen är skjuten, pojkar, förmanade han och hötte skämtsamt med fingret i luften. Än är gubben inte död och inte förrän om ett halvår får ni slåss om kvarlevorna.

Anders och Gunnar skrattade, men inte alldeles otvunget.

– Som du kanske förstår, så är det här min älskade chef och hans unga hustru som gör oss den äran. Professor Lundman, Sven Lundman och Elisabeth. Och den enda här som ni inte känner, är Johan Homan som kommer från andra sidan sjön. Från det där gamla huset som ni kan se taket på över trädtopparna.

– Trevligt att träffa nån som kommer från den riktiga världen. Elisabeth Lundman log och tog min hand i ett fast, bestämt handslag. Hennes man nickade.

– Du är jordbrukare förstår jag? Frågande såg han på mig.

– Jag önskar jag vore. Nej, jag är rädd för att jag fuskar lite i samma bransch som ni andra.

37

– Johan är antikhandlare, sa Anders. Han är på fiendesidan, tillhör alla gamarna som snuvar oss på bra saker som egentligen skulle hamna på museum.

– Jag vet inte det just. Jag har hört talas om att alla museer har magasinen överfulla med rokokobyråar och gustavianska skrivbord som gamla tanter donerat. Det är väl bättre att sakerna omsätts så att fler får glädje av dom?

– Det är naturligtvis en viktig synpunkt, sa professor Lundman, men det ligger mycket i vad Anders säger. Tyvärr har prisnivån drivits upp till astronomiska höjder och våra inköpsanslag är löjligt låga. Skandalöst låga.

– Nej, nu ska vi inte fördjupa oss i några kulturpolitiska djupsinnigheter, avbröt Anders. Det har vi nog av till vardags. Nu måste ni gå husesyn och inspektera mitt château.

Vi gick in genom den låga dörren. Det var många år sedan jag senast var på Backa. Tjugo år, eller var det mera? En gråkall novemberdag med drivande, regntunga moln över den mörka sjöns blygrå vatten. Anders föräldrar skulle flytta, måste flytta. Det gick inte längre, ekonomin var körd i botten och hans pappa hade slagit vantarna i bordet. Konkurs och utmätning och så auktion som kronan på verket, en lidandets törnekrona. Familjen hade hållit sig borta och det förstod jag mer än väl. Att se sitt hem gå under klubban tillhör inte livets höjdpunkter.

Men nu sken kvällssolen, det var varmt och vackert, doften av jasmin fyllde luften och Anders förevisade glad och stolt sitt hus. Grunden var 1600-tal, men efter en eldsvåda i början av 1700-talet hade huset byggts om i stram karolinsk stil. På nedre botten fanns ett stort kök, en avlång matsal och ett litet kabinett. En stor sal låg i mitten. Övervåningen dominerades av en stor hall med sovrum på båda sidorna och på vinden fanns gästrum.

– Jag kommer att göra en totalrenovering, sa Anders när vi stod med varsitt glas champagne i salen på nedre botten. De låga fönstren vette ut mot sjön och kvällssolens sista strålar lyste upp det stora rummet.

– Som ni ser har förre ägaren "moderniserat" hela huset och

lagt jättetjusiga korkmattor ovanpå dom gamla, breda golvplankorna. Dom ska jag ta fram och låta slipa och lacka. Och plywooden, eller vad han nu har spikat upp i taket, ska jag också ta bort. Där finns gamla vackra tak, särskilt i det här rummet. Det kommer du ihåg Johan. Här sitter faktiskt takmålningar under plywooden.

– Vilken barbar, sa Sven Lundman och såg kritiskt upp mot taket. Sätta för takmålningar!

– Ingen skam över Gösta Nilsson. Det var en hedervärd odalman som ville ha varmt i stugan. Därför spikade han på takplattor och väggplattor och lade på korkmattor för golvdraget. Och på dom gamla dörrarna satte han för dörrspeglarna och bytte ut originalhandtagen av mässing. Det skulle se modernt ut, verka villa. Estetiken fick vika för praktiska krav. Och på sätt och vis kan jag förstå honom. När det är 25 grader kallt ute är det nog bra med breda golvtiljor och vackra tak, men det värmer inte.

– Så du är mera tålig för kylan? Gunnar Nerman lät litet ironisk där han smuttade på sitt höga champagneglas.

– Inte alls. Men jag ska skaffa nånting som gamle Gösta inte hade och det är jordvärme.

– Jordvärme? Vad är det? Det låter konstigt. Frågande såg Barbro Lundelius på honom.

– Det är nånting lika invecklat som effektivt. Fråga mig bara inte hur det funkar, men man lägger en lång slang ner i sjön och genom den pumpas vatten fram och tillbaka mellan sjön och huset. Och eftersom sjövattnet alltid är något varmare än vinterkölden så utvinner man mellanskillnaden och får värme som kan utnyttjas för att värma upp huset. Samma princip som för kylskåp. Där använder man värme för att få kyla. Fråga mig inte mer. Johan vet hur usel jag var i fysik i skolan, och det har inte blivit bättre med åren.

– Men det måste kosta skjortan? Intresserat såg professor Lundman på sin kollega.

– Billigt är det inte, men effektivt. Det blir varmt, och det är ju huvudsaken. Och på sikt tjänar man in kostnaderna genom lägre

39

oljeförbrukning. Nej, nu blir vi för tekniska. Det finns mer att titta på.

Och husesynen fortsatte. Ut i det gamla köket som snart skulle fyllas med mikrovågsugnar, kylar och frysar enligt en stolt Anders. Upp på vinden, där gästrummen skulle isoleras mot kylan och fönstren bytas ut. För hallen hade han stora planer. Den vita kakelugnen tänkte han riva för att få plats för en öppen spis, och nere i salen skulle två antika Mariebergskakelugnar installeras.

Jag följde med gruppen med mitt glas i handen. Som en rundvandring genom ett museum, tänkte jag. En visning med en entusiastisk guide. Men jag missunnade inte Anders hans glada entusiasm och stolta iver. Jag visste hur mycket det betydde för honom att få komma tillbaka, att återställa sitt barndomshem. Fast jag kunde inte hjälpa att jag undrade var han fått pengarna ifrån. De gånger jag reparerat och byggt om i min affär hade jag hamnat nära ruinens brant. Svenska hantverkarkostnader var inte av denna världen. Antingen hade ett dussin arvtanter gått till de sälla jaktmarkerna eller också hade han vunnit på lotteri. En intendentslön på Svenska museet räckte varken till jordvärme eller nytt badrum. En mikrovågsugn möjligen och en öppen spis. Fast jag kanske hade fel. Lönerna på svenska museer var kanske inte så usla när allt kom omkring. Anders köper hus och Gunnar Nermans Porsche var säkert inte köpt på rea. Men det angick ju inte mig, var de fick sina pengar ifrån.

40

Kapitel V

— Skål!

Anders von Laudern höjde sitt glas mot kvällshimlen. Solen gnistrade i det smala snapsglaset, kom snett bakifrån på sin väg ner mot den taggiga skogshorisonten på andra sidan sjön. Vi satt vid ett improviserat middagsbord ute på gräsmattan vid ena gaveln, hopplockat från olika hörn av det gamla huset. Runt ett rangligt köksbord satt vi, på stolar och pallar av olika färg och form. Själv hade jag hamnat i en svällande fåtölj där stoppningen trängde fram genom det medfarna tyget, och värden tronade på en trebent köksspall. Porslin fanns inte, papperstallrikar och plastbestick fick ersätta Meissen och silver. Glasen var av plast istället för kristall, med undantag för snapsglasen. Anders hade hittat en kartong med gammaldags brännvinsglas på smal, hög fot i traktens handelsbod som än så länge hade undgått att förvandlas till själlöst snabbköp.

Anders såg ut över bordet och sina gäster.

— Jag ska inte hålla något tal, men jag vill bara hälsa er välkomna hit till Backa. Jag sa att det skulle bli primitivt, och som ni ser så håller jag vad jag lovar. Med råge. Men kom igen om några månader så ska ni bli kompenserade. Då får ni sitta i en nyrestaurerad matsal och äta på ostindiskt porslin och dricka årgångsviner i kristallglas. Riktiga bestick ska ni också få, och om ni har tur så är pappersservetterna utbytta mot linne.

— Det här är mycket charmigare, sa Gunnar Nerman. Det är som att vara på safari i Afrika. Efter en strapatsfylld dag rastar vi vid sjön. Därnere väntar krokodiler och flodhästar, men vi sitter uppe i bushen och äter en nyskjuten antilop och dricker skotsk whisky till. I gräset lurar svarta och gröna mambor och på avstånd hörs hotfulla trummor.

– Du har nästan rätt, log Anders. Det är en lång dagsmarsch från Stockholm, men tyvärr kan jag bara erbjuda gäddor nere i sjön och dom mullrande trummorna är arrendatorns skördetröska. Skål i alla fall.

– Jag håller med Gunnar, sa Barbo Lundelius, och tog mer av senapssillen. Det är mycket charmigare att sitta såhär ute på gräsmattan i kvällssolen och se ut över sjön än vid ett bord med placeringskort och vita servetter och damastduk som man får passa sig för att inte spilla rödvin på.

– Tänk vad tekniken går framåt. Sven Lundman höll upp sin papperstallrik. När jag var ung skulle det inte falla nån in att ens tänka sig att inte äta på porslin med riktiga bestick. Papperstallrikar och plastknivar fanns väl knappast. Och allt du har här på bordet är färdiga produkter kan jag förstå. Ja, jag anmärker inte på menyn, sa han snabbt och log mot Anders. Men alla sillsorterna är inlagda och finns på burk. Köttbullarna var säkert djupfrysta. Du handlar allting färdigt, värmer det i mikrovågsugnen och sen, när vi har ätit, så slänger du alltihop, både glas och porslin.

– Du får inte glömma avigsidan, sköt hans fru in. Vart tar allting vägen? Sopberget växer med alla dom här förpackningarna, och när det bränns skadas miljön. Avfallet letar sig till sist upp i atmosfären och skadar ozonlagret och jag vet inte vad. Jag undrar trots allt om det inte var bättre förr.

– Kära vänner. Det här är inte något möte med miljöpartiets lokalavdelning i Västernärke, Elisabeth får ursäkta. Anders hade rest sig efter att ha fyllt på alla tomma glas. Jag sa att jag inte skulle hålla nåt långt tal, men som ni alla förstår så är det en stor dag i mitt liv. Jag har kommit hem till slut. Det tog tid, det var besvärligt, och många gånger trodde jag inte att det skulle gå, men det lyckades till sist. Fast det här är bara början. Och med lite tur så är renoveringen klar till hösten och jag kan flytta in på allvar i

42

jul. Fast det blir stora och omfattande arbeten som ni förstår. Inte kommer det att fattas arbetstillfällen för varenda hantverkare som finns här på trakten, det kan jag garantera. Han tömde sitt glas och satte sig.

– Erk du, Maja du, så ska vi hat. Men var ska vi tat? Gunnar Nerman såg lite ironiskt på Anders. Du måste ha rånat en bank.

– Faktiskt inte. Och jag kan lika gärna berätta det för er, annars överlever ni inte er nyfikenhet. Jo, min talang och mina kunskaper ligger bakom alltihop.

– Berätta!

Elisabeth såg på honom mitt över bordet. Hennes ögon glänste och jag undrade om det var en återspegling av kvällssolen, eller om det fanns någon annan anledning, någonting som hade med Anders att göra.

– Det är inte så märkvärdigt, sa han. Lite tur bara. För ganska länge sen köpte jag ett par tavlor som jag ställde undan. Jag hade inte plats för dom helt enkelt och dom var inte särskilt dekorativa. Tyckte jag då. Men jag råkade plocka fram dom för ett tag sen och det visade sig vara Kandinsky som hade målat dom.

– Kandinsky? Häpen såg Sven Lundman på honom. Men det är ju ett av dom stora, internationella namnen. Hur kom du över honom?

– Kandinsky hade ett par utställningar i Sverige före första världskriget. Han bodde här ett tag och målade en del. Och jag hade tur. Så jag kan tacka Kandinsky för att jag fick komma tillbaka till Backa. Och det är inte bara huset som är vackert. Trakten är intressant. Runtom här har funnits personer som Sigge Stark och Heidenstam, Heliga Birgitta och Lina Sandell. I kyrkan stod Karl XII lik när han hade skjutits vid Fredrikshald. Jag kunde fortsätta länge. Närke skulle behöva en bra PR-gubbe.

– Det tycker jag du är som klippt och skuren till, sa Barbro Lundelius och drog undan en blond hårslinga som fallit fram över ögonen. Men på tal om tavlor så läste jag häromdan att polisen slagit till hos en hälare. Där fanns massor av stöldgods, och mitt i alltihop stod en tavla av Brueghel. Äkta, från 1600-talet och värd

43

uppåt ett par miljoner. Minst. Det konstiga är bara att polisen inte vet vem som är ägaren. Det finns ingen stöldanmälan. Är det inte fantastiskt?

– Jag vet inte det. Gunnar Nerman sträckte sig mot den immiga flaskan med Anders hemgjorda Bäska Droppar. Det kanske är nån som inte vill skylta med så mycket pengar. Eller en utlandssvensk som inte varit hemma ett tag och kollat sin våning.

– Det där med pengarna är väl inte nåt hinder, sa Sven Lundman. Konst är ju inte skattepliktigt. Inte än åtminstone.

– Det är riktigt, höll Gunnar med, Men han kanske inte är så road av polisinblandningen i alla fall. Kanske har han kommit över sina kulor på ett sätt som skulle intressera polisen, vem vet?

– Men det är väl bra. Elisabeth log mot sin man. Då kommer tavlan att gå på auktion eftersom det inte finns nån ägare, och du kan köpa in en Brueghel till ditt museum.

– Det kan du titta i månen efter, muttrade han. Det är faktiskt skandalöst som kulturen behandlas i det här landet. Varenda sketen liten finansgubbe snyter dom verkligt fina sakerna mitt framför näsan på oss för att spekulera och förgylla sin status. Häromdan var det en gubbe som köpte ett praktverk för många, många miljoner. Sen deklarerade han att han egentligen inte var särskilt förtjust i tavlan, men köpte den ändå! Och man kan ju gissa varför. Om ett par år ska han mjölka några miljoner till ur den. Ni har väl sett dom där osmakliga annonserna som auktionsfirmorna har börjat med nu. Om deras "pristoppar" och om hur dom har en "direktbearbetning" av köpstarka kunder inom handel och industri.

– Jag såg en sån annons idag. Barbro fnissade. En av dom där firmorna sa att dom hade marknadsrekord för akvareller av Liljefors. Nu satsade dom på rekordet i olja!

– Det är ju inte klokt. Elisabeth såg ogillande ut. Som om det vore SM i konst. Varför tar dom inte steget fullt ut och annonserar kvadratcentimeterpriset på Zorn, Hjertén och Hill och andra. Det kan man göra varje dag. Precis som aktiekurserna. För det är ju det som det är frågan om till slut. Pengar och spekulation.

44

– Nej, hade vi inte haft Tessin och Gustav III:s mamma, så hade inte Nationalmuseum sett ut som det gör idag. Skål för dom. Sven Lundman tog en djup klunk ur det höga glaset.

– Varför det? Frågande såg Barbro på honom. Det låter som en osannolik kombination.

– Inte så konstigt som det låter för okunniga öron. Carl Gustaf Tessin var son till Nicodemus d.y. som ritade och byggde Stockholms slott. Och när pappan dog 1727 fick Carl Gustaf ta över som överintendent och se till att pappans storverk genomfördes. Carl Gustaf blev också framstående på sin tid, fast mera som politiker och diplomat. Innan han föll i onåd hos Adolf Fredrik och Lovisa var han ansvarig för kronprinsens, det vill säga Gustav III:s, uppfostran. Och under sin tid som ambassadör i Paris samlade han på sig enastående konstskatter med nästan bara stora namn som Boucher, Rembrandt och många andra. Sen kom han på obestånd och sålde samlingen till Lovisa Ulrika. Hon var syster till Fredrik den store av Preussen och hade sett mer av världen än Stockholm, så hon insåg värdet, och så småningom hamnade målningarna på Nationalmuseum. En intressant kvinna förresten. Hon kom lite i skuggan av sin lysande son, och hennes insatser för svensk kultur har hamnat i bakvatten. Men hon betydde mer än dom flesta i det avseendet.

– Sven. Elisabeth böjde sig fram över bordet och klappade honom på handen. Det var länge sen Anders och Gunnar satt på dina konsthistoriska seminarier. Jag är säker på att dom vet allt om både Tessin och Lovisa Ulrika.

Hon log mot sin man och igen slog det mig hur vacker hon var. Det långa, mörka håret som föll fram över skuldrorna. De stora, mörkt violblå ögonen under sneda, mörka ögonbryn som gav henne ett nästan orientaliskt utseende. Det underströks av hennes höga kindknotor och solbrännan. Och jag märkte att jag inte var den ende som såg på henne. Anders också. Men inte som jag, på ett objektivt och analytiskt sätt. Nej, som en förälskad skolpojke såg han ut. För den som hade ögon att se med var det alldeles tydligt. Anders von Laudern var förälskad i Elisabeth Lundman.

– På tal om tjuvar och stölder, sa Sven Lundman. Är det inte riskabelt att huset står tomt när du är bortrest? Trots allt ligger det ju litet avsides.

– Ingen fara. Anders log mot honom. Jag har en granne alldeles intill, kantorn i kyrkan, som håller ett vakande öga på Backa. Och än så länge har jag inga dyrbarheter här. Varken konst eller smycken. Anders blinkade konspiratoriskt mot Sven, men han såg inte road ut. Inte alls och jag undrade varför.

Nu hade solen gått ner över sjön. Lätta dimmor smög upp mot huset, virvlade fram från vasskanten upp över gräsmattan i sin älvalek. Men dimman kom inte ensam. Myggen följde med, attackerade anklar och nackar, flockades kring våra huvuden som jaktplan på inflygning. Vi drog oss inomhus, slog oss ner i den stora salongen där Anders tänt en brasa i kakelugnen mot kvällskylan som börjat krypa upp från sjön.

Vid kaffet, som tack och lov kom i riktiga koppar, inte plast, och konjaken i dricksglas, tog Anders mig avsides och vi satte oss i hörnrummet, i en gammal kanapé som sett bättre dagar. Och det för ganska länge sedan. Konjaksflaskan bar han med sig, ställde den på golvet mellan sina fötter. Jag tänkte på hans konsumtion på planet från Frankfurt. Hade Anders von Laudern alkoholproblem?

– Johan. Han lyfte glaset mot mig. Ögonen var blanka och blicken inte riktigt stadig. Du vet att du är min bäste vän. Min äldste vän i alla fall. Skit samma. Skål!

– Skål. Och jag undrade vart han ville komma, varför han hade dragit iväg med mig bort från de andra.

– Du kommer ihåg när vi flög från Frankfurt?

Jag nickade.

– Och det där jag berättade om tavlan, om Rubens?

Jag nickade igen, smuttade på konjaken i det grova glaset.

– Glöm det. Han log. Jag var packad helt enkelt. Du vet hur det kan vara. Jag hade haft en jobbig period i Italien, föreläst på universitetet i Padua också. Och när man sätter sig ner i flygplansfåtöljen så släpper spänningen, man är på väg hem och kan unna sig några glas, eller hur?

Jag såg på honom, undrade litet grand. Så berusad hade han väl inte varit ändå. Inte som jag kunde minnas. Fast han kanske kunde dölja det.

Anders böjde sig ner efter flaskan, slog sitt glas fullt och såg frågande på mig, men jag skakade på huvudet, ville inte vakna med huvudvärk. Dessutom skulle jag köra tidigt på morgonen.

– Jag hade helt enkelt en depressionsperiod, sa han. Det var körigt på museet och den där efterträdarfrågan hängde som ett mörkt moln över mig. Och det förstörde sömnen. Jag började ta ordentliga sängfösare för att kunna somna. Och Valium. Det gav mig dom mest fantastiska drömmar. Kusliga, otäcka drömmar, och oerhört levande var dom också. Du vet hur det är. Man skriker och skriker i sömnen utan att få fram ett ljud och sen vaknar man genomvåt av svett.

– Du menar att din Rubenstavla bara var en dröm?

– Just det. En kombination av sömnmedel, sprit och önsketänkande.

– Önsketänkande?

Han log.

– Det förstår du väl. En Rubensspecialist hittar en okänd tavla av mästaren. Det blir sensation, mitt namn på förstasidorna i alla tänkbara museipublikationer över hela världen. Och du kan förstå vad det skulle gjort för mina chanser att efterträda Sven.

– Du har alltid levt i det blå. Fast det lät ganska övertygande när du berättade det. Men jag lovar att jag ska glömma bort alltihop. Du har aldrig berättat för mig om maskerade män och nattliga utflykter. Och vem Rubens är har jag ingen aning om.

Lättad såg Anders på mig, så böjde han sig fram och klappade mig på kinden.

– Tack, sa han lågt. Jag visste att jag kunde lita på dig.

– Vad är vänner till för. Och att glömma kostar ingenting. Berätta en sak för mig bara. Elisabeth. Vad gör hon mer än att vara fru till Lundman?

Misstänksamt såg han på mig.

– Vad menar du? Vad angår det dig?

47

– Angår och angår, sa jag litet stött. Hon angår mig inte alls. Jag tycker hon är vacker bara. Verkar intressant. Och jag såg på middagen att du tycker det också.

Han såg på mig. Så log han.

– Skarpa ögon har du och iakttar gör du, precis som förr. Ja, jag håller med dig. Hon är vacker. Och jag . . .

Men han hann inte fortsätta. Vi blev avbrutna.

– Här sitter ni och konspirerar.

Gunnar Nerman hade tagit med sig en pinnstol från köket och satte sig framför oss.

– Har ni löst frågan om vem som ska efterträda Sven än? Ni verkade så hemlighetsfulla och jag anar intriger i varje vrå.

– Intriger och intriger, sa Anders och såg på honom. Du lär ju inte vara främmande för korridorpolitik har jag förstått. Spring i utbildningsdepartementet är också en metod som kan löna sig. Numera är det ju inte bara akademiska meriter som lönar sig.

– Kasta inte yxan i sjön, sa Gunnar lätt. Gå med i nåt intressant parti. Försök dom gröna nu, när du här blivit bonde och allting.

Kapitel VI

– Jag vill gärna begagna det här tillfället att gratulera kommissarie Bergman och hans kolleger på narkotikaroteln. Ni har gjort en fantastisk insats.

Justitieminister Viola Gren log mot den gråhårige mannen som satt mitt emot henne vid det avlånga konferensbordet. Utifrån gatan hördes trafikbullret som ett dovt, svagt havsbrus genom de tjocka stenväggarna, sommarsolen föll över ena bordshalvan från de höga fönstren, slog blänkande reflexer i glas och Ramlösaflaskor. Runt bordet satt allvarsamma herrar från polisledningen och socialstyrelsen och tjänstemän från departementet.

Harry Bergman harklade sig, såg tvekande på rikspolischefen som nickade uppmuntrande.

– Tack för dom vänliga orden, sa han sedan. Jag ska vidarebefordra det till mina kolleger. Det är ju inte alltid ett särskilt uppmuntrande jobb dom har. För små resurser. Vi behöver mer folk, mer utrustning och större möjligheter att agera snabbt i trängda lägen. Jag menar avlyssning och sånt.

Han tystnade inför rynkorna i rikspolischefens panna och de mörka ögonkast som kom från kolleger i olika grader och funktioner. Han förstod. Avlyssning och större flexibilitet i spaningarna var kanske inte det lämpligaste samtalsämnet att ta upp med en ny justitieminister.

– Det är alltid trevligt med uppmuntran, fortsatte han, men det här myntet har två sidor. Att vi har gjort större beslag nu än förr beror också mycket på att tillgången på narkotika har ökat. Så även om våra beslag har gått upp med närmare 50 procent jämfört med tidigare år, så ser vi bara toppen på isberget. Grovt räknat så motsvarar det vi tar hand om cirka 10 procent av vad som finns på marknaden, i bästa fall.

– En sak som oroar oss är övervikten för tung narkotika, sköt byråchefen Hansson från socialstyrelsen in. Såvitt jag förstår av tillgänglig statistik, så ökade heroinbeslagen med femtio procent och kokain med fyra gånger jämfört med tidigare siffror.

– Det är riktigt, nickade Harry Bergman och tände en cigarrett. Justitieministern såg ogillande på honom, men ville inte påminna om den lilla skylten med "Rökning förbjuden" som stod lutad mot batteriet av ramlösaflaskor. Trots allt hade hon just gratulerat poliserna för deras arbete. Pekpinnarna fick vänta.

– Visserligen har vi lyckats komma över 120 procent mer cannabis i år, men det är dom tyngre grejorna som är problemet, även om hasch och marijuana kan vara inkörsporten till tyngre missbruk.

– Utvecklingen är oroväckande, sa rikspolischefen och såg ner på sina papper. Jag kan konstatera, när det exempelvis gäller kokain, att vi beslagtog ett enda gram 1986, medan siffran för 1988 är 2.500 gram. Fast det är inte mycket att hurra för internationellt sett. I Kanada tog dom 500 kilo kokain häromdan. Det skulle kosta över en miljard på gatan. Och en annan sak verkar komma tillbaka, LSD. Ett av dom farligaste preparaten. Där tog vi en tripp 1987 och 1.650 året därpå.

– Då får man inte glömma att det var ett enda beslag av LSD som vi gjorde, avbröt Harry Bergman. Det var ute i Vallentuna och vi klämde en storgrossist. Men en annan oroande aspekt på kokainet är att det sprids i andra grupper än dom vanliga.

– Hur menar du? frågade justitieministern och rättade till sina kraftiga glasögon. Tidigare hade hon använt kontaktlinser, men i sin nya position behövde hon all pondus hon kunde få och hade gått över till glasögonen som gav hennes ansikte ett kraftfullare, bestämdare utryck. Åtminstone tyckte hon det när hon såg sig själv i badrummets spegelglas.

— Vi har gjort samma observation, sköt byråchef Hansson in. Tidigare har vi på socialstyrelsen haft att göra med ett mer eller mindre utslaget klientel. A-lagets B-lag om ni så vill. Människor där många var bortom all räddning, inte ville, inte orkade. Människor som vi inte kunde motivera. Men vi visste var vi hade dom och vi kunde åtminstone försöka. Vi gjorde vad vi kunde med uppsökande verksamhet och så vidare. Nu går missbruket ner i åldrarna och kokain till exempel har blivit en sexig innedrog. Det är ett annat klientel som vi inte kommer åt. Väletablerade människor med ordnade vanor och goda inkomster. Vi kan inte skicka ut patruller till toaletterna på lyxkrogarna och diskoteken till exempel. Jag är rädd för att vi har en tidsinställd bomb där. I början är det nog tjusigt om man kan kontrollera situationen, men efter en tid tar knarket över och man slås ut. Långsamt men säkert.

— Det låter alarmerande, sa Viola Gren. Men vi får inte resignera. Vi måste bekämpa den här hanteringen med alla medel, inte stå handfallna. Statsmakterna tvekar inte att sätta tyngd bakom orden, och personligen ska jag ta upp dom här frågorna i statsrådsberedningen och se vad vi kan göra.

Snacka går, tänkte Harry Bergman, men visligen teg han. Det låter som ett vanligt valtal när politikerna ska slå mynt av knarket för att fiska röster. Ge oss resurser istället. Ge oss mer folk.

— Frågan är bara om ni har några konkreta förslag som jag kan fundera på tillsammans med mina kolleger i departementet.

— Angrip gatulangningen, sa rikspolischefen. Får vi bukt med distributionssidan, så minskar konsumtionen sakta men säkert.

— Vi måste respektera individens rättigheter, avbröt byråchef Hansson. Vi måste ta hänsyn till hans integritet och gå varligt fram.

— Du menar att vi ska respektera en persons rätt att knarka ihjäl sig? Harry Bergman såg ironiskt på honom. Ska vi stå med armarna i kors och inte ingripa? Jag ska tala om för dig, att dom där människorna förstår inte sitt eget bästa. Dom måste hjälpas. Och då duger det inte med släpphänthet och suddiga formuleringar.

– För den skull får vi inte förfalla till nån sorts fascism, log byråchefen från socialstyrelsen. Men det var inte något vänligt leende.

– Jag tror att vi har kommit till slutet på vår diskussion, sa justitieministern nervöst och rättade till sina papper. Finns det några fler kommentarer eller synpunkter innan vi slutar?

– En sak bara som departementet ska känna till. Harry Bergman såg eftertänksamt på henne. Och det är att vi har utökat vårt samarbete på det internationella planet. Vi försöker komma åt spindlarna i nätet, åtminstone kartlägga nätet litet effektivare så att vi kan ingripa så högt upp som möjligt i distributionen. Och vi har många intressanta projekt på gång. Bland annat verkar det som om det kommer in ganska mycket kokain från Italien, via Venedig. Det är för tidigt att gå in på några detaljer än, men vi följer upp många spår som pekar mot ett mycket intressant håll. Vi ser konturerna av två spindlar. En i Venedig och en i Stockholm. Med lite tålamod och tur räknar vi med att kunna slå till ganska snart.

– Bra. Viola Gren nickade mot honom. Mycket bra. Det var alltid en fördel att inte komma tomhänt till regeringsluncher och beredningar. Det hade hon redan märkt. Och framgång födde framgång. Kunde polisen slå till och nysta upp en stor narkotika-härva i början av hennes period så skulle det inte skada. Inte alls. Hon log och reste sig.

När jag vaknade var det tyst i huset. Ute i parken trummade en hackspett och en strimma sol letade sig in genom springan mellan gardin och fönsterkarm, drog ett lodrätt streck över den medfarna tapetens blekta rosenslingor.

Jag såg på klockan. Snart åtta. Det var sent för mina vanor, mycket sent till och med. Jag brukar normalt vakna vid sextiden, sätta på mig min blå morgonrock i mjuk frotté och tassa ut i hallen där Svenska Dagbladet och Dagens Nyheter väntar på den bruna dörrmattan under brevinkastet. Det är ett av de få inslagen av lyx i min enkla tillvaro, men prenumerationerna står på firman. Den morgon de inte kommer eller är försenade innebär en katastrof, förrycker hela livsrytmen och förstör min dag. Nästan i alla fall. Sen går jag ut i köket, gör iordning min frukost på en halv grapefrukt, några skivor fullkornsbröd med en mager ostskiva och en klick Keso med en skiva lysande röd paprika som pålägg. Den hälsosamma effekten motvägs av becksvart kaffe, men man kan inte få allt, och utan kaffet kan jag inte tänka mig att gå ut och möta en hård, ond värld.

Medan kaffevattnet kokar i min Visseljohanna slår jag upp morgonmjölken åt Cléo och ser efter om det finns någonting kvarlämnat i kylskåpet som kan passa en kräsen kattfröken på morgonkvisten, en halv sardin eller så. Beskäftigt snor hon runt mina fötter och jamar högt och uppfordrande. Beroende på vädret, årstiden och mitt humör sätter jag mig sedan med min frukost, prydligt uppdukad på en silverbricka, antingen ute på terrassen om det är sommar och varmt eller i en av fåtöljerna vid öppna spisen. Ibland, särskilt om vintern, när det är kallt och ruggigt och mörkret står dovt utanför fönstren, så går jag in i sovrummet, pallar upp alla huvudkuddarna bakom mig och sätter brickan på nattygsbordet. Sedan vecklar jag långsamt och njutningsfyllt upp de prasslande morgontidningarna och går till verket. Fru Andersson, mitt allt i allo på Köpmangatan 11, klagar på mitt tidningsläsande i sängen. Det smutsar ner lakanen, säger hon. Trycksvärtan färgar av sig på lakanen. Men hon får acceptera mina ovanor. Är de inte större än så går det väl an.

Sent på dagen var det också för jag behövde vara i Stockholm och öppna affären, helst inte senare än tio. Men om jag snabbade mig borde det kunna gå utan några större förseningar. På två timmar lite drygt tog man sig till Stockholm om trafiken var hygglig.

Nu gällde det bara att hitta rätt på alla prylar i Anders kök, tänkte jag när jag klädde mig. Jag hade inga förhoppningar om att han skulle vara uppe och göra iordning frukost så här dags, och var koppar och fat och annat fanns hade jag inte någon aning om. Det gamla köket var fullt av skåp och lådor och allting verkade

mycket provisoriskt. Men kaffet måste stå någonstans och alltid
fanns det något ätbart i kylskåpet. Inlagd sill om inte annat, även
om det inte tillhörde mina frukostfavoriter. Anders hade säkert
provianterat för att ta hand om sina gäster dagen efter.

Dagen efter, ja. Det var inte utan att jag kände mig litet tung i
huvudet, men de andra mådde säkert värre, om det nu var någon
tröst. Det var inte måttligt vad Anders hade hällt i sig, inte minst
till kaffet. Den ena konjaken efter den andra hade han klämt. Och
sedan kom långa, mörkbruna whiskygroggar. Sa man grogg nuför-
tiden förresten? Whisky sodas var väl rättare, men effekten blev
densamma. Nåja, det var honom väl unt. Han hade kommit hem
till slut, förverkligat sina drömmar, fått stolt visa upp sitt förvärv,
sitt barndomshem, för sina vänner. Fast vänner förresten. Såg
man litet närmare under ytan så var det väl si och så med den
saken.

Sven Lundman hade verkat känna av sin situation, att han
skulle avgå, att han skulle pensioneras, och som alltid i det svenska
systemet reduceras till näst intill obefintlighet.

– Det är lustigt i Sverige, hade han sagt när han tände sin
cigarrcigarrett till kaffet i stora salen. Vi förskönar tillvaron genom
att kalla verkligheten för nånting annat, besvärjer den med ord.
Friställd istället för arbetslös, arbetsobenägen och alkoholproble-
matiker är andra förskönande omskrivningar. Nu är det min tur.
Seniormedborgare eller grå panter. Det är bara att välja. Men
sanningen finns där bakom fasaderna. Nu är man folkpensionär,
åker med rabattkort och blir omhändertagen. Dragspelsmusik och
bussutflykter med Pensionärernas riksorganisation. Har man tur
så hamnar man på ett servicehus där dom är så jäkla moderna och
tidsmedvetna att gamlingarna får ta sig ett järn på lördagskvällen.

Han hade sagt det med en glimt i ögat, skämtsamt, men det
märktes att det fanns en bitter underström. Och vad återstod för
honom? Några års frihet, en frihet att skriva och forska, någonting
han inte hunnit med under tunga chefsår. Men hans pension var
inte samma sak som full lön, standarden skulle gå ner och åldern
ta ut sin rätt. Det märktes framåt kvällen, när hans litet sirliga

54

framtoning av brittisk gentleman började lösas upp i konturerna, att han innerst inne inte såg på sina båda tronpretendenter med särskilt välvilliga ögon. Inte för att han hade sagt någonting direkt, men jag såg det i hans ögon, hörde det i hans tonfall. Och Elisabeth gjorde inte saken bättre genom sin närhet till Anders von Laudern. Det fanns en intimitet mellan dem som var nästan påtaglig. Sättet att se på varandra, tonfallet, händer som snabbt och omärkligt snuddade vid varandra när glas fylldes på och en chokladask bjöds runt.

Ju längre kvällen lidit, desto tydligare framstod också motsättningarna mellan Anders och Gunnar, rivalerna om chefstjänsten på Svenska museet.

Hånfullheten och ironin i Gunnars röst, illviljan som inte kunde döljas i hans vattniga ögon i det runda ansiktet. Han fick passa sig, var på gränsen till att bli tjock och degig. Än så länge gick det an, men ansiktets linjer var på väg att förslappas, kinderna verkade växa, blev porösa som en tvättsvamp. Och hos Anders märktes en växande irritation, en spändhet som fick honom att dricka mer än han tålde.

Långsamt och försiktigt gick jag nerför den knarrande trappan. Även om jag måste iväg till Stockholm, så fanns det ingen anledning att väcka de andra. De kunde behöva sin skönhetssömn. Tids nog skulle de vakna till huvudvärk och andra sviter av kvällen innan. Jag skulle skriva en lapp till Anders och tacka honom, lägga fram den på köksbordet så att han skulle hitta den när han kom ner. Så skulle jag ringa från Stockholm istället för att väcka honom.

När jag öppnade dörren klirrade det av porslin inne i köket.

– Hej Johan.

Framme vid den gamla elspisen stod Barbro Lundelius. Hon log mot mig och slog upp kokande hett vatten över det kritvita kaffefiltret. En härlig doft av nybryggt kaffe spred sig i det gamla köket. En bonad i korsstygn hängde på den grå pärlspontväggen. "Egen härd är guld värd" stod det i stora, röda bokstäver. Jag höll med. När det gällde Backa kostade den guld också, den egna härden, innan Anders skulle ha allt i ordning.

– Vilken tur jag har, sa jag. Här var jag orolig för att vår bohemiske vän skulle ha glömt att köpa hem livets väsentligheter och att jag dessutom inte skulle hitta i alla hans lådor och skåp. Och så står du här som en räddande ängel på köksgolvet när jag stiger ur min paulun.

– För en gångs skull har du tur. Men jag är inte bara din räddare i nöden. Anders också. För jag köpte med mig en massa saker som jag gissade att han inte hade tänkt på. Så nu har du både kaffe, franskbröd och prickig korv. Kalles kaviar och mjukost också.

Jag satte mig ner vid köksbordets lysande mörkblå vaxduk. Snabbt dukade Barbro fram koppar och fat, slog kaffet på en stor termoskanna och plockade ut smör och pålägg ur det medfarna kylskåpet.

Jag såg på hennes effektiva, I emvana rörelser. Anders hade en duktig assistent. Hon var snabb och pålitlig, effektiv. Såg till att allt fanns som han hade glömt. Var det bara ett utslag av hennes effektivitet, eller drevs hon av andra motiv? Jag tänkte på hur hon sett på Anders kvällen innan. Skrattat åt hans skämt, lyssnat beundrande på hans utläggningar om konst och kulturpolitik. Var det den unga assistenten som beundrade sin chef och handledare eller den unga förälskade kvinnan?

– Varför är du så tidigt uppe? frågade hon och hällde upp kaffet i våra koppar ur den blanka kannan.

– Jag som inte är statstjänsteman måste försörja mig hederligt, log jag. Affären öppnar tio, och det kan ju hända att turisterna står och rycker i handtaget och vill in om jag kommer försent. Sen tröttnar dom och går nån annanstans. Men hälsa Anders och tacka. Jag ville inte väcka honom, och jag förstår att han behöver sova ut. Han spottade inte direkt i glaset igår kväll.

Barbro såg bekymrat på mig.

– Jag är faktiskt lite orolig, sa hon och satte ner sin vita kaffekopp. Anders dricker för mycket. Det verkar som om han är orolig för nånting, lever under press och stress. Jag har talat med honom

56

om det, men han bara viftar bort alla argument. Visst unnar jag honom att fira köpet av Backa och att han har kommit hem till slut och allt det där, men han måste ta det lite lugnare i fortsättningen. Det är inte bra för honom.

Jag nickade, jag höll med och tänkte på flygningen från Frankfurt. På vad han sagt kvällen innan om sprit och Valium. Använde han andra och starkare droger också? Och vad var det för ångest som drev honom?

– Vem ska bli chef för museet då? frågade jag för att byta samtalsämne. Det kändes inte riktigt bra att sitta nere i köket och diskutera Anders spritproblem när han låg däruppe och sov.

– Om inte regeringen får för sig att utnämna nån som är alldeles otippad står det och väger mellan Anders och Gunnar.

– Vad är ditt stalltips?

– Tänker du spela? Sätta på vinnare? Hon log och fyllde på min kopp. Nej, skämt åsido så tror jag faktiskt att Anders ligger bäst till. Han kombinerar både vetenskapliga meriter och administrativ förmåga. Och det är ingen dålig kombination. Sen har han personalens stöd. Dom gillar honom, och fackets synpunkter väger ju alltid tungt.

– Vi får hoppas bara att det inte blir några nya skandaler, sa jag och bredde mjukost på en franskbrödhalva.

– Skandaler? Hur menar du?

– Ja, så att statsråd och andra måste avgå. Då finns det placeringsbehov och att bli chef för Svenska museet är väl inte så dumt? Nästan lika fint som landshövding.

Hon skrattade. Ett friskt, smittande skratt. Igen tänkte jag på hur fräsch hon var. Det stod en aura av ungdom och hälsa runt henne.

– Du menar SUTV-metoden? sa hon.

– Vad är det?

– Snett upp till Vänster. När man har gjort sig omöjlig nånstans så befordras man snett upp till vänster. Blir landshövding eller generaldirektör. Ambassadör kanske.

– Jag vet, sa jag. Vår tids form av silkessnöre, fast mer civiliserad. Den som fick silkessnöret i gamla Kina måste ta livet av sig. Fast jag tycker inte dom skulle begränsa sig till den sortens jobb. Varför inte göra avdankade och misslyckade politiker till SAS-kaptener eller hjärnkirurger? Det skulle kunna få många spännande konsekvenser. Eller biskopar.

Hon skrattade igen.

— Du är inte lite tokig du fast du är så ... Hon tystnade.

— Så gammal menar du?

— Nja, inte direkt, men män i din ålder brukar ju vara lite mer, ska vi säga, värdiga. Nu fnissade hon.

Jag kände mig en aning stött, inte så litet förresten.

— Ålder och ålder. Man är så gammal som man känner sig. Jag kan inte vara mer än en tio år äldre än du. Och det är ju inte nån större skillnad.

— Nej, det håller jag med om. Ta lite mer kaffe, snälla farbror. Och hon fnissade igen.

Men jag såg på henne att hon inte var alldeles övertygad. Fast hon levde inte som hon lärde, om det nu var så att hon stod Anders närmare än som motiverades av hennes anställningsförhållande. Fast jag hade säkert fel. Jag inbillade mig alltid en massa saker och lade mig i när jag inte hade någon anledning.

Alla sov fortfarande när vi hade avslutat vår frukost. Jag gick ut på trappan och såg ut över gårdsplanen. Solen sken, himlen var hög och blå och fågelsången kom ur de lummiga trädkronorna runt det gamla huset och de små flyglarna. En svartvit sädesärla knyckte fram över gårdsplanens grus i sin eleganta aftondräkt, i sofistikerad kontrast till ett gäng tjattrande gråsparvar som likt fågelvärldens låglönegrupp slogs vid ena knuten. Flitiga svalor svirrade fram på sin morgontidiga flugjakt. Ungarnas uppfordrande kvitter hördes under takpannorna, och humlornas surrande steg och föll ur jasminbuskaget vid gaveln. Jag tänkte på beskrivningen av humlan som tekniskt sett var oförmögen att flyga, men som gjorde det ändå, eftersom hon inte visste om det. Långt borta kom dova råmanden från kor på bete. Lantlig ro, pastoral idyll. Jag kände mig avundsjuk på Anders. Han hade kommit tillbaka till sina rötter, kommit hem. När skulle jag göra det, var fanns mitt hem på jorden?

– Kör försiktigt, sa Barbro och kysste mig på kinden. En lätt, snabb kyss snuddade som en svalvinge vid min kind.

– Jag lovar. Och vi kanske ses i Stockholm? Du måste komma till min affär i Gamla stan och se vad jag har. Här får du mitt kort. Det har både adressen till affären och hem till våningen. Jag bor vid Sankt Göran och draken. Det är lätt att komma ihåg.

– Jag lovar, sa hon och log. Jag lovar. Hej då.

– Hälsa Anders och tacka, ropade jag genom den nervevade bilrutan när jag startat motorn. Säg att jag ringer.

Kvart över tio kunde jag låsa upp dörren till min affär. En kvart försenad, och det var inte mycket att orda om för ingen hängde på låset. I själva verket ringde inte min tibetanska kamelklocka över dörren förrän några timmar senare då jag fick sälja några kopparstick ur *Suecia Antiqua* till ett par äldre damer från Eksjö som tittade efter en femtioårspresent till en brorson. Till Anders ringde jag också ett par gånger, men ingen svarade.

På kvällen satt jag länge ute på terrassen högt över Köpmantorget och läste kvällstidningarna, och jag slogs av hur de förändrat karaktär och kommit allt närmare veckotidningarna till sitt innehåll. Nyhetsmaterialet dominerade inte längre utan det var skilsmässor, recept och kändisreportage som tog över mer och mer.

Cléo låg och sov i en av de stora trädgårdsstolarna i rotting. Hennes crèmefärgade kropp med de blå tassarna och den blå nosen harmonierade perfekt med den mörkblå stolsdynan. Det visste hon förmodligen, för det var hennes favoritplats. Över mig pilade svalorna fram som på himlen över Backa och bortöver svartblänkande hustak syntes Djurgårdens lummiga grönska. Tornet på Gröna lund höjde sitt vita finger upp mot den blånande kvällshimlen, svagt hördes skrik och skratt i vinden från berg- och dalbanan. På min nyinköpta CD-spelare flöt Albinonis konsert för oboe och violin ut i den ljumma kvällen. Telefonjacket hade jag dragit ur. Det är en lyx jag unnar mig ibland, särskilt när jag lyssnar på musik. Inte för att det gör någon större skillnad. Det är nästan aldrig någon som ringer i alla fall. Jag hade ätit en lätt middag på rester i kylskåpet och mådde på det hela taget ganska bra, då det ringde på dörren.

– Vem kan det vara så här dags? sa jag till Cléo, som förstrött öppnade ett violblått öga som hon strax slöt igen.

Jag drog med fingrarna genom håret, rättade till min mörkblå lammullströja som korvat sig över midjan. Så satte jag på mig mina loafers som jag sparkat av mig och gick ut i hallen och öppnade dörren till stentrappan.

Ute i det glåmiga trappljuset stod Barbro Lundelius. Hon såg blek och förstörd ut, förgråten.

– Johan, sa hon och kastade sig om halsen på mig, snyftade mot min skuldra. Det är så fruktansvärt.

Kapitel VII

— Lilla vän, sa jag tröstande och strök henne över det blonda håret, höll om henne under hennes krampaktiga snyftningar. Min lilla vän. Vad är det som har hänt?

— Anders, snyftade hon. Anders. . . . han. . . han är död. Så började hon gråta igen.

Varsamt förde jag in henne i hallen och stängde dörren.

— Kom och sätt dig, sa jag och tog henne till en av de djupa fåtöljerna vid öppna spisen. Berätta allting för mig. Börja från början. Och vi har ingen brådska.

Jag slog upp konjak i två små kupor, gav Barbro den ena och satte mig bredvid henne.

— I morse när du hade åkt, började hon, tystnade och tog en klunk av den mörka konjaken.

— I morse kom dom andra ner vid niotiden. Vi väntade på Anders, men Sven och Elisabeth måste köra tillbaka till Stockholm. Gunnar också, så jag gick upp till Anders rum för att väcka honom. Men han var borta, sängen var tom. Och det verkade inte som om han hade sovit i den. Jag trodde att han var i badrummet eller hade gått ut för att hämta posten utan att vi hade märkt det. Men ingen fanns i badrummet och vägen ner till postlådan var lika tom. Först brydde vi oss inte så mycket om det utan tänkte att han kanske hade gått upp tidigt och åkt för att handla. Men sedan började vi undra och gick igenom varje rum i huset. Hon tystnade.

— Nå?

— Sen gick vi ut i trädgården, och det var Elisabeth som . . . som

61

hittade nånting. Hon ropade på oss. Hon hade gått ner till sjön, till bryggan. Du kommer ihåg att det gick en lång och skranglig träbrygga ut i sjön. Han hade en liten eka liggande där.

Jag nickade, jag kom ihåg. Många gånger hade jag gått där i tidiga morgnar, när gryningsdimmorna lättade från sjön, för att ta båten och kasta efter gädda och aborre ute på grundet mitt i sjön. Lång och smal sträckte sig bryggan av kvistigt och solblekt trä ut genom vassen över dyiga bottnar, ut mot djupare vatten.

— Låg han där?

— Nej, men hans kläder. Sven och Gunnar rodde ut i båten och efter en stund hittade dom honom.

Barbro tystnade och såg på mig med blanka ögon.

— Han hade flutit in i en vassrugge, sa hon lågt och lutade huvudet i händerna och började gråta, en tyst, förtvivlad gråt. Tafatt räckte jag henne min näsduk. Hon tog den och log ett snabbt, ömkligt litet leende genom tårarna.

— Han hade tydligen gått upp tidigt för att ta ett morgondopp, sa hon. Och så simmade han ut för långt och fick kramp.

Jag satt tyst och fyllde på mitt konjaksglas. Såg på henne utan att se. Anders von Laudern var död. Borta. Fanns inte mer. Min äldsta barndomsvän, som var en del av mitt liv, av min uppväxt. Någonting hade tagits ifrån mig som aldrig skulle komma tillbaka. Vi hade vuxit upp tillsammans, fuskat i skolan, byggt kojor i parken vid Backa. Vi hade skjutit gråblå duvor med visslande snabba vingslag vid hans pappas ärtåkrar och ekorrar med salongsgevär snöiga vinterdagar. Anders hade fått ett salongsgevär av sin pappa när han fyllde tio år, och varje söndagsmorgon fick han en näve patroner .22 long, och en förmaning att vara försiktig och inte skjuta förrän han var säker på målet. "Bärplockande käringar kan huka bakom varenda enbuske", som Georg von Laudern brukade säga, och vi förstod vad han menade, även om blåbär och lingon sov under snön. Sedan hade vi gått ut i skogen. Snötyngda stod träden där, ren och vit hade snön legat i mjukt skulpterade drivor, och som spårhundar gick vi runt bland de högstammiga träden. Vi ringade in ett område och så räknade vi de små ekorrspårens stämplar i snön för att se hur många som ledde in och ut. Var inspåren fler fanns vårt byte därinne bland granarna, och med uppvända huvuden smög vi bland träden för att upptäcka de pepparkornsögda ekorrarna. Skinnen sålde vi sedan på Hindersmässan inne i Örebro för ett par kronor styck till små knotiga gubbar som gick omkring med klasar av röda rävskinn på sina axlar, en knippa ekorrskinn i ena handen och några blanka, vackra mårdskinn uppblandade med en eller annan utter i den andra. Ofta stod ett moln av konjak runt dem. Bland marknadsståndens tingeltangel med hötorgstavlor, karameller och leksaker fanns skinnhandlarna kvar som en fläkt från den tid när Hindersmässan var en marknadsplats för Bergslagen i februari. En marknadsplats för järn, blåsvarta tjädertuppar, bäverskinn, guldgult smör och mycket annat.

Och nu var Anders död. Det var bara så orättvist. I hela sitt liv hade han längtat hem. Och nu när hans dröm var uppfylld, så går han bort. Jag blev nästan arg på honom.

– Vet du när det hände?

Hon skakade på huvudet.

– Jag vet inte om det var igår kväll, på natten alltså, eller nu tidigt i morse. För jag gick och la mig ganska tidigt. Före dig i alla fall. Jag var trött och hade ont i huvudet.

– Vem såg honom sist?

– Vi talade om det. Sven och Elisabeth hade inte varit så hemskt sena heller, eftersom dom måste upp tidigt och åka tillbaka till Stockholm. Vid ettiden drog dom sig tillbaka.

– Då blev det bara Gunnar och Anders kvar?

– Ja, och Gunnar berättade att när alla andra hade försvunnit så gick Anders och han ut i köket och åt sill och drack brännvin, satt där vid köksbordet och diskuterade.

– Vad pratade dom om?

– Det sa han inte. Jag vet bara att dom grälade.

– Hur vet du det?

– Jag vaknade mitt i natten och gick på toaletten. Och när jag kom ut i hallen hörde jag röster. Anders skrek nånting. Men jag ville inte lyssna, så jag gick in till mig igen.

– Och du är säker på att det var Gunnar han skrek till.

– Hur menar du? Vem skulle det annars vara?

– Inte vet jag. Bara att du inte hörde någon annan, eller hur?

– Jo, det förstås. Men eftersom dom satt nere i köket så kunde det väl inte ha varit nån annan?

– Förmodligen inte. Kommer du ihåg ungefär hur dags det var?

– Vid tvåtiden tror jag.

– Det verkar konstigt att Anders skulle ha gått direkt från köksbordet för en simtur sådär dags, tycker du inte det? Vad säger Gunnar?

– Att dom gick och la sig vid två nån gång. Och att Anders varit ordentligt rund under fötterna. Gunnar själv hade tagit lite för mycket också, sa han. Därför kom han bara ihåg att han hade gått direkt upp på sitt rum och somnat som en stock, ovanpå sängen, med kläderna på. Så jag gissar att Anders hade vaknat med en ordentlig baksmälla och velat gå ner till sjön för att friska upp sig med det kalla vattnet och komma iform igen innan alla skulle ha frukost.

– Gunnar sa ingenting om att dom hade grälat?

– Tvärtom. Dom hade haft trevligt, sa han. Kommit överens om att dom skulle acceptera att en av dom skulle bli chef och att den andre fick samarbeta och inte sätta sig på tvären. Vem det än skulle bli. Dom hade till och med kommit fram till att den som vann skulle göra allt vad han kunde för att den andre skulle få nån motsvarande post. Det finns trots allt fler museer och vetenskapliga institutioner än Svenska museet.

– Det var intressant. Dom rökte alltså fredspipa där vid köksbordet?

– Ja. Och jag tror att det var därför Anders hade bjudit med Gunnar. Han var innerst inne en känslig person som alltid försökte undvika konfrontationer.

Jag såg på henne. Hon hade lugnat sig nu och slutat gråta, men såg ganska ömklig ut. Ögontuschet hade runnit ut med tårarna

64

och håret var glanslöst och okammat. Igen tänkte jag på 50-talsfilmerna. Nu såg hon ut som den sunda flickan från landet som kom tillbaka hem efter att ha upptäckt att storstaden inte bara var stor. Den var farlig också. Jag log. Hon märkte det och såg undrande på mig.

– Jag tänkte på Anders, sa jag förklarande. Vi växte ju upp tillsammans. I och för sig kan jag förstå att han ville komma iform och tyckte att det var förargligt om han skulle komma bakfull till frukostbordet. Sven Lundman är ju trots allt hans chef och har väl fortfarande en del att säga till om när det gäller efterträdarfrågan. Och en museichef med spritproblem är väl inte nån ideallösning, kan jag föreställa mig. Därför gick han ner till bryggan när han vaknade på morgonen, före alla andra och klär av sig alla kläderna och simmar rakt ut i sjön för att nyktra till.

Hon nickade bekräftande.

– Ja, alla kläder som han hade på sig dan innan låg snyggt och prydligt hopvikta på bryggan.

– Gör man det?

Frågande såg hon på mig.

– Klär på sig alla kläderna på morgonen när man ska gå till bryggan för att ta ett dopp? Vore det inte naturligare att bara sätta på sig badbyxorna och en morgonrock när man går ner till sjön? Annars får man ju klä av och på sig en gång till nere på bryggan menar jag.

– Jag vet inte. Kläderna låg där i alla fall, så han hade väl gjort det. Han ville väl vara iordning direkt efter badet innan han gjorde frukosten åt oss andra.

– Det är en sak som är konstig i den här historien. Fundersamt såg jag på henne.

– Vad skulle det vara?

– Anders kunde inte simma.

– Inte simma! Vad menar du?

– Vad jag säger. Anders kunde inte simma och hade panisk skräck för vatten. Jag vet det, för jag räddade faktiskt livet på honom en gång. Anders hade alltid varit lite rädd för sjön. Visserligen älskade han att fiska, men han var alltid mycket försiktig, och simma hade han aldrig lärt sig som barn eftersom han hade haft en öroninfektion och doktorn tyckte att det var bäst att han badade så lite som möjligt. Men en morgon när vi var ute och kastade fick han hugg, en jättestor gädda var det, åtminstone tyckte vi det. Han baxade fram den till båtkanten och skulle dra upp den med en huggkrok, men blev för ivrig och ramlade i vattnet. Båten krängde till och årorna hamnade i sjön och båten drev bort från honom. Han sjönk och kom upp till ytan, sjönk igen och jag hoppade i vattnet och fick tag på honom i andra försöket. Sen lyckades jag baxa honom iland. Fråga mig inte hur, men det gick med ett nödrop. Där vände jag upp och ner på honom och tömde ur vattnet. Så låg han där en lång stund och kräktes innan han kvicknade till. Efter det gick han aldrig i närheten av vatten om han kunde slippa, och såvitt jag vet lärde han sig aldrig simma. Till och med när vi gjorde lumpen var han befriad från simning. Han påstod att han hade nåt fel på öronen som påverkade balansen om han fick vatten i dom.

Barbro såg på mig som om hon inte fattade innebörden i vad jag sagt.

– Du menar, sa hon osäkert. Du menar . . .

– Jag menar ingenting, sa jag snabbt. Vi hade inte setts på många år och det är ju möjligt att han hade kommit över sin skräck för vatten. Han hade kanske till och med lärt sig simma. Vad vet jag? Jag kan bara berätta som det var. Så jag tycker att det är konstigt om han skulle ge sig ut på en lång simtur. Och även om det är sommar, så är det inte särskilt varmt vare sig på land eller i vattnet tidigt på morgonen.

– Det behöver ju inte vara så konstigt, sa hon efter en stund. Han hade ju druckit alldeles för mycket och kanske inte simmat ut alls. Istället för en morgondusch går han ner till sjön och hoppar i vattnet alldeles invid bryggan för att kyla av sig och nyktra till. För där kunde han bottna och hålla sig i kanten. Sen kollapsade hjärtat i det kalla vattnet och strömmen drev ut honom från bryggan.

– Det är möjligt. För mycket sprit förstör omdömet. Det var

väl så det gick till.

Men jag var inte övertygad. Vibysjön är en grund slättsjö som hotas av gradvis igenväxning genom övergödning. Vita svanar seglar stolt ute på den blåskimrande vattenspegeln, men den gröna vassväggen kryper obönhörligen närmare inpå och näckrosornas gröna handflator vänds upp över allt större vattenytor. Att tänka sig några starkare strömmar där var inte realistiskt.

– Det är klart att det var en olyckshändelse, sa Barbro snabbt, som för att övertyga sig själv. Det sa polisen också när dom kom med ambulansen.

– Blir det obduktion?

– Jag vet inte. Varför skulle dom göra det?

– Jag har för mig att det görs vid alla dödsfall utanför sjukhus.

– Vid olyckshändelser också? Som när nån drunknar?

– Kanske inte. Det behövs väl inte när dödsorsaken är så klar. Jag gissar att dom i så fall skulle hitta tillräckligt många promille i hans blod för att ge förklaringen.

Barbro reste sig och gick fram till terrassdörren, såg tyst ut i sommarkvällen.

– Det är skönt att du var hemma, sa hon lågt. Jag ringde och ringde till dig, men ingen svarade. Så jag chansade. Tänkte att du var ute för att köpa kvällstidningarna eller hade dragit ur jacket.

– Jag brukar göra det. Dra ut jacket. Då får jag vara ifred för telefonförsäljare och felringare när jag lyssnar på musik. Det är nästan aldrig nån annan som ringer.

– Stackars du, sa hon mjukt och strök mig över kinden. Sätt i ditt jack igen, så kanske det ändrar sig. Och hon log sitt sommarleende mot mig.

– Jag måste få tala med nån, sa hon sedan och tittade ut. Och du är den bästa. Du kände Anders så väl och sen är du alldeles neutral.

– Det låter lite trist. Att beskrivas som neutral menar jag.

– Förstå mig rätt. Jag menar bara att jag inte kan tala med Sven eller Gunnar som med dig. Eller med Elisabeth. Och hon tystnade.

67

– Kom ut på min terrass och se på Gamla stan istället! sa jag. Då får du lite perspektiv på tillvaron. Här har bott människor sen 1100-talet.

Skymningens bleka kupa låg över tak och hus. Det var stilla och tyst i gränderna. Nere på Köpmantorget skrattade någon plötsligt till och en bil startade utanför Eriks restaurang på Österlånggatan. Från Djurgården kom en svag bris och Skansens mörka konturer anades långt borta, smälte nästan ihop med himlen.

– Så nu är Gunnar ensam på täppan, sa hon lågt och såg ut i kvällen. Herre på täppan.

– Du menar på museet?

Hon nickade.

– Åtminstone är hans värsta konkurrent borta. Den farligaste. Inte för att det är nån garanti. Man vet aldrig vad regeringen får för sig, men logiskt sett borde det vara klart. Och det är så fel!

Hon vände sig mot mig och de blå ögonen hade mörknat.

– Anders var vetenskapsman, forskare. En internationellt erkänd Rubensspecialist. Och han var en utmärkt administratör, som personalen älskade. Han var en underbar människa. Det hade betytt så mycket för museet om vi hade fått honom. Och nu... Hon tystnade, svalde.

– Nu blir det inte lika bra?

Först svarade hon inte, såg ut över Skeppsholmen där af Chapmans spetsiga master stack upp över hustakens mörka silhuetter.

– Gunnar Nerman är en bluff, sa hon trotsigt. En opportunist och lismare som har smilat in sig hos Lundman och styrelsen. Hans vetenskapliga insatser består i dom idéer han har knyckt från begåvade studenter på konsthistoriska seminarier och vad han vaskar fram i utländsk fackpress. Det omsätter han på svenska förhållanden med buller och bång. En linslus och charlatan till chef, det är vad vi får istället för Anders.

– Han verkar inte särskilt sympatisk, höll jag med. På mig verkade han som ett bortskämt och smågrinigt barn som har ätit för mycket chokladkakor. Det pöste lite varstans, inte bara i ansiktet. Han verkar som om han har bott hemma hela livet och aldrig lärt sig att bädda sängen. Fått allting han har pekat på av sin snälla mamma. Är det hon som gett honom Porschen?

Förvånad såg Barbro på mig. Så skrattade hon.

– Det har jag faktiskt ingen aning om. Men med hans lön, så är det nog det. Fast jag har alltid undrat. Gunnar har alltid levat flott. Lunchat på Operakällaren och Gourmet. Åkt utomlands lite då och då. Och sina kläder köper han bara i boutiquer. Han ville göra intryck av att vara nån sorts dandy, en briljant, förmögen överklassperson som ägnar sig åt konst som hobby. En svensk Oscar Wilde utan hans sexuella böjelser.

– Jag förstår, sa jag. Och utan Oscar Wildes begåvning har jag kunnat konstatera. Och vi skrattade båda.

– Fast Gunnar Nerman är inte den enda som är glad ikväll, sa hon sedan, allvarlig nu, och såg på mig med ögon som verkade större i det bleka skymningsljuset.

Kapitel VIII

– Men här står vi och pratar, sa jag. Du måste vara hungrig.

– Jag har faktiskt inte haft tid att tänka på mat. Allting är som en mardröm som jag just håller på att vakna upp från för att säga, att så skönt att det bara var en dröm. Jag vägrar på något sätt att fatta att det har hänt.

– Jag förstår. Och det är likadant för mig. Jag har känt Anders hela mitt liv, och igår kväll satt vi och pratade på Backa. Nu är han död och borta. Det tar tid innan det har sjunkit in. I varje fall måste du äta. Annars orkar du ännu mindre.

Hon log tacksamt.

– Om jag tänker efter så är jag nog ganska hungrig trots allt. Jag fick varken nån ordentlig frukost eller nån lunch. Kaffe och en smörgås på en bensinmack nära Eskilstuna är inte vad socialstyrelsen rekommenderar.

Vi gick ut i köket. Jag plockade fram några fläskkotletter ur frysen och tinade dem i mikrovågsugnen, en välsignelse för lata ungkarlar. Så fixade jag ihop en grönsallad och korkade upp en flaska Beaujolais, tände några ljus och dukade med vitt porslin på den mörkröda vaxduken. Jag ville inte sitta i matsalen. Köket kändes på något sätt tryggare, mer vardagsomslutet. Det behövde vi båda två. Tröst och trygghet i det invanda.

– Berätta för mig om dina vänner, sa jag och serverade henne fatet med de grillade fläskkotletterna.

– Mina vänner? Först såg hon oförstående ut, men insåg snabbt vad jag menade.

70

– Ja, vad ska jag säga? Eftertänksamt såg hon på mig när jag fyllde hennes höga vinglas med det mörkröda vinet. Låt mig börja med Sven Lundman, eftersom han är äldst. En av Sveriges främsta konsthistoriker till att börja med, och om han inte tyckt mera om museiarbetet så hade han fortfarande varit professor vid nåt universitet i Sverige. Eller utomlands också för den delen. Han är ju specialist på 1700-talet, franskt 1700-tal, och hans doktorsavhandling är om Fragonard.

– Honom tycker jag om, sköt jag in och höjde mitt glas med det rubinröda vinet. Skål för Fragonard. Och hans vackra damer i gungor som svindlar upp mot lummiga rokokolövverk.

– Just han. Hon log. Så Sven gjorde en spikrak akademisk karriär och har betytt mycket för utvecklingen på forskarsidan. På ett sätt är det bra att han slutar, för nu kan han ägna sig åt forskning på heltid och slipper allt annat. Administration och intriger.

– Intriger?

– Du kan inte ana hur det går till ibland i akademiska kretsar med docenturer och professurer, förord och jag vet inte allt. Och det är ju så mycket som står på spel för dom inblandade. Topptjänsterna växer inte på trän och många känner sig kallade. Tänk dig själv om du har suttit i många år med en växande studieskuld och knåpat med din doktorsavhandling och andra skrifter för att meritera dig. Så plötsligt en dag blir det en ledig tjänst nånstans. En av dom få professorerna på ditt område dör eller pensioneras. Då slipas knivarna och trummorna dånar i natten. Ska du få utdelning på dina insatser? Ska din möda och flit och alla lånade pengar fara ut genom fönstret eller blir det du som upphöjs och lagerkransas?

– Du beskriver det verkligen målande, sa jag roat. Men det problemet hade ju inte Sven Lundman. Tvärtom skulle jag vilja säga. Han ska ju pensioneras.

– Jo, men du frågade om intriger. Vare sig han har velat eller inte, så har han ju alltid varit indragen i det som händer på det konsthistoriska området. Som sakkunnig och på många andra sätt.

71

Så även om det är svårt att lämna höga poster med all prestige och allt inflytande så drar han nog i hemlighet en lättnadens suck. Titta bara på bråket om vem som ska efterträda honom. Fast det gör inte Elisabeth. Tvärtom.

– Vad gör hon inte?

– Drar en lättnadens suck. Barbro log ironiskt och drack av sin Beaujolais. Det långa, blonda håret föll fram mot bordet när hon åt, och i det milda skenet från stearinljusen blev hennes ansikte ännu mjukare, påminde om lystern hos någon av de gamla holländska mästarna. En ung borgarhustru i senrenässansens Amsterdam eller en vacker kökspiga bland husliga bestyr.

– Nej, Elisabeth har ingen som helst tanke på att dra sig tillbaka och laga mat och passa upp på en pensionär i en anonym avkrok. Hon älskar att vara i centrum, att delta i invigningar, ställa upp på partyn. Att synas! Du vet allt det där som hör till. Nationalmusei vänners årsmöte på Valdemarsudde med kungaparet och så vidare.

– Det blir inte så mycket sånt i fortsättningen menar du?

– Nån gång kanske. Vi har ju inte ättestupa i Sverige längre, men så snart du blir pensionär så öppnas falluckan och du "finns" inte längre.

– Sven hade ju synpunkter på det igår kväll, sa jag. Dragspel och bussutflykter. Fast så illa går det nog inte för honom. Han behöver inte vara orolig. Men på tal om Elisabeth, var kommer hon ifrån?

– Från Stockholm.

– Nej, jag menar inte så, log jag och fyllde på våra glas. Är hon också akademiker och konsthistoriker eller vad har hon för bakgrund?

– Jag tror att hennes pappa var läkare och att hon växte upp på Djursholm. Gick i Franska skolan, läste franska nåt år på Sorbonne och allt det där. Sen började hon läsa konsthistoria för ro skull, som nån sorts förlovningskurs. Sven var professor då och föreläste och så gick det som det gick. Dom gifte sig och alla sa att det var hon som gjorde honom till chef för Svenska museet.

72

– Det låter intressant. En dam med resurser tydligen.

– Ja, inte bokstavligen förstås. Men hon drev på honom, gav sig inte. Han hade nog hellre velat vara kvar som professor, men det räckte inte för henne. Det var inte tillräckligt mycket strålglans. Inga kungar som invigde, inga drottningar som gick på utställningar. Varken Månadsjournalen eller Hänt i veckan hade brytt sig om en professorska i Upsala.

– Är du inte lite elak nu?

– Kanske, sa hon och log. Men inte mycket.

– Och Anders då? Det verkade som om dom hade en hel del gemensamt. Det finns en kotlett till förresten. Vill du ha den?

Hon skakade på huvudet, de blå ögonen mörknade och hon lade ner gaffel och kniv.

– Anders var som ett barn, sa hon. Elisabeth utnyttjade honom och hans kärlek till henne. Han blev förälskad och hon var smickrad till en början, sen blev det allvarligare.

– Hur utnyttjade hon honom?

– Han var en bricka i hennes spel. Museet är bara en av hennes lekplatser, och allt går ut på att skjuta fram henne, ge Elisabeth Lundman en plats i solen. Nu när Sven pensionerades skulle Anders hjälpa henne med hennes konsthandel. Hon har öppnat ett galleri i Gamla stan, inte så långt härifrån förresten, och Anders är hennes rådgivare. Hjälper henne att hitta konst helt enkelt. Ja, inte nu längre förstås. Men tanken var att Anders skulle finnas där som en grå eminens och vara den stora experten.

– Det låter lite långsökt. Kunde inte Sven göra det åt henne? Han är väl minst lika skicklig som Anders var.

– Då vet du inte hur det låg till? Forskande såg hon på mig över rödvinsglasets kant.

Jag skakade på huvudet, kände mig dum.

– Hon ville skiljas från Sven. Elisabeth kunde inte tänka sig att sitta i en liten våning nånstans med en pensionär och vända på kronorna.

– Hur vet du det?

– Du vet hur det är på en arbetsplats. Alla vet allt om alla. Och

73

igår kväll hade dom ett jättegräl på sitt rum. Det låg vägg i vägg med mitt så jag vaknade. Sven slog till henne till slut när Elisabeth sa att hon älskade Anders och inte kunde leva utan honom. "Men jag då", skrek han. "Jag ska leva utan dig. Mig är det ingen som tänker på." Sen började han gråta. Jag stoppade fingrarna i öronen. Det var hemskt att höra.

— Hade det gått så långt?

Barbro nickade.

— Hon slog klorna i honom. Och Anders var inte nödbedd, sa hon bittert. Hon fick nån sorts egendomlig makt över honom. Och vek var han som du vet. Svag egentligen när det gällde känslor. Så drack han för mycket och jag undrar om det inte var mer än sprit ibland.

— Knark?

— Jag vet inte, men ibland verkade han så konstig i ögonen och i sättet. Då luktade han inte sprit, men det var nånting han hade tagit. Och jag tror att han blev inblandad i nånting som han skulle ha hållit sig borta ifrån. Han fick telefonsamtal som gjorde honom upprörd och några gånger kom det upp folk på hans rum som verkade underliga minst sagt. Och varje gång blev Anders som förvandlad. Orolig och nervös.

— När kom dom senast?

— Bara för några dar sen. Anders var blek när han kom ut till mig efteråt. Mitt rum ligger i samma korridor som Anders. Mitt emot hans.

— Du var hans assistent, eller hur?

Hon rodnade lätt, såg eftertänksamt på mig som om hon funderade på vad hon skulle säga, vad hon borde säga.

— Jag förstår vart du till komma, sa hon med ett sorgset litet leende, ett vemodigt leende, som inte var uttryck för glädje utan mer en bekräftelse på något som varit. Jag kunde inte tänka mig ett liv utan Anders. Men när Elisabeth kom in i bilden förändrades allting. Han drog sig undan, drack för mycket. Till slut orkade jag inte med. Jag bad Sven att bli omplacerad till en annan avdelning och det lovade han för några veckor sen.

– Hur kom det sig att du var med igår då?

– Jag hade lovat Anders för länge sen att vara nån sorts värdinna på middagen. Att ordna med maten och allt det där. Och sen var jag intresserad av huset ur rent konsthistorisk synvinkel. Jag tänkte skriva en uppsats om restaureringen, visa hur det går till när man i detalj renoverar ett hus från 1700-talet och dokumentera allt som gjordes. För Anders var oerhört noggrann. Allt skulle vara exakt. Varje dörrhandtag, varje bräda skulle sitta rätt. Han till och med skaffade handsmidda spikar där det skulle vara såna. Så jag hade ett professionellt och konsthistoriskt intresse också. För konkurrensen är hård som du vet. Jag är ju såpass ung att jag måste skriva och producera. Visa mig på den akademiska styva linan för att kunna avancera.

– Skönt att man har allt det där bakom sig, sa jag och log mot henne. Jag får säga som Oscar Wilde, att jag är en ung man med en lysande framtid bakom mig. Med det undantaget förstås att jag varken är ung eller att mina utsikter nånsin varit särskilt lysande. Min konsthistoria i Upsala tog mig hit till Gamla stan. Och jag förstår nu att det är en lugnare och behagligare tillvaro än att springa omkring i dom akademiska korridorerna och försöka göra karriär.

Barbro skrattade.

– Du får ge mig lite mera rödvin om du vill, sa hon. Berätta för mig bara vad du inriktade dig på.

– Svenskt 1800-tal. Romantikerna. Jag skrev till och med en halv trebetygsuppsats om Fahlcrantz, den svenska romantikens fader i målarkonsten som han kallades.

– Jag vet. Han var en av dom första som gick ut i naturen och lämnade ateljéerna. Och han blandade asfalt i färgen för att få den där rätta, romantiskt dova färgskalan.

– Precis. Vad du kan! Problemet nu är bara det att asfalten spricker upp och krakelerar. Så efter hand måste dom renoveras. Men för att sammanfatta ekvationen, så älskade Anders och Elisabeth varandra och Sven var förtvivlad för att hon skulle lämna honom?

– Det kan man säga, sa hon, allvarlig nu. En sorts triangeldrama om du vill. Anders älskar Elisabeth som bara älskar sig själv och stackars Sven står där med brustet hjärta för att tala som en veckotidning.

– Det låter lite cyniskt. Men jag förstår ungefär hur det låg till. Då är det bara Gunnar kvar om vi ska göra triangeln till en rektangel.

– Varför inte en kvadrat? Nu var leendet tillbaka. Men skämt åsido så tycker jag inte om honom. Och jag har redan berättat varför. Och det är det inte många som gör förresten. Han är en sån där som bockar uppåt och sparkar neråt. Utnyttjar allt och alla. En opportunist och streber.

– Det var ingen vacker beskrivning.

– Det var inte meningen heller. En orm är vad han är.

– Skaller eller pyton?

– Mamba. Världens giftigaste. Och hon skrattade.

– Du verkar övertygad. Har han satt åt dig nån gång?

– Inte direkt. Jag är alldeles för ung och obetydlig för att han skulle ha nån anledning att försöka, men många andra har fått smaka på. Jag är bara rädd för att det är fritt fram för Gunnar nu när Anders är borta. Händer ingenting särskilt, så blir han min nya chef. Men då flyttar jag hellre. Trotsigt såg hon på mig över den röda vaxduken och stearinljusens milda lågor.

– Det var intressant att få en inblick i hur det går till vid statliga institutioner, sa jag och lade mitt kotlettben på Cléos tallrik som en överraskning när hon vaknade och skulle gå ut på sin vanliga köksrunda för att kolla läget vid matplatsen. Som skattebetalare deltar man ju i finansieringen av övningarna. Det verkar som Dallas ungefär.

– Det var en utmärkt liknelse. Skål för den. Fast då borde vi haft bourbon on the rocks.

Hon har humor, tänkte jag. Jag älskar kvinnor med humor. Ja, inte bokstavligen förstås, men en vacker kvinna utan humor är som en livlös klippdocka för mig. En Barbiedocka utan själ.

– Och på tal om Dallas, så hade Anders ett stort trumfäss i sin

76

rockärm.

– Spelade han poker?

– Inte riktigt, men nästan. För han hade bevis för att Gunnar bluffat och mer eller mindre kopierat en uppsats om den italienska barocken som han hade haft stora framgångar med i Upsala. Men när Anders föreläste nu senast nere i Padua så råkade han av en händelse få se själva originalet i biblioteket där. Gunnar hade väl trott att det var riskfritt eftersom det var en avhandling som publicerats i några få exemplar på italienska i slutet av 1800-talet och inte fått nån spridning utanför universitetet. Författaren dog i tuberkulos och alla i den generationen är borta, så risken för upptäckt var minimal.

– Tänkte Anders spela ut sitt trumfess?

– Jag vet inte, men Gunnar hade all anledning att vara rädd för vad som kunde hända.

– Då kommer inte Gunnar Nerman att höra till dom närmast sörjande vid begravningen?

– Just det. Jag tror att han är mycket nöjd ikväll. Både han och Sven Lundman.

Kapitel IX

Anders von Laudern såg på mig och log. Ett ungt, avspänt ansikte.
Jag lyfte tidningen närmare ögonen för att se bättre. Han var
minst tio år yngre på fotot. Livet hade ännu inte präglat hans
drag, rynkorna kring ögonen hade inte hunnit dit.

Notisen på familjesidan gav en kort summering av Anders von
Lauderns liv. Konsthistoriska studier i Upsala och Italien. Ama-
nuens, docent i Upsala och förste intendent på Svenska museet.
"Drunknad vid en badolycka" stod det som slutgiltig etikett på ett
människoöde. Akten var avslutad, allt fanns prydligt på plats och
pärmen var insatt i hyllan. "Drunknad vid en badolycka." Det
blev slutpunkten på Anders liv. Under följde en nekrolog, några
minnesord undertecknade av Sven Lundman. En personlig och
lågmäld minnesruna över en god vän och kollega.

Sven Lundman hade varit nöjd, sa Barbro Lundelius. Åtminsto-
ne hade hon trott det häromkvällen. Både Gunnar Nerman och
Sven Lundman var mycket nöjda till och med, när Anders hade
drunknat. Läste man vad Sven Lundman skrev om honom så
stämde det inte. Han prisade istället Anders vänfasthet, humor
och arbetskapacitet. Hur han aldrig tvekade att ställa upp för
andra. Hur mycket han uppskattades av sin personal och den
stora betydelsen han haft för svensk konsthistorisk forskning. Sak-
naden efter Anders "en kär kamrat och framstående kulturperson-
lighet som vi alla är glada och tacksamma över att vi har fått
möta" skulle bli stor, både hemma och utomlands.

Men det var väl vad man kunde vänta sig, vad konventionen

krävde. "Om de döda ingenting annat än gott." Var det inte så de gamla romarna sade? Och när chefen för ett av Sveriges största museer skrev minnesord över en av sina närmaste medarbetare kunde han knappast uttrycka sig på något annat sätt. Jag undrade vad som skulle ha stått där om Sven hade fått skriva exakt som han velat, utan hänsyn till konvenansens krav?

Jag lade ifrån mig tidningen på bordet ute på terrassen där jag satt med min frukost, högt ovan gränder och prång. Familjesidorna har alltid fascinerat mig. Där fanns på ett lutherskt ordningssamt sätt hela livet prydligt och ordentligt uppställt och bokfört, som om sidan redigerats av socialstyrelsen eller något departement. Det enda som fattades var personnumren. Den eviga cirkelgången, från födelsen till döden. Korta notiser eller krystade poem på haltande versfötter, där flaggan gick i topp för en liten med snopp, talade om att ett efterlängtat barn hade sett dagens ljus. Förlovningar slog ut som vårblommor, vigslar kungjordes och annonserades. Från suddiga bröllopskort såg kontrahenterna hoppfullt ut mot läsaren och framtiden. Den statistiska sanningen slog fast att vart fjärde äktenskap skulle spricka, men man tänker väl inte på statistik när Mendelssohn brusar från orgelläktarna. Dessutom verkade en återgång till romantiken vara på väg. Nuförtiden hade nästan alla brudpar vit klänning och frack om man fick tro korten. Uthyrningsbranschen måste blomstra. Och bilder av brudparet och alla deras barn verkade bli färre. Så kom alla jämna födelsedagar. Plutoner av femtio-, sextio- och andra åringar marscherade upp varje morgon vid mitt kaffe och jag brukade roa mig med att leta reda på någon jag kände, hittade ibland människor som jag trodde var för länge sedan borta. Gamla lärare, gamla kolleger till min pappa. Hälsningar från andra tider, andra platser. Och så den slutliga bekräftelsen på att livets fåfänglighet bringats till ett tröstefyllt slut.

I de strama dödsannonsernas tuschinrutade värld blåste också förändringens vindar. Istället för de traditionella svarta korsen fanns nu andra symboler som alternativ. Fåglar sträckte sina vingar mot himlavalvet. Ranka linneor böjde veka huvuden i sorg

79

mellan segelbåtar som stävade ut över vida hav och rosor utan törnen. Och så alla notiserna under "Dödsfall" och "In memoriam" där korta redovisningar av människoöden flimrade förbi, talade om hur det blivit, vad som hade hänt. Som en livets åker, tänkte jag och såg på sidan framför mig. Från födelse till död. Vår, sommar, höstens mognad och till sist vinterns tystnad och stilla ro.

"Drunknad vid en badolycka." Egentligen var det väl logiskt att Anders drunknade, eftersom han inte kunda simma. Men gav man sig ut i sjön då? Och Barbros antydningar och halvkvädna visor. Hade Anders von Laudern mördats? Sven Lundman hade motiv. Svartsjuka, hat mot den som hade tagit hans fru ifrån honom, som berövat honom den hand och lykta som skulle lysa upp hans ålders mörknande stig. Och Elisabeth, strebern som bara älskade sig själv. Var hon som Svarta änkan, spindelhonan som dödar sin älskare när han fullgjort sin plikt, när hon inte längre kan utnyttja honom? Och Gunnar Nerman hade sluppit sin farligaste konkurrent till chefsposten. Men dödade man andra människor för att de har en affär med ens fru eller står ivägen för den professionella karriären? Nej, jag fick inte låta fantasin skena iväg med mig. Och vad visste jag egentligen om Anders simförmåga? Kanske hade han övervunnit sin skräck för vattnet, kanske hade han lärt sig simma sen våra vägar skiljts?

Men det kunde inte hjälpas. Tanken fanns där, malde i bakhuvudet, och efter lunchen ringde jag upp min gamle vän Calle Asplund, kriminalkommissarie och chef för mordkommissionen. Han tog sig tid att lyssna, och jag berättade utförligt om Anders, om middagen på Backa. Om Sven Lundman och Gunnar Nerman.

Han lyssnade tålmodigt och sköt då och då in en kort fråga. När jag slutat var det tyst i andra änden, så tyst att jag trodde att han lagt på, att han inte orkat lyssna längre.

— Vart vill du komma med det här då? kom det sedan efter ett tag. Påstår du att nån av dina vänner tog livet av von Laudern?

— Inte direkt, men jag tycker det verkar lite konstigt bara. Varför skulle han ge sig ut och simma utan att kunna? Det är

80

nånting som inte stämmer, men det är mer en känsla än ett påstående.

– En känsla säger du? Calle Asplund lät ironisk. Och vad vill du att jag ska göra åt dina känslor då?

– Du kan ringa underhand till din kollega i Hallsberg, eller var dom nu har hand om utredningen, och höra dig för.

– Du menar att jag ska lägga mig i deras jobb, att jag ska slå en signal och säga att jag har en "känsla" av att von Laudern som drunknade häromdan mördades av chefen för Svenska museet eller av en annan kollega?

– Fåna dig inte. Du vet precis vad jag menar.

Igen blev det tyst i luren.

– Jag antar det, sa han sedan. Att jag förstår vad du menar. OK, jag ska ringa så att du får frid i din själ.

Och Calle Asplund höll vad han lovade. Strax före stängningsdags ringde han.

– Jag har talat med kollegerna i Hallsberg, men det tog tid innan dom fattade att det inte var i tjänsten. Dom verkade lite sura för att jag la mig i.

– Vad sa dom?

– Jo, det var nog drunkning trots allt, trots dina "känslor". Obduktionen visade också att Anders var påverkad. Full som en tunna var han. Och inte bara det.

– Vad menar du?

– LSD. En skitstark knarkvariant som ger dig hallucinationer och jag vet inte vad.

– Man tror att man kan flyga, sa jag. Jag har läst om det. Det händer att dom som tar en LSD-tripp tror att dom kan flyga och hoppar ut genom fönstret och slår ihjäl sig.

– Dom kanske tror att dom kan simma också, sköt Calle in. Nej, jag är rädd för att din gode väns död var ganska banal. Du berättade själv att han drack ordentligt. Tydligen hade han vissa problem på den kanten efter vad du sa. Och nu hade han spätt på med lite knark för att pigga upp sig och så tappade han både omdöme och hämningar, tar sig ett nattligt bad för att svalka av

81

sig. Konstigare var det inte, är jag rädd. Eller tack och lov skulle jag väl säga. Mord och elände har vi nog av ändå utan att få flera fall på halsen.

När jag lagt på satt jag länge vid mitt skrivbord nere i affären och funderade. Det var tydligen en vanlig, "banal" olyckshändelse. Full och tokig fick Anders för sig att han skulle bada och så var det klippt. Kan man inte simma i nyktert skick så går det inte bättre med sprit i kroppen. För att inte tala om knark. Jag fattade bara inte varför Anders höll på med droger? Räckte inte spriten för att döva hans oro, hade han hamnat i ett beroende som han inte kunde ta sig ur? Det var så tragiskt bara. En lysande begåvning, en varm och fantasifull människa och en stor forskare, om man fick tro Sven Lundman. Anders von Laudern hade haft så mycket kvar att ge när han rycktes bort. Och så totalt onödigt. Hade han gått och lagt sig istället så hade han vaknat med världens baksmälla, men han hade levat och kunnat leva i många år än.

Harry Bergman såg på mannen mitt emot honom, på andra sidan det stora skrivbordet. Så körde han ner cigarretten i askfatet av mörkgrönt glas, krossade den mot botten i aggressiva, kraftfulla stötar. Den brungula tobaken smulades sönder och blandade sig med vitgrå aska.

– Jag har halvvägs slutat, förklarade han. Det är därför jag bara röker hälften av dom, fimpar på mitten. Det blir dyrt, men man känner sig bättre och jag har lovat min fru.

Så tog han ett cigarrettpaket ur kavajfickan, trevade fram en ny cigarrett utan att ta ögonen från mannen i besöksstolen och tände med en metallglänsande bordständare.

– Du föreslår att vi ska slå till? Han blåste ut ett moln av blåvit rök och hostade.

Den andre nickade.

– Det är en sändning på väg nu och vi har så mycket på honom att det räcker.

– Hur vet du att han väntar på ett nytt parti?

– Italienarna har tipsat oss. Dom har avlyssning på hans leverantör. Vi har fått informationer från amerikanarna också. Dom hade börjat spotta upp sig på hemmafronten med en ny "drugtsar" och nya resurser så det börjar bli mer lönsamt att skicka kokain till Europa istället, mindre risker. Och marknaden växer.

Harry Bergman nickade, han visste. Och det kanske inte var så dumt. Han behövde resultat, någonting att visa upp. Både för justitieministern och kvällstidningarna. Det skulle sitta fint i budgetarbetet också, bädda för förstärkningar och nya resurser förutom vad det betydde för att stoppa missbruket. Inte för att han hade några illusioner, men ju fler beslag, desto större avskräckning bland grossister och langare. Kunde man bara få domstolarna att klämma åt dom också så att det kändes så var det ännu bättre. Sen fångvårdsmyndigheterna! Med alla deras djävla frigångar, permissioner, besök och dalt. Och nu det senaste. Att fångarna på en anstalt strejkade för att sortimentet i kiosken var för magert! Nej, det var inte bra för blodtrycket att tänka på det. Han blev bara förbannad. Och återigen körde han ner den halvrökta cigarretten i askfatet, krossade den som om han bekämpat systemet.

– Hur kom ni på honom?

– Det var italienarnas förtjänst. Dom har en tjallare som läckte. Sen var det enkelt.

– Var kommer det ifrån?

– Venedig.

– Venedig? Harry Bergman log. Har du hört historien om Venedig? Den är så djävla dålig att jag måste berätta den. Det var en kille från Sedlighet som drog den i bastun. Jo, det var alltså en kille som skulle resa till Venedig på semester. Och hans polare sa till honom: "Akta dig så att du inte får venediska sjukdomar." Då sa den andre: "Ingen risk. Jag kör med gondol." Bra va?

Han skrattade ett hjärtligt, köttigt skratt. Ett bastuskratt bland män. Kriminalinspektören i stolen mitt emot log tvunget.

Inte det? tänkte Harry Bergman och såg på honom. Det är väl bara att konstatera att en del saknar humor. Så enkelt är det. Han tände en ny cigarrett. Den vita röken silade långsamt ut genom näsborrarna, steg mot taket.

– Ganska raffinerad metod egentligen, sa han sedan och såg ut genom fönstret, som om han pratade för sig själv. Att svälja heroin eller peta upp knark i ändan är lite för grovt i min smak. Ganska äckligt egentligen och vi har folk som måste sitta i dagar och vänta på att dom där gökarna ska skita ur sig sina knarkkådisar. Nej, den här killen är det mera stil på. Tar in kokain i antika möbler. Det kan man kalla för klass. Och han log mot sin kollega, ett nästan uppskattande leende. Men vi ska ta och skrämma upp honom. Röra om i myrstacken och se vad som händer.

Den kvällen gick jag på bio. Det händer inte ofta egentligen, för jag har aldrig varit särskilt förtjust i att klämmas in i en bänkrad tillsammans med en massa ätande, prasslande och viskande människor. Dålig luft brukar det också vara. Därför föredrar jag video, komedier helst. Ju fånigare desto bättre. Och Benny Hill tillhör mina favoriter. Med tidningar och TV fulla av våld, brutalitet och mänskligt lidande världen över behöver man skratta. Men det var som så ofta slumpen som spelade in. Kvällen var varm och skön och jag gick Strömbron nedanför slottet mot Kungsträdgårdens uterum. Det är en bro som jag aldrig har tyckt om. Den förstör stadsbilden och river sönder Tessins vision om det kungliga slottet som centralpunkt i den barockhuvudstad han ville bygga. Det blev nu inte av, men idén med ett slott som reser sig ur strömmens vatten till huvudstadens skydd och försvar, fast nu mera som arkitektoniskt mästerstycke, förfelades totalt. Och bron är också ett provisorium som klubbades igenom med fyra rösters majoritet i stadsfullmäktige för över fyrtio år sedan. Om tio år skulle den försvinna sades det då, men som alla provisorier hade bron kommit att bestå.

På måfå gick jag i människomyllret under de täta trädkronornas mörkgröna lövverk, flanerade makligt över Norrmalmstorg in på Biblioteksgatan, gick från skyltfönster till skyltfönster. Lustigt nog tyckte jag att det var någon som följde efter mig. Ja, lustigt var det väl inte, men jag hade en känsla av att någon bakom mig höll mig under uppsikt. Och det var inte första gången. Men jag hade slagit

84

misstankarna ifrån mig. Det var säkert bara inbillning. Det kunde inte finnas några skäl att skugga mig. Jag hade sett för många deckare på TV, för många agentfilmer. Det blev kanske så när man levde ensam, att man trodde att andra människor var mer intresserade av ens förehavanden än de var. En halvgammal, lönnfet antikhandlare med lagom småtrasslig ekonomi kunde inte vara av intresse för någon mer än möjligen taxeringsmyndigheterna.

Framme vid biografen stannade jag upp, såg över axeln bort mot Norrmalmstorg. Och just som jag vände på huvudet försvann en man in i en portgång ett tiotal meter bort.

Jag log för mig själv. Nu tar du allt i, tänkte jag. Vill göra dig intressant. Gå på bio istället och varva ner. Så kan du testa din "skugga". Om han följer efter så har du rätt. Annars är det bara inbillning.

Jag gick in, men han kom inte efter. Nästan ensam i den stora salongen var jag, en lyxig känsla. Om det alltid var så här så skulle jag gå oftare. Jag sjönk ner i den bekväma fåtöljen med en stor chokladkaka i handen och försvann ut i stora världen med passioner, biljakter, skottlossning och dryckenskap. I salongens dunkel undrade jag i mitt stilla sinne hur den amerikanska filmindustrin skulle stå sig utan de fyra F:en: Faran, Farten, Flaskan och Flickan. Skottlossning, vilda biljakter och fasansfulla ögonblick när hjälten ställs inför dödligt hotfulla situationer får ersätta en mer intellektuell dramatik. Och att tänka sig en inomhusscen där inte skådespelarna antingen ligger tillsammans i breda sängar, eller går runt och slår whisky i olika glas för att ha någonstans att göra av sina händer, är väl inte ens möjligt.

Stärkt av mina mer handfasta än intellektuella upplevelser i sällskap med mördare, våldsmän, barbystade blondiner och osannolika hjältar kom jag ut på gatan en dryg timme senare. Men jag orkade inte gå hela vägen hem till Gamla stan utan tog tunnelbanan istället. Nerför trapporna vid Birger Jarlsgatan gick jag, tog rulltrapporna ner mot jordens innandöme vid stationen under Östermalmstorg. Just när den långsamma, diagonala rulltrappsfärden hade tagit mig ner till plattformen gnisslade ett tåg iväg mot

T-centralen och Gamla stan.

Min vanliga tur, tänkte jag, när jag såg tågsättet långsamt glida iväg. Plötsligt fick jag se ett ansikte jag kände igen. En kvinna satt vid fönstret, talade med någon på bänken mitt emot. Det var Elisabeth Lundman.

Innan den långa, mörkgröna tunnelbanevagnen försvann in i tunneln fick jag en hastig glimt av kvinnan som satt mitt emot henne. Och i den sekund jag såg ansiktet tyckte jag att jag hade sett henne förut. Någonstans, för länge sedan. Det långa, blonda håret. Det själfulla ansiktet med de stora ögonen. Hennes leende, det litet vemodiga leendet. Och hennes skönhet som på något sätt lyste upp kvällen, lyste upp det trista, gråmurriga ljusrörsdunklet därnere på perrongen. Ja, jag säger skönhet och det är inte ett ord som ofta brukas för att beskriva kvinnor. Vacker, söt, charmfull. Personlig. Epiteten är många, men skön och skönhet reserverar jag för de få tillfällen i mitt liv när jag konfronteras med det absolut sköna. Linjespelet i en hauptbyrå. En silverterrins levande, mjuka lyster.

Men det var inte förrän jag kom hem, stod ute i trapphallen och fumlade fram nycklarna till min dörr, som jag kom på var jag hade sett henne, vem hon var. Det var "Våren", den unga kvinnan från Botticellis tavla i Florens. Den vackra, unga kvinnan som symboliserar vårens ankomst i renässansens Italien.

Kapitel X

Den gamla taxibåten krängde i den krabba sjön. Trots att lagunen låg i lä innanför öarna drev den kraftiga vinden upp vågorna, och som en klumpig anka tog sig motorbåten fram. Luften var fylld av rå sälta och doftade tungt av tång. Det var uppfriskande efter den kvava flygkabinen och den långa väntan i tull och passkontroller. Långsamt och metodiskt hade den italienska polisens knarkhund med viftande svans gått längs raden av väskor och kön i passkontrollen tog sig fram med snigelfart. Från Stockholm till Genève hade jag flugit för att byta till ett mindre plan som klättrade över Alperna och mellanlandade vid Luganosjön innan det fortsatte till Venedig. I skymningen hade staden legat därnere. En ljusglittrande meteorsvärm som landat på vattnet.

Det var Calle Asplunds fel att jag satt på den smala träbänkens gröna plastkuddar på min gungande väg in mot Venedig. Hans förtjänst borde jag snarare säga. Några dagar tidigare hade han ringt och låtit konstig på rösten, inte alls som han brukade. Högt och bullrigt hade han pratat om Anders von Lauderns drunkning och att han ville träffa mig.

— Ska jag komma till ditt kontor? hade jag frågat.

Nej, det ville han inte. Han hade inte tid just då. Men han skulle ut på stan i ett ärende och kunde träffa mig vid serveringen på Strömparterren om en timme.

Undrande lade jag på luren. Vad var det som var så märkvärdigt att han inte kunde tala om det i telefon? Och varför kom han inte till min affär som han brukade? Nåja, han hade väl sina skäl.

Och det hade Calle Asplund. När vi satt i sommarsolen på uteserveringen vid Strömmen med varsin kopp kaffe och ett par mazariner på fatet mellan oss såg han allvarligt på mig, och rörde forcerat med skeden i koppen trots att han inte lagt i någon sockerbit.

– Vi har känt varandra i över tio år. Han bröt ett hörn av mazarinen, såg eftertänksamt på den gula sockerkaksbiten under den gråvita glasyren som om han ville komma underfund med receptet.

– Det stämmer. Längre än så förmodligen. Fortfarande undrade jag vad han ville.

– Du har hamnat i alla möjliga och omöjliga mordfall och du har alltid ställt upp och hjälpt till många gånger där jag har missat. Det ska villigt medges.

– Det är Cléos förtjänst, sa jag blygsamt. Hon har en egendomlig förmåga att föra mig in på rät a vägar.

– Det vet jag nog fan, sa han och log, och såg ut precis som vanligt igen. Nej, jag säger det här för att jag litar på dig och vet att du är en hederlig person. Och nu har jag händelsevis hört glunkas om nånting.

Calle Asplund tystnade, såg bort mot den fågelfläckade solsångaren som höjde sin lyra mot himlen en bit bort. Vinden lekte bland pilarnas hängande lövverk och solen slog glittrande blänk i vattnet som strömmade förbi nere vid stensättningen.

– Vet du att det låg flera småöar här ute i Strömmen innan Helgeandsholmen kom till. Här fanns faktiskt dom första befästningarna innan kastalen byggdes där slottet ligger nu.

– Jag gissar att du ville träffa mig av andra skäl än att berätta om Stockholms uppkomst? Jag var litet irriterad över hans kringelkrokar. Som katten kring het gröt krumbuktade han sig.

– Jo, det skulle man kunna säga. Dystert såg han på mig. Vad fan håller du på med egentligen?

– Nu förstår jag inte?

– Smugglar du kokain från Italien i gamla möbler?

Om solsångaren klivit ner från sin piedestal och börjat spela för

88

oss hade jag inte kunnat bli mer förvånad. Först fattade jag inte vad han hade sagt.

– Kokain? Vad menar du?

Calle Asplund ryckte på axlarna, bröt en ny bit av sin mazarin.

– Jag berättar bara vad jag har hört. Från en kollega som jobbar på narkotikaroteln. Dom har hittat nya och raffinerade metoder att smuggla knark till Sverige. Och det som är inne nu är kokain. En ny kundkrets har blomstrat upp som har gott om pengar.

– Vad är det du försöker säga? Indignerat såg jag på honom. Att jag skulle smuggla knark i möbler?

– Jag påstår inte att du gör det, sa han och lyfte sin hand i en avvärjande gest. Men dom har fått för sig det. Och jag skulle aldrig ha tagit upp det med dig, om jag inte visste att dom har fel.

– Det kan du ge dig fan på att dom har. Jag har aldrig hört på maken!

– Jag ville inte säga nånting på telefon. För det är inte omöjligt att du är avlyssnad. Och du kan tänka dig vilka rubriker det skulle bli. "Hög polischef varnar knarkkung."

Calle Asplund log ett roat leende och tog fram sin gamla pipa ur kappan till den urblekta regnrocken. Från någonstans i den säckiga kavajen plockade han ut ett slankigt plastfodral med trådig tobak. Så började han långsamt och kärleksfullt stoppa det lilla hål som fanns kvar bland det sotsvarta piphuvudets arkeologiska avlagringar. Normalt avskyr jag hans piprökning och tillåter den inte hemma hos mig eller i affären. Jag avskyr den vargula, stinkande röken som driver fram likt ett giftgasmoln över första världskrigets skyttegravar. Men idag låg vindriktningen ifrån mig, och det han sagt var så omskakande att jag knappt ens märkte hans förberedelser till rökning. Det var ju fruktansvärt om det inte varit så löjligt. Knarksmuggling! Var hade dom fått det ifrån?

– På något sätt verkar det som om dina importerade möbler från Italien är utrustade med dubbla bottnar, eller hur det nu funkar, så att man kan få in ordentliga partier. Den där smörjan väger ju inte nånting och priserna är fantastiska. Så det behövs inte mycket för att det ska löna sig.

– Visserligen får jag in en del grejor från Italien, sa jag lång-samt, tänkte efter. Men det är en gammal farbror i Venedig som gör dom, och jag kan inte tänka mig att han ens vet vad kokain är för nånting.

– Det kan hända. Fast alla skurkar ser inte ut som skurkar. Tvärtom. Dessutom kan han ha utnyttjats av nån på företaget. Både du och han används av några fula fiskar här och i Italien. Hur går det till när du får hem nånting därifrån?

– Det lustiga är att allting jag har fått hittills har gått åt på en gång. Jag funderade till och med på att öka importen. För en tid sedan blev det nästan slagsmål om en byrå.

– Hur då menar du?

– Jag hade just packat upp en nyinkommen barockbyrå och ställt ut den i skyltfönstret när ett äldre par kommer in och köper den. Nästan meddetsamma när dom gått kom det in en figur och ville tvunget köpa byrån fast den var såld. Och det underliga är . . . Jag tystnade.

– Vad då? Nyfiket såg Calle på mig och stoppade in det som var kvar av mazarinen i munnen. Pipan låg färdigstoppad men otänd bredvid fatet.

– Jo, det konstiga var att dom ringde lite senare och berättade att byrån var stulen. Dom hade haft inbrott och den var borta helt enkelt.

Calle Asplund nickade eftertänksamt.

– Du ser, sa han och kisade mot solen. På nåt sätt hade dom fått fram vem som hade köpt byrån av dig och tagit hand om den för att komma över kokainet. Min kollega hade rätt alltså. Proble-met är tydligen bara att dom inte har förstått att du har utnyttjats.

– Vad tycker du jag ska göra?

– Tala med dom. Ta tjuren vid hornen. Berätta för Guds skull bara inte att jag har talat med dig. Säg bara att du har börjat fundera och att du misstänker nånting. Det här inbrottet till exem-pel. Det kommer dom att tända på. Och att dina prylar från Italien säljs med en gång. Det klarar sig nog, sa han tröstande,

90

men jag såg på hans ögon att han var orolig.

Samma kväll satt jag länge uppe på min terrass medan skymningen tätnade. Såg ut över taken och funderade. Då hade jag rätt. Den där känslan av att någon följde efter mig var riktig och inte inbillning. Jag var skuggad. Polisen höll ett diskret öga på mina förehavanden. Telefonen var säkert också avlyssnad. Nåja, det var ingen skada skedd. Jag hade inga hemligheter och mina få samtal handlade inte om brott. Men vem låg bakom hela historien? Vem hade utnyttjat mig som mottagare och brevlåda för knarkleveranser från Italien? Jag prövade olika teorier, vägde dem mot varandra. Förkastade och avvisade. Innerst inne visste jag svaret, men någonting höll mig tillbaka från att gå rakt på. I cirklar gick mina tankar, runt runt i en allt snävare bana medan jag närmade mig kärnan och till sist satte fingret på den smärtande punkten. Anders. Anders von Laudern. Det var han som satt mig i kontakt med Leonordo Pici när vi stötte ihop i Venedig av en slump. Fast det kanske inte var så slumpmässigt när allt kom omkring. Och det var smart uttänkt. Jag var hederlig och hade aldrig varit straffad. Tvärtom hade jag utmärkta relationer med polisen. Och att importera nygjorda antikviteter var ju någonting alldeles naturligt och normalt i min bransch. Polisens knarkhundar och andra spaningsresurser sattes in i färjelägen och på flygplatser, inte för att leta kokain i kopierade antikviteter. Dessutom användes mycket mer raffinerade smuggelmetoder nuförtiden. Fast det var kanske anledningen? Man gick tillbaka till gamla hederliga tricks i takt med att polis och tull rustades upp för att kunna genomlysa bilar och operera heroinkapslar ur magarna på kurirer.

Då ringde telefonen. Långa, uppfordrande signaler därute i hallen. Det är Calle Asplund, tänkte jag. Nu vill han varna mig, nu dras nätet åt. Men det var inte Calle. Inte någon annan heller, för det var tyst i luren när jag tog den, bara en dämpad andhämtning hördes. Så klickade det till och linjen blev stum och död.

Ville någon kontrollera att jag var hemma? Att kusten var klar för en diskret husundersökning?

Olustigt gick jag tillbaka ut på terrassen igen, satte mig i den bekväma rottingstolen.

Jag tog upp tråden där jag släppt den. Tänkte på Anders igen. Anders och hans pengar. Hastigt och lustigt hade han kommit på grön kvist och kunnat köpa tillbaka sitt barndomshem. Och inte bara det. Renoveras från grunden skulle det gamla huset och på ett autentiskt sätt med allt från handsmidda spikar till Mariebergskakelugnar. Som antikhandlare visste jag vad sådana pjäser kostade, om man överhuvudtaget kom över några, och jag förstod också att jordvärme och andra finesser var värda sin vikt i guld. Tavlor av Kandinsky hade han sålt påstod han. Några fynd på konstmarknaden hade svarat för finansieringen. Fast var det troligt att en docent i konsthistoria och förste intendent på Svenska museet skulle ha låtit sådana pärlor stå i en mörk garderob och först nu ha upptäckt vilket fynd han hade gjort? Nej. Sanningen var en annan. Pengarna kom från ett annat håll, där stora och lättförtjänta pengar fanns att hämta. För den som saknade samvete och ville ta stora risker var knarkmarknaden den rätta platsen. Själv använde han tydligen också sina produkter. En tripp som slutat med döden ute i Vibysjöns mörka vatten. Var det anledningen? Att han själv var missbrukare och dragits in i en härva som han inte kunnat ta sig ur? Hade det börjat i liten skala för att finansiera hans eget knarkbehov och sedan fortsatt?

Frågan var bara vad jag skulle göra nu? Vänta tills polisen kom och hämtade mig för förhör? Eller följa Calles råd och tala med dem först, innan de slog till? Men var det en särskilt bra idé? Skulle de inte bara säga sig att jag känt att nätet dragits åt, att jag förstått att det var kört och att jag försökte med något desperat trick i sista minuten?

Långsamt mognade mitt beslut fram däruppe i min ensamhet på terrassen. Jag skulle inte döma Anders von Laudern i förväg. Jag skulle själv ta reda på hur det låg till, vem som låg bakom hela historien. Resa ner till Venedig och leta mig fram till spindeln i nätet, tala med Leonardo Pici. Det var i hans verkstad som lösningen fanns. Jag kanske skulle få veta någonting annat också. Vad som låg bakom Anders död. För mer och mer hade jag börjat

92

inse att Anders von Lauderns död inte var någon olyckshändelse. Fast mina tankar hade rört sig inom en begränsad grupp av personer med tänkbara motiv. Nu vidgades kretsen, nu fördes andra element in i bilden. Ett kallt stråk drog genom kvällen och jag huttrade till, reste mig för att gå in. När jag stängde dörren ut till terrassen kom jag att tänka på mannen i den svarta Mercedesen ute vid kyrkogården. Var det han som velat köpa min barockbyrå, den som stals. Och vad gjorde han vid Vibys vita kyrka?

Kapitel XI

Så lugnade sig vågorna i skydd bakom San Giorgio Maggiore. Blankt och svart låg vattnet där fasadernas ljus speglades i ett glittrande fiskstim över vattenytan. Därframme låg Venedig, "vidunderligast av alla städer, denna bländande komposition av fantastiska byggnader" som Thomas Mann skrev i sin vemodiga novell "Döden i Venedig". Rakt fram tornade Dogepalatset upp sig i en sotsvart silhuett mot kvällshimlen, klocktornet på Markusplatsen höjde sig över piazzan, förlorade sig i mörkret. I åttahundra år hade Dogen, Venedigs högste härskare, varje Kristi Himmelfärdsdag rotts ut i sin galär för att kasta en guldring i havet härutanför. En symbol för hans giftermål med det hav som var grunden för Venedigs välstånd och makt. En praktfull ceremoni med förkristna dimensioner. Inseglet på förbundet mellan människor och gudamakt.

Jag får alltid samma känsla av tidlöshet när jag kommer till Venedig. Tiden har stått stilla, jag stiger rakt in i en levande historisk tablå. Ingenting har förändrats, bara människorna. Men jag är inte alltid säker, inte under nattliga promenader. Husfasader och kanaler har samma utseende som för hundratals år sedan, men med årens silvriga patina. Ett långsamt, nästan omärkligt förfall, en aning om förgängelse mellan strama fasader i trånga gränder, som om döden just gått förbi och tänker komma tillbaka när skymningen faller. Det sjunkna Vineta återuppståndet, men berövat livsgnistan från den märkliga process när staden blev en stormakt, navet i det politiska hjul som snurrade genom seklen i medelhavsområdet och pumpade in rikedom och makt i den venetianska statsrepubliken. Under många, många år hade Venedig nära nog monopol på handeln mellan öst och väst, var den naturliga länken mellan Västroms arvtagare och Bysans. Först med turkarnas härjningar och ökande inflytande på 1500-talet och upptäckten av de nya handelsvägarna till Indiens och Asiens rikedomar minskade gradvis republikens makt och dominans.

Kanske det är inbillning, kanske har jag läst för mycket och påverkats, men att komma till Venedig är att sjunka, att gradvis inlemmas i en process som drar ner mot mörka djup, mot en rofylld, tom stillhet. Att luta sig tillbaka, sluta ögonen och höra avlägsen musik långt bortifrån. Att sakta glida ner i gröndunkla vatten och komma till ro mot en vit sandbotten bland lämningarna av sjunkna tempel i marmor.

Så slog motorn back i ett dånande crescendo som upphörde lika snabbt, vattnet kokade vitskummigt för propellrarna i aktern, båten svängde mjukt runt och lade till vid en träbrygga som gick ut från kajen där gröna, hala vattenväxter kröp upp över grova stenblock. Bredvid, vid andra bryggor, gungade en klunga svarta gondoler med silvriga förstävar på smäckra halsar, fåglar som vilade för natten. Jag tog min lätta väska och gick iland.

När jag installerat mig på mitt hotell strax bortom Rialtobron ringde jag till Leonardo Picis affär. Medvetet hade jag avstått från att kontakta honom från Stockholm. Min telefon var säkert avlyssnad, och jag ville inte väcka några onödiga misstankar. Försiktig hade jag också varit när det gällde min resa, och jag försökte smita undan eventuella skuggor genom snabba byten nere i tunnelbanan innan jag gled in i flygbussen vid Centralen. Det verkade som om jag varit framgångsrik, för ingen på planet brydde sig om mig och i taxibåten från Marco Polo-flygplatsen var jag den enda passageraren.

En ung röst svarade på italienska, och så mycket kunde vi göra oss förstådda att jag fick klart för mig att affären var öppen och inte stängde förrän en timme senare.

Nyduschad gick jag mot Formosaplatsen genom smala och mörka gränder, nästan som i Gamla stan. Inte många hade letat sig hit när man vek av från turiststråken, där lyxaffärerna paraderade sitt vällustiga utbud. Här förstärktes känslan av tidlöshet, av att vandra i historien. Ibland smalnade gränderna så att jag kunde känna de skrovliga husväggarna på båda sidor under mina utsträckta händer. Uppe i dunklet glimmade vita tvättkläder på tork som ljusa läderlappsvingar, och fönstren i bottenvåningarna var försatta med tjocka järngaller. I det sparsamma ljuset fick man se upp för att inte snubbla. En svart katt gled som en mörk skugga över den ojämna stensättningen, men jag spottade inte tre gånger. Kanske borde jag ha gjort det.

Alldeles bakom den gamla kyrkan Santa Maria Formosa, byggd på 600-talsgrund, låg Picis antikaffär och verkstad. Jag gick över den öppna platsen som förr användes för tjurfäktningar, hur man nu fick över tjurarna. Kom de i gondol? Men nu var sanningens ögonblick, när den långa blanka klingan sänks i kraftiga tjurnackar, för länge sedan förrunnet, nu var jag på jakt efter en annan sanning. Längs en husvägg hängde en lång, gul banderoll med kommunistiska slagord i flammande röda bokstäver. Vad hade de gamla dogerna sagt om de levat? Att utmana kapitalismen i hjärtat av Venedig var ett brott som i inkvisitionens tidevarv säkert bedömts strängare än gudsförsmädelse och kätteri. En gammal dam gick förbi med en hund i koppel. Jag undrade om den någonsin sett ett träd. Fast lyktstolpar fanns ju förstås.

Antikaffären låg en halvtrappa ner från gatuplanet. En ringklocka surrade någonstans därinne, när jag tryckte på knappen vid dörren. Leonardo var försiktig med sina kunder. Släppte inte in vem som helst.

Så öppnades dörren med en knäppning i låset och jag gick in. Överallt stod möbler i det stora rummet, större än min affär. Längs ena väggen hängde ikoner och i ett monterskåp blänkte silver. På golvet låg en avlång, röd matta med ett blått mönster. En nomadmatta såg det ut som. Från Kaukasus?

Då drogs ett draperi vid kortväggen undan och en man kom in. Men det var inte Leonardo Pici och jag hade aldrig sett honom tidigare. Han var i femtioårsåldern, kraftigt byggd med sandfärgat, bakåtkammat hår och glasögon med färgat glas. Han var blek, som om han aldrig lämnade affärens källardunkel, satt bakom förhänget utan att gå ut på torget vid den gamla kyrkan.

Han såg ointresserat på mig, värderande, som om han inte tyckte att jag var mycket till kund. En turist, sa hans blick. Någon som kommer för att "titta" eller "fråga". Någon som inte köpte.

— Jag söker Leonardo Pici.

Han såg på mig utan att svara, avvaktande.

— Leonardo Pici, kom det sedan. Vad vill ni honom?

— Träffa honom naturligtvis, sa jag litet otåligt. Jag heter Homan och jag är antikhandlare från Stockholm. Och jag har en del affärer ihop med herr Pici. Köper möbler av honom.

Nu blev blicken bakom de rökfärgade glasögonen intresserad. Han vaknade upp ur sin likgiltighet.

— Jaså, sa han begrundande. Ni är herr Homan från Stockholm. Då vet ni alltså inte ... Han tystnade.

Frågande såg jag på honom. Vad skulle jag ha känt till? Vad var det jag inte visste?

— Herr Pici är död, sa han sedan. Han dog för en tid sedan och jag har köpt affären. Mitt namn är Paolino. Gianni Paolino. Handen han räckte mig var livlös, kall.

— Det var tråkigt att höra. Det hade jag faktiskt ingen aning om. Vad dog han av?

Paolino ryckte på axlarna.

— Det vet jag inte. Jag träffade honom aldrig. Det var hans änka som sålde affären. Hon ville inte driva den själv. Men verksamheten fortsätter, och jag hoppas att vi får leverera till er i Stockholm i fortsättningen också.

Då skulle jag aldrig få veta, tänkte jag. Leonardo skulle aldrig kunna berätta om sina kontakter med Anders. Det var för sent.

— Det hoppas jag också, sa jag. Det är stor efterfrågan på möblerna härifrån. Originalen är alldeles för dyra om dom ens finns att få tag på.

— Ni kanske vill ta en titt ute på verkstan? Det kanske finns

97

nånting som kan intressera er? Som ni förstår är jag angelägen om att behålla gamla kunder. Vi kan säkert erbjuda nånting intressant.

Han gjord en gest mot draperiet, jag nickade och följde efter honom. Vi gick igenom ett kontorsrum utan fönster, en skrubb snarare, och bakom låg verkstaden. Den var inte särskilt stor, men jag kom ihåg att Leonardo berättat att han hade en annan verkstad också, inne på fastlandet.

Två män arbetade därinne. De såg upp när vi kom in och nickade åt oss. En skruvade fast bronsbeslag och handtag på en trind rokokobyrå och den andre polerade ett rakbent skrivbord i empirestil.

– Det här är herr Homan från Stockholm, förklarade Paolini på en italienska som till och med jag förstod. Det är en kund som ni har gjort en hel del arbeten åt om jag förstått rätt.

En av de båda männen såg mer intresserad ut nu. Han var ung, med mörkt hår och ett vekt ansikte, litet konturlös. Såg ut som en ung Elvis Presley. Det verkade som om han tänkte säga någonting, men sedan ändrade sig.

Jag såg mig om i verkstaden. Halvfärdiga möbler stod överallt, hopträngda som i en busskö. Det luktade fränt av fernissa och jag undrade vilka arbetshygieniska föreskrifter som fanns och om de följdes. Det enda som antydde någonting dithän var en liten fläkt uppe i ena hörnet, men den räckte inte till för att rena luften.

– Här finns mycket att välja på, sa jag och strök med handen över ett glänsande barockskåp vid väggen. Träet kändes levande under fingertopparna, nästan som hud. Jag ska komma tillbaka lite senare. Imorgon kanske. Jag bor på Marco Polo och ska stanna några dagar. Så nickade jag åt de båda männen, tog Paolino i hand och gick.

Långsamt flanerade jag tillbaka till mitt hotell. Leonardo hade alltså dött. Han måste ha varit närmare sjuttio, så det var ju inte någonting onormalt i och för sig. Men änkans tragedi var också min otur. Nu skulle jag aldrig få rätsida på den här härvan av gissningar och antaganden, beskyllningar och misstankar. Det var

98

Anders som hade rekommenderat honom, det var Anders som påstod att Svenska muséet hade affärer med Pici och att man kunde lita på honom. Men Anders var död och nu var Leonardo också borta. Skulle polisen tro mig när jag berättade om Anders roll som kontaktförmedlare? Var det inte litet för genomskinligt att mina två huvudvittnen båda var döda?

När jag kommit tillbaka till hotellrummet tog jag av mig skorna och lade mig på sängen under det stora kopparsticket av den Heliga jungfrun. På planet hade jag knyckt Dagens Nyheter och gäspande slog jag upp sidan med serierna. Jag börjar alltid där och slutar med ledarsidan. Om jag orkar.

Det skulle bli skönt att sova. Biltrafik och annat oväsen var jag för en gångs skull förskonad ifrån. Mitt fönster vette ut mot Canal Grande och gondolerna som gled fram över vattnet skulle inte störa min nattro. Hungrig var jag inte heller. Det jag fått på planet var alldeles tillräckligt.

Några större nyheter förmedlade inte tidningen, men en notis fångade mitt öga. Det berättade om hur några grodor rymt som skulle deltagit i ett experiment vid rymdstationen Esrange i Kiruna. Experimentet gick ut på att undersöka om det var möjligt för grodor att para sig i tyngdlöst tillstånd. Jag sympatiserade med de förrymda grodorna och hoppades att deras bisarra väktare inte skulle kunna spåra upp dem. Maken till perversion! Att skicka upp grodor i en rymndkapsel för att se om deras kärleksliv fungerade.

Då ringde det på telefonen. Jag släppte tidningen på golvet, sträckte mig efter apparaten på nattygsbordet och svarade.

– Mr Homan? kom en röst på bruten engelska.

– Yes.

– Det är Emilio. Emilio Magazzeni.

– Ja?

– Vi sågs som hastigast idag. Jag arbetar i verkstan. I Picis verkstad.

Elvis Presley, tänkte jag. Han som sett nyfiken ut bland de fernissadoftande möblerna.

– Jag har nånting att berätta för er. Nånting viktigt.

Han talade snabbt, verkade som om han hade bråttom. Ringde han från affären och var rädd för att någon skulle höra?

– Ja, drog jag på det. Det går väl bra. Vad gäller det?

– Om en timme på Café Florian. Så lade han på.

En stund senare satt jag i en röd sammetssoffa på Venedigs äldsta café under en stor pastell av en ängel i gult och rött. Kvällen var litet kylig, regnet hängde i luften, och jag föredrog att sitta härinne istället för ute på Markusplatsen under de runda parasollerna. I flera sekel hade stadens borgare och tillresande kommit hit till de små intima, personligt inredda rummen. Lord Byron hörde till gästerna, liksom Dickens och Marcel Proust. Och nu satt jag här, en antikhandlare från Gamla stan, och väntade på Elvis Presley som gjorde antika möbler i en källarverkstad. Vad ville han och varför hade han varit så hemlighetsfull?

Jag drack av mitt svarta, beska espressokaffe och såg ut genom fönstret på den stora piazzan. På båda sidor om mig höll bronskvinnor lampkupor som spred ett milt ljus över de vita marmorborden och målningarna på väggarna och i taket. Över entréns marmorgolv strömmade människor till och från baren innanför. Turistsäsongen stod i full blom och alla språk hördes.

Som alltid i Venedig, tänkte jag och såg ut över torget. Alla språk, människor från alla länder. Där hade Marco Polo hyllats efter sina resor till Asien, där hedrades segerrika kondottiärer och amiraler efter drabbningar där krigslyckan följt Venedigs färger. Under arkaderna i Europas salong, som Napoleon en gång kallat piazzan, hade korsriddarna provianterat sina förnödenheter innan de drog mot det heliga landet. Processioner, lysande skådespel, avrättningar, parader. Segrar och nederlag. Vad allt hade inte utspelats här genom seklen. Det reducerade Gamla stan till en provinsiell avkrok i en del av världen som det dåtida mondäna Venedig knappt ens hört talas om. Men piazzan saknade inte problem. Otaliga översvämningar satte den under vatten som kunde stå över metern högt, en brutal konsekvens av miljöförstörelsens växthuseffekt som gjorde att världshaven steg i takt med polernas avsmältning.

Plötsligt stod han framför mig, i jeans, blank jacka av svart läder och med ett halskors i den uppknäppta skjortan. Jag hade suttit i mina tankar, varit många hundra år borta och inte sett honom komma. Han nickade till mig, slog sig ner och beställde en Coca Cola.

Det hörde till, tänkte jag. Det stämde. Elvis Presley dricker Coca Cola. Igen slogs jag av hur lik rockstjärnan han var. När Elvis var yngre och inte degigt blekfet och svullen i ansiktet. Det märktes på honom att han var medveten om likheten och framhävde den. Samma polisonger, samma frisyr.

– Hej Elvis, sa jag. Välkommen.

Han log. Det spända, osäkra ansiktsuttrycket försvann.

– Jag heter Emilio Magazzeni, sa han spontant och sträckte fram sin hand över bordet. Och jag arbetar hos herr Pici som ni vet. Ja, gjorde. Han dog ju. Emilio tystnade.

Så tog han fram ett paket cigarretter och såg frågande på mig, men jag skakade på huvudet. Jag röker inte, åtminstone inte cigarretter. En cigarr någon gång, men bara efter en god middag och utan halsbloss.

– Jag hörde det i affären. Att Leonardo dött. Det var tråkiga nyheter. Vad var det som hände?

Emilio såg på mig, avvaktande. Det verkade som om han inte visste om han skulle säga någonting eller inte. Så böjde han sig fram över det vita marmorbordet.

– Han dog inte, sa han lågt. Ja, jag menar, han dog inte på ett naturligt sätt.

– Inte? Frågande såg jag på honom. Vad menade han?

– Han blev mördad.

Emilio kastade en blick över axeln, som om han var rädd att någon skulle lyssna. Men han behövde inte vara orolig. Vid bordet intill satt några japaner som livligt diskuterade med en karta över Venedig utbredd över hela bordsskivan. Litet längre bort fanns ett ungt par som bara hade ögon för varandra och framme vid dörren drack några tjocka tyskar öl i höga glas och skrattade rödkindat åt sina egna skämt. Ingen lyssnade på Emilio Magazzeni, ingen såg

101

åt vårt håll.

– Mördad? Hade jag förstått hans hackiga engelska rätt?

– Jag är rädd för det.

– Men varför? En snäll gammal farbror som älskade vackra möbler.

Jag spelade mer ovetande än jag var när det gällde Leonardo och hans affärer. Emilio Magazzeni hade velat träffa mig för att berätta. Och jag skulle inte falla honom i talet.

– Det var precis det han var. Och på ett sätt var han som en far för mig. Min mamma var syster till Leonardo och när hon blev änka hjälpte han mig genom skolan och gav mig jobb. Det var meningen att jag skulle ta över. Men så blev det ju inte. Dystert såg han på mig och drack av sin mörkbruna Coca Cola.

– Jag förstår. Hur gick det till?

– Han bara försvann en kväll. Hans fru visste inte vart han hade tagit vägen. Ingen visste. Några dagar senare hittade dom honom i en av kanalerna. Han hade drunknat. Druckit för mycket och ramlat i vattnet. Det finns 177 kanaler, så det är lätt gjort, sa han ironiskt. Det är alltså den officiella versionen.

Drunknat, tänkte jag och såg på honom. Enligt polisrapporten. Precis som Anders von Laudern.

– Du menar alltså att det inte var en olycka, utan att nån mördade honom?

– Just det, sa han ivrigt. Enligt polisrapporten hade Leonardo slagit upp ett sår i huvudet mot en båtkant eller en pollare när han föll i vattnet. Men det tror jag inte. Han drack aldrig för mycket och hittade bland gränder och kanaler som i sin egen ficka. Jag tror att han slogs ner och sen kastades i vattnet för att drunkna. Som när man dränker en katt, sa han bittert.

Jag såg på honom. De oroliga, mörka ögonen. Det bleka ansiktet med den veka munnen. Var han en överspänd fantasimänniska som inbillade sig saker? Var det besvikelsen över att han aldrig fick överta affären som låg bakom hans spekulationer?

– Hur kan du veta att Leonardo blev mördad? Kunde det inte gått till som det stod i rapporten? Han dricker vin, går hem från

102

restaurangen eller var han nu fanns, tar fel väg och kliver över kajkanten och hamnar i kanalen. Då slår han huvudet i nånting och sjunker som en sten.

— Jag vet hur det gick till, sa han envist och såg ner i sitt glas.

— Varför det? Du var ju inte där, eller hur?

— Nej, men jag vet varför han måste bort. Han visste för mycket om nånting som han inte gillade. Han hade tänkt tala med polisen.

— Om vad då?

— Kokain.

Kapitel XII

Trots värmen i det trånga rummet drog en kylig fläkt genom mig. Då stämde det. Möblerna från Leonardos verkstad användes för kokainsmuggling. Och polisen visste om det. I deras ögon var jag skyldig.

— Är du säker? Hur kan du veta det?

— Jag vet, sa han och nickade bekräftande. Leonardo talade om det för mig. Att han hade kommit på en av dom som jobbar i vår andra verkstad, upptäckt plastpåsar med knark som var gömda i lådorna. Dom hade satt in falska bottnar och väggar. Om man inte drog ut lådorna och jämförde dom med varandra, så var det svårt att se nån skillnad.

— Fanns det kokain i mina möbler också?

— Jag vet inte, men det är inte omöjligt. Vi exporterade ju till flera länder. Inte bara till Sverige.

— Vem ligger bakom tror du?

— Paolino. Du träffade honom i affären. Fast förmodligen är han bara representant för nån annan, nån större och fulare fisk. Och det märks, för han vet ingenting om möbler och antikviteter. Men tydligen vill dom ha en effektivare kontroll av verksamheten. Det var väl ett annat skäl till att Leonardo måste bort.

— Har du talat med polisen?

Emilio Magazzeni log. Ett överseende leende.

— Det skulle aldrig falla mig in. Vad har jag för bevis, vad har jag att komma med? Fast det är inte det avgörande. Om jag så mycket som antydde vad jag visste så skulle det inte ta lång stund innan jag försvann. Du har hört talas om maffian?

Jag nickade.

– Är det dom som ligger bakom?

– Självklart. Vem annars? Den här sortens affärer sköter dom. Och dom tillåter ingen konkurrens. Men jag tänkte att du kanske kunde göra nånting.

– Vad då?

– Tala med polisen i Sverige. Det tar bättre om det kommer tips från utlandet. Ja, till vår polis menar jag. Då måste dom ta det på allvar. Och hos er finns ingen maffiainfiltration i polisen, eller hur?

– Jag hoppas inte det.

– Du ser, sa han ivrigt. Varför berättar du inte vad jag har talat om för dig. Att Leonardo har mördats och att hans verkstad används för att smuggla kokain. Kom ihåg en sak bara! Allvarligt såg han på mig. Du får inte nämna mitt namn. Aldrig! Då är jag snart lika död som Leonardo.

– Jag lovar, sa jag. Men det skulle inte göra min historia trovärdigare. Anders drunknad. Pici också. Och huvudvittnet vägrar att ens låta polisen få veta vem han är. Vem skulle tro mig om jag kom med en sådan historia? Alla skulle utgå från att jag försökte skydda mig själv. Säga att mina möbler var preparerade med knark, men att jag ingenting hade vetat och att de som kunde berätta antingen var döda eller också inte vågade.

– Jag måste gå nu, sa Emilio och reste sig. Jag har redan tagit en risk genom att träffa dig. Och kom ihåg att jag ingenting har sagt. Ciao.

– Vänta. Känner du till en annan svensk? En konsthistoriker som heter von Laudern? Sa Leonardo nånting om honom?

Han tänkte efter. Så skakade han på huvudet.

När han gått satt jag kvar vid mitt halvdruckna kaffe. Vad skulle jag göra? Konfrontera mannen i affären, han med de rökfärgade glasögonen? Fast vad skulle det tjäna till? Han skulle bara blåneka, och sedan visste ingen vad som kunde hända mig. Kanske skulle jag fiskas upp ur en kanal eller råka ut för någonting

105

annat? Och likadant med Emilio Magazzeni.

Nästa morgon vaknade jag sent under den Heliga jungfrun, sent och med tungt huvud. Natten hade varit orolig och drömfylld. Anders hade försökt dränka mig i en smal, svart kanal mellan höga husfasader, men jag klarade mig genom att klamra mig fast vid en byrå. Och på kajen stod Leonardo och skrattade, ett bullrande, hackigt skratt som gick över i bestämda knackningar på dörren när min frukost, som jag beställt kvällen innan, kom upp.

Efter två stora koppar kaffe och en frasig croissant gick jag ut. Solen sken, stod högt på himlen och det var varmt utan att vara kvavt. Det var väl läget vid havet som gjorde det. Livsandarna började komma tillbaka, och även om jag inte fick tag på knarklangare och mördare skulle jag åtminstone titta på stan.

Jag gick de branta trapporna upp mot Rialtobron som började alldeles utanför mitt hotell, gick förbi de små boutiquerna på båda sidorna av bron och kom upp på krönet. Under brovalvet kom Canal Grande. Jag såg ut över det solglittrande vattnet. Det var en egendomlig syn. Som en bred stadsgata där alla bilar och bussar plötsligt bytts ut mot båtar. Breda bussbåtar lade till vid en hållplats framme till vänster. Passagerarna trängdes med samma likgiltiga, tomma ansiktsuttryck som i tunnelbanan i Stockholm. Hängde med ögonen i tidningar, såg utan att se genom fönstren.

Smäckra taxibåtar i brunglänsande mahogny gled förbi, gondoljärer i sina gula halmhattar med långa band i rött eller blått väjde skickligt för svallvågorna, drev mjukt fram sina slanka, svarta gondoler med den polkagrisrandiga långa åran. En ambulansbåt kom forsande med sirenerna påslagna och körde om en långsam sopbåt. Ur en bred pråm lastade några män backar med öl och mineralvatten, staplade upp dem på kajen.

Husfasadernas rad avspeglade Venedigs historia med alla stilar och arkitekturer representerade, från Bysans till renässans, från gotik till barock. Allt vävdes samman till en levande helhet. Nordens Venedig brukade Stockholm kallas, åtminstone förr. Någonting låg det kanske i det om man tänkte på den roll vattnet spelade också för oss, men jag önskade att de kommunalpolitiker som misshushållat med Stockholms arkitektur och miljö hade haft något av den stil och finess som utmärkte deras kolleger i Venedig. Här hade ingenting rivits för att ge plats åt bankpalats och affärskomplex i glas och betong, här flammade inga okänsligt hårda neonskyltar mot natthimlen. Människan hade anpassat sig till staden och den historiska miljön, inte tvärtom. Jag tänkte på vad det gamla borgarrådet sagt i en intervju. Om att han hade velat förändra Stockholm av politiska skäl, velat slå sönder de borgerliga traditionerna och värderingarna. Men att han nu på sin ålders höst ångrade sig när han såg resultatet. Vilken tröst!

Så fortsatte jag min promenad, kom tillbaka till Markusplatsen. Myriader av feta duvor gjorde det nästan svårt att ta sig fram. När jag såg alla de små tanterna som sålde plastpåsar med gula majskorn förstod jag duvornas förkärlek för torget. Fotograferande turister höll fram sina händer, fyllda av majs, och duvorna hängde i klasar på dem. Kamerorna klickade och solen sken. Någonstans hade jag läst att det fanns dubbelt så många duvor som människor i Venedig och jag hade inte någon anledning att betvivla uppgiften. Välviljan mot de kuttrande fåglarna berodde officiellt på att en flock duvor med kristna kors i tidernas begynnelse hade lett Venedigs grundläggare hit, men jag gissade att turistmyndigheterna och kameraindustrin hade sina fingrar med i spelet.

I det magnifika torgets fond höjde sig St Markusbasilikan, byggd över aposteln Markus kvarlevor som enligt traditionen rövats dit från Alexandria. Över ingångsportalen kråmade sig de fyra bronshästarna och högt uppe på klocktornet slog två mansfigurer elva slag mot klockan över hus och torg.

– Det där är världens mest beresta hästar, sa en svensk röst. En dam i blått och vitt pekade upp mot de grönskimrande hästarna och några barn såg upp mot dem.

– Men dom är ju statyer, sa flickan och slickade på sin glass.

– Dom kan väl inte resa ju, höll pojken med.

– Kan dom visst det, sa mamman triumferande. Jag har läst om dom, så jag vet.

Bakom barnen stod en man med uttråkad min. Det var förmodligen inte första gången han fick höra att hon visste bäst. Hans ögon dröjde länge vid två unga flickor som sakta gick förbi. Deras åtsittande jeans var minst ett nummer för trånga om inte mer.

– Jo, dom gjordes visst i Grekland och hamnade sen på kejsar Trajanus triumfbåge i Rom. Sen flyttades dom till kapplöpningsbanan i Konstantinopel där dom erövrades av Venedig och togs hit. Så kom Napoleon och ställde upp dom i Paris innan dom kom tillbaka till Venedig igen. Och under första världskriget tog italienarna dom till Rom. Så det så. Triumferande såg hon på sin flock.

Jag log åt den svenska familjeinteriören ute på Markusplatsen och fortsatte med plastpåsen med mina badbyxor och en av hotellets stora handdukar under armen. I en av broschyrerna på mitt rum hade jag läst att man kunde göra båtutflykter till Lido och bada vid de långa sandstränderna ute på ön som en gång varit en viktig del av Venedigs försvar. Och salta medelhavsbad stod inte på menyn varje dag för en fattig antikhandlare från Gamla stan, så varför inte?

Jag gick ner mot Dogepalatset och hittade en vaporetto som snart skulle gå. Och en hel dag låg jag därute i sanden bland solparasoller och vilstolar. Inte för att vattnet var mycket att hurra för – säkert hade det varit bättre när Lord Byron gjorde sin berömda simtur härifrån och in till Canal Grande, men jag klagade inte. Man kunde inte få allt här i världen och det var skönt att komma ut i solen för en gångs skull. En god middag på fisk och torrt, vitt vin åt jag på en av de många restaurangerna, och med en lätt sveda på ryggen efter solen och det salta havsvattnet åkte jag tillbaka till Venedig vid niotiden.

När tio slag tonade ut uppifrån det höga klocktornet satt jag på en av serveringarna ute på St Markusplatsen och tittade på folklivet med en gin och tonic framför mig på bordet. Det var nästan lite för mycket människor i rörelse för min smak. Fast det var ju högsäsong förstås, så det fick man väl acceptera

Då hördes musik från andra änden av det stora torget och ett karnevalståg kom över piazzan. Det är fel årstid, tänkte jag och slog upp mer av den beska tonicen. Karnevalen i Venedig är mycket tidigare på året, när man firade segern över Ulrich som kulminerade med att en tjur och tolv grisar, som representerade förlorarna, slaktades på St Markusplatsen varje skärtorsdag inför Dogen. Men det var väl något turistjippo. Försäljare trängde sig fram mellan borden och sålde karnevalsmasker. Fler och fler bland åskådarna köpte masker och försvann in i det växande tåget som närmade sig bakom en stor orkester. Harlekiner och pierroter i rött, svart och vitt piruetterade i tåget. Olycksbådande gestalter i svart, med svarta venetianska hattar och vita, stela ansiktsmasker såg ut som dödens sändebud, medan glatt grinande masker i guld och silver glittrade i lyktskenet. Fantasifulla dräkter i alla färger blandade sig med turister i vanliga kläder men med små ansiktsmasker. Några bar masker med stiliserade dockansikten, andra var utstyrda som rävar eller örnar. Mitt bland dem dansade Mozarts Papageno med sin fågelbur.

Plötsligt tyckte jag att jag såg någon jag kände igen i folkmängden runt karnevalståget, ett ansikte skymtade. Kunde det vara möjligt? Kvinnan från tunnelbanan, Anders Botticelliflicka.

Snabbt betalade jag drinken, lade alldeles för mycket pengar på bordet, men jag hann inte vänta på servitören och hans växel. Min plastpåse med handduken och de fuktiga badbyxorna glömde jag också i hastigheten, där jag trängde mig fram bland de tätnande, sjungande människomassorna. Tio—femton meter bort gick hon, klädd i en vid svart kappa eller kapuschong mot den råa kvällsfukten som steg från vattnet. Så kom jag närmare, var bara några meter från henne. Återigen slog det mig hur lik hon var sin förebild i Florens, hur vacker hon var. Fast kunde det vara riktigt? Det var kväll och mörkt och jag hade druckit min gin tonic. Hundratals människor trängdes runt oss. Och jag hade ju bara sett henne några sekunder, just när tunnelbanetåget varit på väg ut från stationen.

Då vände hon sig plötsligt om och såg på mig, hajade till. Blev hon skrämd av min intensiva blick? Snabbt satte hon på sig en vit mask och försvann i karnevalsmyllret.

Samma mask som Anckarström, tänkte jag och trängde mig fram genom tåget. En likadan mask hade Anckarström när han sköt Gustav III på Operan i Stockholm. Jag trampade på tår, fick knuffar i sidan och ilskna rop, men jag måste komma ikapp henne. Till sist såg jag en svart hatt och en svart kapuschong alldeles framför mig. Jag sträckte mig fram och rev av den vita masken. Ett par ursinniga mansögon mötte mina.

— Jag ber om ursäkt, sa jag och fick några tyska svordomar tillbaka. Så fick jag syn på henne igen. Och den här gången var jag säker, den här gången var det inte någon direktör från Düsseldorf. Hon sprang bort från tåget, bort mot St Markusbasilikans portal under de fyra, vittbefarna hästarna som kråmade sig uppe i dunklet. Jag följde efter bland turister och gatuförsäljare, såg henne försvinna in under de höga valven med bilden av Yttersta domen.

Med andan i halsen kom jag fram till kyrkan och gick in genom den halvöppna porten. Därinne var allt tyst, ingenting av karnevalståg eller skratten och ropen utifrån torget trängde in genom de tjocka stenmurarna.

Varför springer hon för mig? tänkte jag och såg mig om. Hon vet inte vem jag är och vad jag vill. Jag fortsatte framåt mot altaret. I dunklet under valven hängde lampor med intensivt röda små ljus och uppe i taket glänste det och blänkte av guldmosaik. En sötaktig doft av rökelse fanns runt mig och som små fyrbåkar glimmade vaxljusen som tänts för döda själar. Dämpad sång hördes från altaret därframme.

Jag gick fram på den mattäckta, breda mittgången mellan kraftiga pelare och kom fram till den mellersta delen som grenade ut sig åt två håll, som ett kors efter grekiskt inflytande. Jag stannade upp, såg bort mot altaret. Där hade dogerna krönts, därunder låg kvarlevorna av aposteln Markus och bakom fanns en av kristenhetens dyrbaraste utsmyckningar, altartavlan som var översållad med tusentals skimrande ädelstenar.

Plötsligt hörde jag ett ljud borta till höger, ett svagt ljud som när en dörr öppnas och stängs. Jag sprang över det slitna marmorgolvet där århundradens steg lämnat nötta spår. Därframme, längst

110

bort, fanns en smal dörr. Jag drog ifrån regeln, öppnade och kom ut i ett mindre rum och ett valv som ledde ut mot en öppen plats. Långt borta såg jag en gestalt i svart springa ner mot kajen vid Dogepalatset och båtarna. Det vida tyget flaxade kring ryggen som vingarna hos en svart fågel som ville flyga, men inte kunde. Jag sprang efter och just när jag andfådd kom fram svängde en lång, smal gondol ut med en mörk skugga som passagerare. Gondoljären stod i aktern och med sin långa åra drev han båten över det svarta vattnet med lugna, behärskade rörelser. Men inga andra gondoler var lediga och taxibåtarna försvunna. Jag stod som på nålar tills några amerikanska damer med skratt och tjoanden oviga tog sig ur en gondol som stannade upp vid den smala bryggan.

— Följ efter den där gondolen, sa jag på engelska till gondoljären.

Han log och skakade på huvudet.

— Nicht verstehen. Och han log igen.

Jag pekade på den flyende gondolen som knappt syntes ute på vattnet och på mig själv. Så skrek jag: Pronto! Vitesse!

Då förstod han äntligen, log igen och gled ut med sin farkost. En svartsjuk älskare, tänkte han säkert. Passion, lidelse. Och det var inte första gången gondoler följde varandra i sådana ärenden över Venedigs mörka vatten.

Jag satt tillbakalutad mot den mjuka dynan, kände doften av vatten och hav och hörde vattnet porla under stäven och för hans åra. Närmare havet och vattenytan kunde man inte komma som transport och det gav mig litet av samma känsla som min barndoms kanotturer på Vibysjön. Så log jag för mig själv och åt mig själv. Kunde inte låta bli. Här satt jag, en stillsam och etablerad antikhandlare från Stockholm och förföljde Botticellis Våren i en gondol över Venedigs svarta vatten. Så blev jag allvarlig igen. Varför hade hon blivit så rädd? Så rädd att hon sprungit sin väg.

Kapitel XIII

Som en mörk skugga därute på vattnet skymtade den undflyende gondolen med kvinnan ur Anders von Lauderns dröm. Men hon var inte någon drömfigur utan i högsta grad levande. Var hon nyckeln till gåtan, eller hade hon ingenting alls med hela historien att göra? Om jag inte sett henne tillsammans med Elisabeth Lundman i tunnelbanan hade jag aldrig ens reflekterat över om hon funnits i verkligheten. Anders hade ju tagit tillbaka det han berättat om sin nattliga utflykt för att identifiera en "ny" Rubenstavla, sagt att alltihop bara var en kombination av sprit, stimulantia och överansträngning. En dröm, en mardröm. Ingenting mer.

Vi vann på gondolen därframme. Den syntes tydligare nu, avtecknade sig i mörk relief mot stadens ljus som speglades i vattnet. Som en smäcker svan gled min gondol fram över vattnet som sorlade mot stäven, fast svanens hals kanske vore rättare att säga. Den silverblänkande utsmyckningen i fören höjde sig som ett stolt huvud mot mörker och faror. Sedan 1700-talet var alla gondoler svarta för att motverka överdåd och lyx i färger och utsmyckning. Som Gustav III:s överflödsförordningar nästan.

Bakom mig hörde jag gondoljärens andhämtning när han arbetade med den långa åran, vickade sig fram genom vattnet. Också han hade gripits av jakten på båten framför oss. Åran roterade kraftfullt i sin klyka, *forcolan*, som också tjänstgjorde som gondolens bilnyckel. Tog man bort den var det omöjligt att manövrera den långa båten.

Gondolen vi följde hade svängt in i en kanal bredvid Dogepalatset och fortsatte under Suckarnas bro som ledde till Blykamrarna, det beryktade fängelset där bland många andra också Casanova suttit inspärrad. Ett tag trodde jag att vi skulle förlora den i trafikträngseln av gondoler och taxibåtar, men så såg jag den igen.

Längs höga stenhus for vi, där gröna, slemmiga alger klängde upp ur vattnet längs kajernas skrovliga sidor. Långa pollare för förtöjning och skydd stod ute i vattnet efter kajkanterna i rött, blått, gult och grönt, alla med den karaktäristiska polkagrisrandningen med någon kontrasterande färg. Trafikskyltar med hastighetsbegränsningar och parkeringsförbud verkade egendomligt malplacerade ute i vattnet, men behövdes naturligtvis. Fast snöröjningsbestämmelser slapp de.

Plötsligt sade gondoljären bakom mig någonting som jag inte förstod, men fattade innebörden av. Därframme hade hennes långa, svarta gondol stannat vid en stentrappa som gick upp ur vattnet och ledde till ett vackert hus i gult med gotiska fönster. Utanför fanns en liten trädgård, och gröna grenar från buskage och små träd hängde ner över det mörka vattnet.

Vi saktade in farten och gled mjukt fram mot trappan. Hon hade hunnit gå ur och jag skymtade den svarta kapuschongen som en skugga där hon försvann i den smala porten.

Jag betalade min gondoljär som blinkade mot mig under sin halmhatt med det långa, röda bandet och log uppskattande åt min amorösa eskapad. Jag log tillbaka, gav honom alldeles för mycket dricks, och gick uppför den smala stentrappan. Träporten med kraftfulla, svarta järnbeslag gled upp när jag förde ner det tunga handtaget och jag kom in i en tom hall med mosaikgolv. Det var tyst därinne, en dov tystnad, som om någonting väntade i det gamla huset, och rått och fuktigt trots sommarkvällen utanför. Framme till vänster svängde en trappa upp mot nästa våning. Den hade ett vackert svart järnräcke och steg av vit marmor. Tveksamt fortsatte jag mot trappan, långsamt gick jag uppför. Hade hon försvunnit ut på gatan genom trädörren rakt fram i hallen eller hade hon fortsatt uppför trappan?

På nästa avsats hördes pianomusik genom en stängd dörr. Jag

knackade, men ingen svarade. Försiktigt tryckte jag ner det stora mässingshandtaget och öppnade. Det fanns ett stort rum därinne med vita väggar, högt i tak och stengolv. 1500-tal, tänkte jag och såg mig om. Väggarna var fulla med konst, tätt hängde förgyllda ramar med skimrande dukar, nästan som på ett konstgalleri. Jag stod för långt ifrån för att kunna se vad de föreställde i detalj, men så mycket förstod jag som att tanken på konstgalleri inte var riktigt adekvat. Museum var ett bättre uttryck. Här fanns målningar jag aldrig sett maken till i ett privat hem. Och möblerna höll samma höga klass. En förgylld soffgrupp i kraftfull och pompös barock stod rakt fram under en stor målning av Venedig som mycket väl kunde vara en Tintoretto. Från en svart skivspelare kom en vemodig nocturne av Chopin.

Då såg jag henne. Framme vid fönstret tvärs över rummet stod hon med ryggen vänd mot mig. Dörren hade glidit upp så tyst att hon inte märkt att jag kommit in. Med en mjuk rörelse tog hon av sig den svarta kapuschongen, hängde den över en hög stolsrygg och vände sig om. Häpen och skräckslagen såg hon på mig utan att röra sig, som om hon frusit fast, paralyserats. Men hon fick kontroll över sig själv, öppnade snabbt handväskan som låg på bordet vid sidan av henne och pekade mot mig med en trubbnosig svart pistol.

– Vad vill ni? sa hon kort på engelska. Varför följer ni efter mig. Jag ska ringa till polisen.

Utan att ta ögonen från mig gick hon fram till en vit telefon på en låg renässanskista längs kortväggen.

– Gör inte det. Jag ska gå, men först vill jag bara fråga om en sak.

Undrande såg hon på mig, men handen som sträcktes mot telefonen sjönk ner.

– Kände ni Anders von Laudern?

Hon såg på mig, som om hon inte visste vad hon skulle säga. Så ryckte hon på axlarna.

– Vem är det och varför skulle jag känna honom?

– Ni fanns i en av hans drömmar.

114

Nu var det misstänksamma uttrycket i hennes ögon tillbaka igen och hon höjde pistolen. De klara ögonen såg intensivt på mig och det långa, ljusa håret föll mjukt ner över hennes skuldror. Lång och rank stod hon där, som Våren, Botticellis vår. Det enda som fattades var blomrankorna i hennes hår.

– Är ni riktigt klok egentligen? sa hon skarpt. Förföljer ni mig genom halva Venedig för att någon har drömt om mig?

– Inte bara drömt, sa jag snabbt. Jag vet att ni kände varandra, ljög jag, och jag måste få tala med er.

– Kände? Frågande såg hon på mig. Vad menar ni med kände?

– Han är död. Anders von Laudern är död.

Inbillade jag mig, eller hade hon blivit en nyans blekare?

– Sätt er, sa hon sedan och gjorde en gest mot ett par höga karmstolar med mörknande gyllenläderslädsel. Ta vad ni vill ha. Och hon nickade mot silverbrickan med glas och en whiskyflaska som stod på det runda bordet. Men hon lade inte ifrån sig pistolen.

Jag satte mig, slog upp ett par centimeter whisky. Hon skakade avvärjande på huvudet när jag frågande såg på henne.

– Berätta, sa hon sedan och satte sig mitt emot mig och tog en cigarrett ur ett platt etui i den svarta väskan. Pistolen lade hon på bordet, men utom räckhåll för mig och så nära henne att hon snabbt kunde nå den. Misstrodde hon mig fortfarande?

Jag drack av den fräna whiskyn. Värmen spred sig i kroppen och jag kände att jag behövde den.

– Anders drunknade i en liten sjö i Sverige. Jag var själv med. Ja, inte när det hände, då hade jag kört tillbaka till Stockholm, men vi var mycket goda vänner. Han var min äldsta vän faktiskt och vi hade vuxit upp tillsammans.

Forskande såg hon på mig, som för att se om jag ljög, om hon kunde lita på mig.

– Och han berättade för mig att han sett er i ett stort hus dit han hade tagits mitt i natten för att examinera en tavla.

– En tavla?

– Just det. Han var expert på Rubens, och nu ville någon veta om tavlan som fanns där var äkta. I så fall hade det varit en

115

världssensation.

– Och det var den? Äkta menar jag.

Jag nickade.

– Det sa han åtminstone. Och han hade sett er där. Botticellis
Våren.

Då log hon, för första gången.

– Sa han det? Att jag liknade Våren?

– Ja. Och sen när han var död såg jag en kvinna tillsammans
med Elisabeth Lundman på tunnelbanan i Stockholm. Hon var en
kopia av Botticellis tavla. Det var ni, och ni var den kvinna som
han sett den där natten.

Misstroget skakade hon på huvudet, sträckte sig över bordet och
tog ett litet askfat av silver.

– Ni sitter här och säger att er gode vän har drömt om en
kvinna som ser ut som en tavla som målades för femhundra år sen.
Och för att ni nu stöter på nån på St Markusplatsen i Venedig som
ni tycker liknar Botticellis modell så förföljer ni mig kors och tvärs
över hela stan och tar er till och med upp i min våning. Det verkar
minst sagt otroligt.

– Jag förstår om det kan låta egendomligt, men det är faktiskt
ännu mer komplicerat. För jag tror att Anders blev mördad. Han
drunknade inte. Det skulle bara se ut så. Och nu försöker jag ta
reda på vem som mördade honom. Och varför.

– Varför talar ni inte med polisen?

– Det har jag gjort, men dom tror inte på mig. Dom utgår ifrån
att det var en olyckshändelse, att han drunknade. Det är bara det
att han inte kunde simma.

Hon log, som åt ett barn som berättat om troll och häxor under
sängen och monster i klädskåpet som kommer ut om natten när
alla sover.

– Jag förstår bara inte vad jag har med det där att göra, sa hon
sedan.

– Ni träffade honom, eller hur?

Nu chansade jag grovt, men tur måste man ha någon gång
också. Och det hade jag nu, för hon nickade bekräftande.

116

– Ja. Jag är konsthistoriker och sysslar med konstförmedling och jag träffade honom som hastigast på ett seminarium här i Venedig om Veronese, målaren ni vet, som bland annat har gjort fantastiska saker i Dogepalatset. Anders föreläste, och jag deltog i diskussionerna.

– Reste ni till Sverige för att träffa honom?

– Nej. Jag kom för Elisabeths skull.

Hon såg min förvåning.

– Elisabeth var tillsammans med Anders i Venedig på det där seminariet och hon ville ha hjälp av mig. Ni kanske vet att hon har startat en konsthandel och specialiserade sig på lite äldre saker. Och hon ville konsultera mig, köpa konst härnere via mig och ha mig som agent i Italien när hon skulle sälja en del bättre saker. Marknaden är intressant här, det finns gott om pengar om man har rätt vara. Och jag hade alla kontakterna. Så hon bad mig komma till Stockholm för att diskutera vårt samarbete. Då träffade jag Anders också.

– Då var ni i Sverige när han dog?

Hon nickade, såg min förvåning.

– Jag behöver ju inte berätta allting på en gång bara för att ni ramlar in genom dörren, eller hur? Jo, jag var där, och det var ett hemskt slag för Elisabeth. Ni vet väl att hon älskade honom?

– Ja. Och Elisabeths man visste också om det.

– Tror ni att . . . Hon tystnade, såg frågande på mig.

– Jag tror ingenting. Kanske han mördades, kanske det var en olyckshändelse. Men det finns en annan aspekt som också oroar mig.

– Vad skulle det vara?

– Narkotika. Kokain.

Förvånat såg hon på mig.

– Skulle Anders ha varit inblandad i nånting sånt?

– Det vet jag inte, men jag tänkte ta reda på det. Och jag har fått en del informationer här i Venedig som jag tänker undersöka närmare.

– Akta er, sa hon lågt och dödade sin cigarrett mot det lilla

117

silverfatet med en snabb handrörelse. Det är farligt. Dom som håller på med narkotika är farliga. Ett människoliv betyder ingenting.

– Jag vet. Och jag ska vara försiktig. Jag lovar. Och jag log mot henne. Förresten så har jag inte presenterat mig. Jag heter Johan Homan och är antikhandlare från Stockholm.

Kanske inbillade jag mig bara, men jag fick en bestämd känsla av att mitt namn betydde någonting för henne. Jag såg det under bråkdelen av en sekund i hennes ögon. Hade Elisabeth talat om mig eller Anders? Fast varför?

– Anna Sansovino, sa hon mjukt och log mot mig. Vi är tydligen kolleger. Ni handlar med antikviteter och jag med antik konst.

– Jag är rädd för att vi inte spelar i samma liga. Ni sysslar med världsnamn, men mina saker är mycket blygsammare.

– Jag vet inte det direkt. Det är som överallt annars i livet. Ibland har man tur och kommer över bra saker och ibland inte. Men därborta hänger nånting som kunde intressera er. Hon nickade mot en stor målning i andra änden av rummet. Det var ett allegoriskt, religiöst motiv med virvlande moln och en gudabild i mitten omgiven av änglar.

– Giovanni Tiepolo. När Stockholms slott byggdes ville arkitekten anställa Tiepolo för att göra dom stora takmålningarna. Men kungen hade inte råd. Tiepolo var för dyr.

– Där ser ni. Det var det jag sa. Ni har tavlor som kungar inte har råd med, och jag gissar att bara den där målningen skulle kunna köpa min affär många gånger om.

– Pengar är inte allt, log hon, och man behöver inte äga vackra ting för att ha glädje av dom.

– Har ni er affär här? Jag såg mig om i rummet.

Först förstod hon inte vad jag menade, så log hon igen, ett överseende litet leende.

– Inte affär direkt. Men jag har mitt kontor här. Det är ett litet palats som jag har ärvt efter mina föräldrar. Familjen kom hit redan på 1500-talet. Jag förmedlar konst. Spårar upp säljare och för ihop dom med köpare. Och tvärtom. En samlare vänder sig exempelvis till mig och ber mig få fram nånting av en speciell mästare. Och genom mitt kontaktnät vet jag ungefär vem som kan tänkas ha nånting som är intressant. Så talar jag med honom för att se om han är intresserad av att sälja. Så småningom, och med lite tur och mycket tålamod och dyra telefonräkningar, så blir det en affär.

– Och då får ni procent?

– Det låter så brutalt, skrattade hon. Procent som procentare. Jag föredrar att säga att jag tar ett visst arvode för mina tjänster. För min expertis och mitt kontaktnät.

– Jag förstår. Och ni slipper hålla dyrbara föremål i lager?

– Just det. Och det var på det sättet jag skulle hjälpa Elisabeth. Hon har en del kapitalstarka kunder som inte vill handla på auktioner och på den öppna marknaden. Ni lär ha besvärliga skattelagar i Sverige? Man ska visst helst inte visa hur mycket pengar man har.

– Det är en riktig bedömning. Helst ska man gräva ner vad man har. Men det hjälper inte alltid är jag rädd. Vi har en armé med små gubbar med slagrutor och små spadar som gräver upp det igen.

– Riktigt så långt har vi inte kommit här än, log hon. Fast vi är på god väg. Men hur som helst så har hon klienter som vill placera pengar i konst lite mer diskret. Så det händer inte så sällan att Elisabeth kontaktar mig för att höra om jag har nånting intressant. Och ibland är det tvärtom. När nån av hennes klienter vill sälja nånting kan jag hjälpa till.

– Det innebär att ni har ett viktigt kapital tillgängligt. Jag smuttade på min whisky.

– Vad skulle det vara menar ni?

– Förtroende. Att man kan lita på er. Att dom konstverk ni förmedlar är okay.

– Hur då okay?

– Att dom inte är stulna exempelvis. Eller förfalskade.

Hon sträckte sin smala hand mot den höga whiskyflaskan och slog upp en bottenskyla i ett kristallglas, lade i några isbitar.

— Alldeles riktigt. Och det måste gälla för er också, eller hur? Den som inte är hederlig i den här branschen är död. Finito.

— Apropå det, sa jag och såg på henne. Apropå konst och död. Ni kände inte Leonardo Pici?

— Borde jag det?

— Inte vet jag. Men han var också antikhandlare. Och han drunknade. Precis som Anders.

— Kanske han var oförsiktig.

Och så log hon sitt svala, undflyende leende som på tavlan från renässansen, den kulturella pånyttfödelsens epok, men också giftmordens och intrigernas period. Machiavellis och Lucretia Borgias tidsålder.

120

Kapitel XIV

Sprickan i taket gick ut från lampfästet, vindlade fram över det vita taket som en flod på väg mot ett avlägset hav. Länge låg jag i den breda sängen och såg upp mot den, följde vindlingarna över det vita fältet, tomt som en karta över Antarktis.

Jag tänkte på mitt möte kvällen innan med kvinnan från Anders dröm, drömmen som kanske varit verkligare än han velat medge. Fast det hade hon förnekat, bestämt förnekat. När jag frågat henne rakt på sak hade hon bara skrattat.

— Det är ju löjligt, hade hon sagt. Jag har ingen aning om vad Anders drömde, och förekom jag i hans drömmar så är ju det nånting totalt utanför min kontroll, eller hur?

Och det måste jag ju medge.

— I några mörka hus sent om natten har jag heller inte varit.

— En fråga till bara, sen ska jag gå och lämna er ifred. Varför var ni rädd för mig?

— Är det så konstigt? Någon tränger sig på, följer efter en. Då blir man rädd. Åtminstone om man är kvinna och det är natt. Jag kan ju inte veta att det råkar vara en snäll och beskedlig antikhandlare från Stockholm som känner Elisabeth Lundman.

Det hade hon naturligtvis rätt i, tänkte jag i min säng. Att man blev rädd när man kände sig förföljd. Fast det där med snäll och beskedlig tyckte jag inte riktigt om. Var det det intryck jag gjorde på unga kvinnor? Tyckte dom att jag var snäll och beskedlig? Nåja, det fick jag väl stå ut med. Men det var mycket jag kommit att tänka på sedan igår. Nya frågor hade kommit upp som inte fått

121

svar. Elisabeths roll till exempel. Och Leonardo Pici. Jag hade en känsla av att Anna Sansovino visste mer om honom än hon velat berätta. Jag borde gå tillbaka till det lilla palatset vid kanalen och prata med henne igen. Nu, i dagsljus och sedan hon sett att jag inte var så farlig som hon först trott, kanske hon skulle vara lättare att tala med. Kanske hon kunde ge mig några tips när det gällde kokainsmugglingen till Stockholm? Det kostade ingenting att fråga.

Efter en snabb frukost hade jag turen att få tag på en gondoljär som varit taxichaufför på Manhattan innan han bytt element. Han talade bättre engelska än jag, och med förenade krafter lyckades vi ta oss tillbaka till Annas hus. För säkerhets skull fick han skriva upp adressen åt mig om jag skulle behöva komma tillbaka. Man kunde ju aldrig så noga veta.

Jag bad honom vänta vid stentrappan och så gick jag uppför de smala stegen igen, förbi de nedhängande grenarna från träden i den lilla trädgårdsremsan längs kanalen och stod inne i hallen med mosaikgolvet.

En dörr öppnades och en gammal kvinna såg misstänksamt på mig genom dörrspringan. Hon muttrade på italienska.

– Jag söker Signorina Sansovino. Anna Sansovino. Och jag pekade upp mot trappan till våningen där jag mött henne kvällen innan.

Åter muttrade hon någonting, så skrek hon till någon i rummet bakom henne och slog igen dörren med en smäll.

Jag ryckte på axlarna. Antingen förstod hon inte, eller också ville hon inte förstå. Nåja, jag fick väl klara mig själv då. Och jag gick uppför trappans vita marmorsteg, upp till dörren som ledde in till våningen. När ingen öppnade för mina bestämda knackningar tryckte jag ner handtaget och öppnade, men stannade i dörröppningen. Det var inte samma rum. Någonting hade hänt sedan igår. Eller hade jag gått fel, tagit miste på våningsplan? Den långa, förgyllda soffan längs väggen under en stor tavla av Venedig någon gång på 1700-talet, och de båda barockstolarna vid fönstret var borta. Rummet var helt förändrat. Borta var de magnifika

122

tavlorna i sina praktfulla, förgyllda ramar, borta var de antika möblerna. Nu gick inredningen helt i vitt, med italienska skinnmöbler och ett elegant glasbord med stålrörsben. Italiensk modernism när den var som bäst. Men ingen Anna Sansovino. Botticellis Våren hade försvunnit.

Då hördes steg bakom mig i trappan och jag vände mig om. En man kom upp mot mig. Han såg inte särskilt vänlig ut.

– Vad vill ni? frågade han hotfullt på bruten engelska och rynkade de svarta ögonbrynen.

– Jag söker Signora Sansovino.

– Det finns ingen som heter det här.

– Jag var i det här rummet igår kväll. Vi satt och pratade i en stor soffa som stod därborta vid väggen. Och hon berättade att hon ärvt palatset av sina föräldrar.

– Dumheter, avbröt han mig. Huset ägs av greve Contini. Han är i New York i affärer, men kommer hem i övermorgon. Och ni gör klokast i att försvinna härifrån omedelbart. Annars ringer jag polisen.

Jag flög hem via Lugano och Genève, i strålande sol över ett magnifikt alplandskap där ett isglittrande Mont Blanc majestätiskt höjde sig över omgivningens stelnade bergseruptioner från jordens inre för miljarder år sedan. En overklig, hisnande operakuliss. Men jag tänkte inte på landskapets skönhet, jag såg inte på Genèvesjöns glittrande vattenspegel. Mina tankar var i Venedig, hos kvinnan i Anders dröm. Fanns hon inte i verkligheten heller?

– Det finns ingen Signora Sansovino här, hade den misstänksamme portvakten sagt i palatset vid kanalen. Greve Contini bor här. Ingen annan.

Jag förstod det inte. Varför hade hon sagt att hon bodde i det lilla palatset och varför hade hon gjort sig besväret att möblera om rummet där vi suttit? Hade jag gått fel, kommit till fel hus? Det var sent och mörkt när jag kom första gången, och stentrapporna ner till kanalens svarta vatten låg tätt efter husfasadernas långa rad. Men jag kom så tydligt ihåg den lilla trädgården utanför, buskarnas täta grönska och trädens grenar som hängde ner över stenkajen. Och trappan upp till rummet där vi suttit. Hade jag helt enkelt tagit fel våning? Men det förklarade inte portvaktens reaktion. Ingen Signora, bara en greve.

Det finns bara en förklaring, tänkte jag och gav flygvärdinnan min bricka efter middagen mellan Zürich och Frankfurt. Anna var rädd för mig. För mina frågor och vart de kunde leda. Och det var en viktig insikt, för det måste innebära att jag var någonting på spåren, att hon dolde någonting som hade med Anders att göra. Anna Sansovino visste mer än hon låtit förstå. Den som kunde hjälpa mig var Elisabeth Lundman. Elisabeth måste veta mera om kvinnan i karnevalsmasken, hon som försvann i Anders drömmar och bland Venedigs kanaler och gränder utan att lämna några spår efter sig.

Elisabeth Lundmans galleri var inte svårt att hitta i telefonkatalogen. Det låg på Kindstugatan, alldeles vid Brända Tomten i Svante Stures gamla hus, han som mördades av Erik XIV i Upsala i det renässansdrama som blev början till slutet för kungen. Fast Elisabeth rådde ju inte för vad Erik XIV haft för sig med den ursprunglige husägaren, tänkte jag när jag gick de få stegen från min affär på Köpmangatan. Egentligen hade jag inte föreställt mig att hon skulle ha sitt galleri i Gamla stan. Hon gav mer intryck av Östermalm. En stor, luftig lokal på Sturegatan, eller efter Strandvägen, hade legat närmare till hands som hennes operationsbas.

När jag kom in genom den låga stenportalen var galleriet tomt. Två rum låg mot gatan. Väggarna gick i vitt och var fullhängda med litografier och etsningar. Chagall, Picasso och Miró mest. En och annan Dalí också. Och strama Tapies i svart, grått och vitt.

— Du specialiserar dig på Katalonien ser jag.

Först kände hon inte igen mig när hon kom ut genom en smal dörr vid kortväggen. Så log hon.

— Men hej, Johan. Vad trevligt att se dig igen. Har du kommit för att köpa eller bara för att "titta"?

— Ingendera delen, även om jag frestas av dina mästare från Katalonien.

Hon såg frågande ut.

– Du vet väl att både Miró, Tapies och Dalí kommer därifrån. Spaniens hjärta har producerat många stora namn. Har du sett nånting av Gaudí?

– Du menar arkitekten från Barcelona?

– Just han. Fantastiska jugendhus. Jag har aldrig sett maken. Katedralen håller dom fortfarande på och bygger, fast problemet är att han aldrig lämnade efter sig några ritningar när han dog.

– Det har jag faktiskt aldrig tänkt på. Att dom alla kom från Katalonien. Nej, grafiken är mera till för att hålla ruljangsen igång. Egentligen specialiserar jag mig på äldre objekt och lite mer krävande saker. Kvalitets- och prismässigt om du förstår. Och sånt kan man ju inte ha hängande framme.

– Jag vet, sa jag. Jag har träffat Anna.

– Anna? sa hon osäkert.

– Anna Sansovino. Din agent i Venedig.

– Har du varit där?

– Ja, jag kommer just därifrån. Och jag skulle vilja fråga dig om några saker.

– För all del. Men då sätter vi oss inne på mitt kontor. Vill du ha te?

– Jatack.

Te var hennes stil, tänkte jag och följde efter in på kontoret. Kaffe var lite mer direkt, lite mer svenskt. Man fikade inte med Elisabeth. Men det rökdoftande Earl Grey-teet som hon hade i den mörkblå tekannan doftade elegans och förfining. Inte något påste där inte.

Jag såg på Elisabeth där hon satt på andra sidan det smala skrivbordet. På väggen bakom henne hängde en gravyr av Dürer. Döden kom ridande på en gammal, mager häst med en lång lie över sin skelettaxel. Tålmodigt fanns han där, väntade. Fast en del hämtade han för tidigt. Som Anders.

Elisabeths långa, mörka hår föll fram över axlarna. De grågröna ögonen såg forskande på mig. Ett tunt nätverk av små fina rynkor strålade ut från ögonvrårna. Åldern kröp så sakta på oss alla, men

125

hon var fortfarande mycket, mycket vacker. Jag förstod Anders. Och jag förstod Svens reaktion mot den som hade tagit henne från honom.

– Går affärerna bra, inledde jag neutralt och tog ett torrt kex från det lilla silverfatet. Ett ögonblick önskade jag att hon varit mer vardaglig och serverat ett härligt, kladdigt wienerbröd med gul smet och vit glasyr till en stor mugg svart kaffe. Men jag slog bort tanken. Jag hade faktiskt inte kommit för mitt eftermiddagskaffe.

Elisabeth ryckte på axlarna.

– Ibland upp och ibland ner. Du vet själv. Men jag ska inte klaga. Marknaden jag sysslar med är mycket intressant. Det är ju inte så mycket det där med att köpa och sälja på ett traditionellt sätt. Ja, att nån kommer in på galleriet och blir intresserad av ett Picassoblad, betalar, tar tavlan under armen och går. Vi arbetar lite annorlunda.

– Finns det så många andra sätt? frågade jag oskyldigt.

Hon log och nickade.

– Den här marknaden jag talar om är mycket exklusiv. Och diskret. Det är människor som inte vill synas av olika skäl. Det kan vara skatter, det kan vara andra orsaker. Du vill inte basunera ut att någon gammal familjeklenod som gått i arv i generationer plötsligt måste säljas och hamna i auktionskataloger och tidningar. Har du haft en Rembrandt hemma på slottet i århundraden och behöver pengar, så är det smidigare och ofta mera lönsamt att låta oss förmedla affären.

– Om du inte säljer på auktion eller i galleriet här, hur får du då tag på köparna?

– Är det bara ett tillräckligt bra objekt så är det inga problem. Och nu menar jag inte enbart Sverige. Det är en alldeles för liten marknad i många fall. Det är klart att vi har alla nyrika börsklippare och byggmästare och allt vad dom är. Men dom spelar oftast i en annan serie så att säga. Nej, jag talar mer om japanska försäkringsbolag och amerikanska konsortier. Förmögna schweiziska samlare. Västtyskar och många andra. En av mina klienter har exempelvis två Rolls Royce och en handfull Mercor förutom några udda Porsche och BMW. Men han anses inte särskilt märkvärdig. Du kan ju tänka dig hur det skulle vara om han bodde i Sverige.

– Jag förstår. Men om du inte annonserar, eller finns med i Christies och Sothebys auktionskataloger, så är det väl svårt att nå dom där guldtupparna?

– Ja, om man inte har kontakter och förbindelser. Och det har jag arbetat upp.

– Det är där Anna kommer in i bilden?

Nu hade jag gått över på hennes planhalva, nu sköt jag mot målet.

Elisabeth såg på mig, slog upp mer av det rökdoftande teet. Så nickade hon.

– Precis. Anna är en av mina agenter. Jag talar om för henne vad jag har och hon kontaktar intresserade kunder.

– På provisionsbasis?

Nu nickade hon igen.

– Dessutom kommer hon ofta till mig med förfrågningar. Ett museum i San Francisco är på jakt efter gamla flamländska mästare till exempel. Känner jag till nån som vill sälja om priset är rätt? Och det lustiga är att Sverige är en intressantare marknad än man kan tro. Visserligen är vi ett litet land, men vi har haft fideikommissinstitutionen i många hundra år. Ingen fick sälja nånting ur samlingarna som ofta kom från olika europeiska krigståg. Men nu har ju fideikommissen upphävts, och fortfarande kryper det fram små pärlor ur olika gamla gömmor. Var har du träffat Anna förresten? Och hur visste du att vi kände varandra?

– Genom Anders.

– Anders?

– Han berättade om en egendomlig dröm han haft. Ja, mer än en dröm var det väl, eftersom Anna existerar i verkligheten.

– Nu förstår jag inte riktigt.

Då berättade jag för henne. Om Anders nattliga utflykt, om Rubenstavlan och vad han sagt om Botticellis vårkvinna. Och om att jag sett henne och Anna på tunnelbanan, och hur jag stött ihop

127

med henne i Venedig. Men att hon försvunnit nästa dag berättade jag inte. Det hade gjort historien litet för komplicerad. Jag fick spara det till senare.

När jag slutat satt hon tyst och såg på mig. Så slog hon i litet grädde i sitt te ur en silverkanna som såg ut som om Georg Jensen hade gjort den. Fast grädde var det väl inte förstås. En kvinna som Elisabeth tog säkert mjölk i teet.

– Det var faktiskt en ganska originell historia, sa hon sedan och log ett snabbt leende. Mycket originell till och med. Stackars Anders drömmer om Rubens och Botticelli. Och så ser du henne. Våren själv. Både i tunnelbanan och på Markusplatsen. Lite i häftigaste laget. Och hon log igen.

Kapitel XV

— Egentligen hade jag ett annat ärende.
  — Jaså?
  — Anders. Jag förstår att ni stod varandra nära.
Elisabeth nickade.
  — Vi älskade varandra, sa hon lågt. Det är ingenting att dölja.
Vi skulle ha gift oss när allt det här var över.
  — Vilket då?
  — Utnämningen och hela karusellen runt omkring.
  — Inte för att det angår mig, men det måste väl vara svårt för
din man?
  — Nu har han accepterat det. Att vi har kommit ifrån varandra.
Och det började långt innan jag mötte Anders. Det var naturligt-
vis dumt att rusa iväg sådär, men jag var ung och romantisk, läste
konsthistoria och han var professor. Vi blev kära i varandra helt
enkelt. Egentligen var han väl nån sorts fadersgestalt för mig. Fast
åldersskillnaden tog ut sin rätt och, ja, vi gled ifrån varandra. Men
Sven ville att vi skulle vänta med att skiljas tills han pensionera-
des. Han är lite gammaldags och ville inte figurera som frånskild i
officiella sammanhang. Och det respekterade jag.
  — Ni levde i nån sorts resonemangsäktenskap menar du?
  — Det kan man säga. Jag hade min frihet och han sin. Inte för
att han utnyttjade den, men det funkade.
  Jag såg på henne. De stora, grågröna ögonen, läpparnas kontu-
rer, de höga kindknotorna som gav ansiktet en orientalisk touche.
Jag förstod Anders, men jag undrade om hon inte hade fel när hon

129

påstod att det fungerade, att Sven hade accepterat hennes förhållande med Anders. Inte om man fick tro Barbro Lundelius. Enligt henne var Sven den svikne och sårade äkta mannen som till och med hade slagit till Elisabeth när han inte kunde kontrollera sin svartsjuka.

– Jag ska inte riva i gamla sår, sa jag. Men det är en sak som jag har funderat över. Och det är det där med att Anders drunknade. Varför gav han sig ut i sjön mitt i natten? Även om det är sommar, så är det inte särskilt varmt i vattnet, särskilt inte om natten.

– Jag vet inte, sa hon allvarligt och ögonen hade mörknat nu, verkade större. Kanske han var varm och ville svalka av sig?

– Det är naturligtvis en förklaring. Men han kunde inte simma.

– Inte? Det var konstigt. Det trodde jag alla människor kunde. Fast i så fall kanske han bara doppade sig vid bryggkanten och kollapsade när han kom ner i det kalla vattnet. Sen drev strömmen iväg med honom ut i sjön.

– Om du har badat i Vibysjön, så vet du att det inte finns några strömmar. Åtminstone inte i den delen av sjön. Vattnet står nästan stilla. Men det var ju du som kom på att han hade badat, eller hur?

– Jo, jag gick ner till bryggan. Vi var alla ute och letade efter honom. Så såg jag hans kläder ligga där och ropade på dom andra. Sen rodde Sven och Gunnar ut i båten och så... hittade dom honom. Hon tystnade, såg ner i bordet.

– Du såg ingenting vid bryggan?

– Hur då menar du? Nej, bara att kläderna låg där. Jag kommer ihåg att jag tänkte på hur ordentligt han hade vikt ihop dom. Normalt kastade han alltid saker omkring sig, lät allting ligga där det hamnade. Hon log ett snabbt leende, som åt ett minne. Så blev hon allvarlig igen.

– Hände det nånting särskilt den där kvällen?

– Du menar... Nej, vet du vad! Det var ganska smaklöst. Skulle nån av oss ha knuffat i honom menar du?

130

– Inte nödvändigtvis. Jag tycker bara att det är egendomligt att en person som inte kan simma ger sig ut i nattkylan och drunknar mitt i sjön.

– Det är klart, direkt nykter var han inte. Anders hade druckit för mycket, och jag tror att han tog nånting lugnande också.

– Lugnande? Varför det?

– Han levde under en väldig press. Det där med vem som skulle bli chef för museet, alla intriger och alla skriverier. Och Anders var väldigt känslig. Men tror du verkligen att det var nånting annat än en olyckshändelse? Med stora ögon såg Elisabeth på mig och hennes röst bar inte riktigt.

Jag ryckte på axlarna, vad kunde jag säga?

– Jag vet inte. Och vi får kanske aldrig veta det. Men det är nånting som inte stämmer.

Och jag tänkte på det när jag gick hem, inte mycket klokare än jag kommit. Det var någonting som inte stämde. Och hur passade Barbro Lundelius in i pusslet? Hon som älskade Anders, men blivit försmådd och ratad för en annan. För att inte tala om Anna Sansovino. Kvinnan från Venedig, som kom och gick i Anders drömmar, som fanns och försvann i min egen verklighet.

I affären fick jag annat att tänka på än mystiska damer i Venedig och drunkningsolyckor i Vibysjön. En grupp japanska turister hängde utanför mina skyltfönster när jag kom, pekade, log och pratade. Jag öppnade dörren och de följde efter. En halvtimme senare hade jag blivit av med allt mitt färgskimrande Imariporslin, både det som fanns i skyltfönstret och det som stod i hyllorna. Jag har alltid tyckt om japanskt porslin. Det är ofta charmigare och mindre formbundet än det kinesiska, som i stor utsträckning gjordes för att tillfredsställa europeisk smak, åtminstone kompaniporslinet. Variationsrikedomen både i färg och mönster är stor med inslag av rött, blått, grönt och guld.

När de gått kom Cléo ut från mitt kontorsrum. Hon hade legat och sovit på stolen vid skrivbordet och sträckte nu på sig med krum rygg och svansen i vädret och gäspade med den skära lilla munnen på vid gavel. Så buffade hon sitt huvud mot mitt ben, spann som en kaffekvarn, den där gamla sorten där man drog runt med en vev som drev en liten kvarn som krossade de doftande kaffebönorna. Längst ner fanns en låda som när den drogs ut var full av brunt, aromatiskt kaffe. Men sådana kvarnar används väl inte längre, så uttrycket "att spinna som en kvarn" hänger snart i tomma luften, utan någon förankring i vardagliga realiteter. Fast jag förstod vinken, Cléos vink. Det var matdags för en hungrig liten kattfröken.

Jag gick ut i kontoret bakom den indiska schalen som tjänar som dörr. Högljutt jamande följde Cléo efter, men vi blev båda lika besvikna när det lilla kylskåpet under kokplattan för min Visseljohanna var tomt. Ingenting som kunde fresta en hungrig katt, ingenting annat heller. Och jag såg på den urkramade, slankiga kaviartuben på hyllgallret som hade sällskap med några ofräscha selleristjälkar och en burk tomatsoppa. Någonting måste göras för att rädda situationen och jag visste vad. Kvartersaffären litet längre bort fick som alltid bli räddaren i nöden.

När jag en stund senare stod med min röda plastkorg i handen och plockade bland burkar och förpackningar kände jag en lätt knackning i ryggen, fingertoppar som slog mot min blazer. Jag vände mig om.

– Det var evigheter sen. Var håller du hus nuförtiden?

Erik Gustafson, min kollega snett över gatan, stod där med en full korg och ett glatt leende. "Vem är det", kallas han bland vännerna, eftersom han vet allt om alla. Mer än de flesta om de flesta, och ofta kunskaper som inte finns i officiella uppslagsverk och biografier.

– Men är det du? Jag undrade just. Jo, jag har varit hemma faktiskt. Du är borta på alldeles för många auktioner för att hinna se efter. Jag har bara varit nere i Venedig på ett par dar. Det är faktiskt det enda.

– Venedig! Och han himlade med ögonen. Jo, man tackar. Det var inte dåligt det. Vi vanliga, fattiga och hederliga småföretagare får vackert hålla oss hemma medan du är ute och roar dig. Vad heter hon? viskade han och knep ihop ena ögat i en konspiratorisk blinkning.

– Ingenting tyvärr. Det var ren business. Jag var nere och hälsade på en leverantör.

– Jojo, skrockade han. Det heter så när avdragstiden stundar i självdeklarationens skälvande minut. Vet du vad jag har hittat förresten, jag som får hålla till godo med vad lilla Sverige kan erbjuda?

– Ingen aning.

– En Hilleström. Pehr Hilleström. Inte dåligt, va? Inlämnad i kommission av en gammal överstinna på Östermalm. Du måste komma och se den.

– Gärna. Jag tittar in om fem minuter. Jag ska bara ge Cléo mat först.

Festlig typ Erik, tänkte jag och sträckte mig efter ett par kartonger skummjölk. Lika extravagant klädd som alltid. Jag såg bort mot kassan där han stod med sina påsar, färdig att gå. Mörkblå klubblazer hade han, med stora, förgyllda knappar och en färgsprakande sidennäsduk i bröstfickan. Kanariegul lammullströja och lavendelblå skjorta med en scarf i halsen. Vita långbyxor och mockaskor fulländade bilden av Köpmansgatans eget modelejon. Han vinkade skälmskt till mig med sin ringprydda hand. Jag vinkade tillbaka. Kassörskan såg på oss.

– Du har verkligen gjort ett fynd, sa jag inne i hans affär en stund senare, när han stolt höll upp tavlan. Den föreställde två kvinnor i ett kök. En hare låg på ett bord framför dem bredvid en blåskimrande tjädertupp. Det blänkte i mörkgröna flaskor och porslinskärl på hyllor bakom. Charm och liv, motivet påminde om Chardin.

– Du har ingenting emot att låna ut den en stund?

– Varför det? Häpen såg han på mig.

– Jag skulle vilja visa den för nån. En expert på Hilleström.

– Det kan du väl göra här hos mig. Han kan till och med få ett glas sherry om han är snäll.

– Nja, jag föredrar att göra det i min affär. Det är nånting jag behöver tala med honom om.

133

– Aha, din rackare, sa han och log illmariskt. Det är nån du vill imponera på förstås, nån som du vill locka in i ditt lilla näste, eller hur? Återigen knep han ihop ena ögat i en medvetet överdriven blinkning.

– Du har rätt, fast det är fel. Men jag vore tacksam om det gick.

– Bara du inte försnillar den.

– Du kan få kvitto om du vill.

Det ville han naturligtvis inte, och vi kom överens om att när jag behövde låna den charmfulla duken med den gustavianska guldramen "från tiden", så skulle jag komma över.

Cléo satt mätt och belåten på min stol när jag kom tillbaka, såg upp med ett blått öga som hon snabbt slöt igen för att gå tillbaka till sin eftermiddagslur efter en halv sardinburk och ett kaffefat mjölk. Inte någon perfekt måltid egentligen, men affären hade bara haft hundfoder och det kan man ju inte bjuda en katt på. Då hade hon protesterat.

– Tocka på dig, sa jag och föste försiktigt ner henne på golvet. Misslynt jamade hon till protest och hoppade upp i den nersuttna fåtöljen framme vid fönstret ut mot gården.

– Jag tror det kommer från Västergötland, sa jag till henne, men jag är inte säker. Dialekt är det i alla fall. Tocka. Inte vackert direkt.

Men Cléo var inte intresserad av mina utläggningar, utan rullade de ihop sig till ett litet knyte och somnade om igen.

På det här sättet skulle det gå lättare, och jag väckte inte några misstankar, tänkte jag och sträckte mig efter telefonkatalogen på hyllan. Skyller jag på Hilleström, så anar han inga ugglor i mossen. Vilket uttryck förresten. "Ugglor i mossen." Är det Shakespeare eller Bibeln? Det brukar alltid vara två säkra kort när det gällde egendomliga citat.

Jag lade upp den tjocka volymen framför mig på skrivbordet och bläddrade igenom sidorna, läste den finstilta textens myrgångar av små, små bokstäver. Så hittade jag vad jag sökte, slog numret och fick svar.

– Hej, det är Johan Homan. Jag undrar om du kunde hjälpa mig med en sak. Jag har fått in en Hilleström. Pehr Hilleström. Den verkar äkta, men för säkerhets skull vore det bra om du kunde titta på den åt mig. Du är ju expert och jag är bara en enkel amatör.

Kapitel XVI

Precis klockan sex kom han, som han lovat. Det var en bra tid, för jag hade just stängt affären för dagen och vi skulle inte störas av nyfikna kunder.

– Det var verkligen hyggligt av dig, sa jag när han kom in genom dörren. Så mycket skoj och förfalskningar som det finns på marknaden törs man inte lita på sin egen instinkt längre.

Han log mot mig, tog tavlan i bägge händerna och höll upp den så att de sista, sneda solstrålarna lyste upp duken. Så visslade han till.

– Nu har du allt haft tur, sa han uppskattande. Det här är inga dåliga grejor. Vi har någonting liknande på museet, men den här är bättre om jag ska vara ärlig. Du måste lova att vi får fotografera den för vårt arkiv.

– Gärna. Och du är alldeles säker?

– Mer än säker. Jag har skrivit både en bok och en del artiklar om Hilleström, så jag har honom i fingertopparna. Förutom att han var en fin målare, så är det en mycket intressant person.

Han räckte mig tavlan och jag tog emot den och hängde upp den på en kraftig krok i väggen.

– Har du nånting emot att jag röker? Ja, jag frågar, för vi tillhör ju en förtryckt minoritet numera. Jagade och förföljda av alla upplysta rättänkare. Han log och tog upp ett cigarrettpaket ur ena kavajfickan.

– Jag uppmuntrar alla laster, även om jag har mina egna prioriteringar. Rökning finns inte med där. Jag försökte som pojke ett

136

tag, men jag kunde aldrig lära mig.

– Det ska du vara glad för, sa han och tände en cigarrett. Men på tal om laster och prioriteringar, så känner jag för att prioritera en kopp kaffe nu. Om du har förstås.

– Det har jag alltid. Det tar en minut bara. Jag tror att det finns kvar i termoskannan.

Jag gick ut i mitt kombinerade kontor och kök och hämtade en silverbricka med två små blåvita meissenkoppar, slog över svart kaffe från termosen på den lilla raka kaffekannan från det gustavianska 1700-talet. Så lade jag några små kokoskakor, en annan av mina smärre laster, på ett fat och bar in hela härligheten till Gunnar Nerman som väntade i en av fåtöljerna ute i affären.

– Man kan säga att Hilleström delvis är en produkt av Stockholms slott, sa han och blåste en rökring mot taket.

– Det låter intressant. Jag ställde ner brickan på ett litet mahognybord mellan oss och slog upp kaffet i de små kopparna. På vilket sätt skulle han vara det?

– Slottsbygget var ju en sorts Sesam öppna dig när det gällde konst och kultur i Sverige. Åtminstone en katalysator. Tessinarna kallade in mängder av utländska hantverkare och konstnärer för inredningen och utsmyckningen. Och det tog ju nästan hundra år innan slottet var färdigt efter branden 1697. Under dom åren kan man säga att den franska och europeiska kulturen marscherade in i Sverige via slottsbygget.

– Och Hilleström var en produkt av den processen?

– Delvis åtminstone. Han hade naturligtvis sin talang och sin fantasi, men han kom också under Taravals beskydd. Det var en av dom framstående franska konstnärerna som arbetade på slottet och han fick Tessins uppdrag att sätta upp en ritareakademi, det som sen blev Konstakademin, för att utbilda lokala svenska förmågor. Hilleström började faktiskt som vävare och gjorde bland annat mattan under drottning Kristinas silvertron i Rikssalen. Sen kom han till Paris och blev lärjunge hos Boucher.

– Han med Venus födelse?

– Just det. Tack vare Carl Gustaf Tessin hänger den på Nationalmuseum nu. Det intressanta med Hilleström är att han blev mer och mer realistisk i sitt måleri, och det är nånting som har betytt väldigt mycket för vår kunskap om senare delen av 1700-talet. Han målade exempelvis interiörer från gruvor och smedjor och gjorde detaljerade tavlor av svenskar i folkdräkter.

– Där fick jag en hel föreläsning, log jag. Ta en kaka till.

– Gärna.

– På tal om konst och museer. Nu är det väl grönt för dig?

Frågande såg han på mig, som om han inte förstod vad jag menade.

– Ja, med chefsjobbet.

– Det är för tidigt att säga. Gunnar Nerman såg litet besvärad ut. Men det är väl inte omöjligt. Det är så tragiskt bara, det här med Anders. Han hade varit värd att få det. Inte för att jag inte hade lust och ville, men man måste vara ärlig. Anders hade varit bättre. För han hade ett plus framför mig, och det var att han hade mer intresse för och tålamod med personalen. Det är tyvärr inte min starka sida. Jag vill ha resultat, se till att saker och ting görs på stubben utan en massa onödigt snack. Men man får väl lära sig. Gå på charmkurs kanske. Och han log och tog en till av mina kokoskakor.

– Ja, det var verkligen en tragedi. Och jag har funderat mycket på det. För han kunde ju inte simma.

– Menar du det? Det verkar konstigt.

– Det hade att göra med en traumatisk upplevelse i barndomen när han höll på att drunkna en gång. Jag vet, för jag var själv med. Det var jag som drog upp honom.

– Inte vet jag, men spriten spelade kanske in. Det var ju ingen som spottade i glaset den där kvällen. Allra minst Anders. Och jag har en känsla av att han spädde på med annat också. Men ingenting annat än gott om de döda som romarna sa, lade han hastigt till. Allt det där är dött och begravet nu.

– Jag vet inte, sa jag och såg honom rakt in i ögonen. Jag hoppas det, men jag är inte säker.

– Hur menar du?

138

— Jag tror att han blev mördad. Och jag tänker ta reda på vem som gjorde det.

— Vad säger polisen?

— Drunkning genom olyckshändelse. Badolycka.

— Det blir väl svårt att bevisa nånting annat, sa han lätt och fimpade sin cigarrett i askkoppen av glas som jag satt fram. Han dricker för mycket, blir varm och svettig, klär av sig och hoppar i sjön. Sen får han en chock av det kalla vattnet, får kramp och sjunker.

— Talade du med honom på kvällen?

— Det är klart att jag gjorde. Förvånad såg han på mig. Det gjorde ju du också.

— Men jag grälade inte med honom.

— Vem har sagt det? Att vi grälade?

— Det spelar ingen roll. Men det var ganska våldsamt, eller hur?

— Det är en djävla lögn. Jag vet inte vem som spritt ut det, men det är inte sant. Tvärtom slöt vi fred, kan man säga. Vi konstaterade att bara en av oss kunde efterträda Sven, och att vi fick acceptera det. Vem av oss det än blev, så skulle den andre samarbeta. Det är klart att Anders tjoade till ett tag, kom med nåra halvkvädna visor, men sen lugnade han sig.

— Vad då halvkvädna visor?

— Nånting om att jag skulle ha låtit min avhandling påverkas av nån sketen italiensk student. Att jag skulle ha plankat en bortglömd avhandling från Italien nånstans. Men idén är ju grotesk. Och det insåg han.

— Ni grälade alltså innan han försvann?

— Så nu tror du att jag mördade honom? Dränkte en stor, stark karl som en liten kattunge nere i sjön? Gunnar Nerman log ett frostigt leende. Att jag dödade honom för att han inte ska avslöja att min avhandling är en bluff. Sen skulle jag bli chef för Svenska museet när min farligaste konkurrent var borta, som en extra bonus? Är det vad du försöker säga?

— Jag tror ingenting, och jag antyder ingenting. Jag försöker

139

bara gräva fram vad som hände och få veta om Anders död var en olyckshändelse eller inte.

– Jag vet att ni var goda vänner, sa han och såg allvarligt på mig. Anders talade faktiskt om dig. Han berättade att han satt dig i kontakt med vår gubbe i Venedig. Pici du vet. Så jag förstår om du inte vill acceptera att han drunknade. Men vill du ha ett tips, så ska du tala med Sven Lundman. Inga ord efter mig, men om nån hade motiv så var det han. Tack för kaffet och lycka till med din Hilleström. Så gick han. Kamelklockan pinglade till över dörren, ljudet av den tunna signalen dröjde kvar i rummet.

Solen hade försvunnit över hustaken på andra sidan gatan, och från kontoret hördes Cléos jamande. Hon ville gå hem. Det var middagsdags. Men jag hade ingen brådska. Jag satt kvar i min stol och tänkte på vad Gunnar sagt. Om sin avhandling och om Sven Lundman. Olika mönster trädde fram, olika alternativ till vad som hänt den där sommarkvällen ute på Backa. Anders och Elisabeth älskade varandra. Svartsjukt observerar Sven deras blickar och tonfall, bidar sitt tillfälle. Så får han sin chans sent på kvällen och lurar ner Anders till bryggan när han inte längre har kontroll över sig själv. Där får han av Anders kläderna och knuffar ner honom i vattnet, ligger där på bryggan och trycker ner hans huvud under ytan med båda händerna. Sen smyger han uppför trapporna till sitt rum i det sovande huset.

Gunnar hade också motiv. Vad han än sa om sin avhandling, så visste han att Anders låg bättre till när det gällde chefstjänsten. Sedan skulle Anders sitta där som en propp och blockera Gunnars chanser för all framtid, eftersom de var ungefär jämnåriga. Fast mördade man för en befordran?

Barbro Lundelius hade också motiv, om man nu skulle uttömma alla möjligheter. Försmådd kärlek. Hette det så nuförtiden, eller var det bara i gamla romaner? Sviken kärlek, vetskapen om att vara ratad för en annan, var en mäktig drivfjäder som utlöst hämnd och död genom hela mänsklighetens historia. Och att hon såg ut som en folkvisa var heller inget skäl att avskriva henne som potentiell mördare. Folkvisor kunde ofta vara grymma och blodi-

140

ga, så stora blå ögon och långt blont hår gav inte automatisk frisedel.

Egentligen var det bara Elisabeth, hans älskarinna, som inte hade något motiv. Hon var den enda som var uppriktigt sörjande vid Anders grav. Om det nu inte var någon helt annan förstås, som legat bakom hans död. Och återigen tänkte jag på mannen med de mörka ögonen som suttit i bilen vid kyrkogården. Den svarta Mercedesen som försvann när jag kom.

Leonardo Pici hade också dött. Drunknat som Anders. Det var åtminstone vad som stod i bådas dödsattester. Leonardo, som inte hade velat vara med i dansen kring den förgyllda kokainkalven, Leonardo som Anders hade rekommenderat mig att importera möbler från. Stora pengar hade det kostat Anders att köpa sitt gamla barndomshem, och stora pengar skulle behövas för att sätta det i stånd. Kom de från hans Kandinskytavlor, eller från något annat håll?

Kapitel XVII

När Gunnar Nerman gått tog jag ner tavlan från väggen och gick över med den till Erik Gustafson som irriterat såg på klockan när jag öppnade dörren till hans affär.

– Det är dags att komma nu, sa han förebrående. Jag som har träff om fem minuter uppe på Stureplan.

– Hon väntar nog.

– Hon och hon, fnissade han förtjust. Vem har sagt det? Nåja, det väntas nog. Och den som väntar på nåt gott väntar aldrig för länge. Fick du sälja tavlan åt mig?

– Nej, men du har en ledande experts ord på att den inte bara är äkta utan också mycket bra. Han ville ta ett fotografi på den för sitt arkiv.

– Jo jag tackar, sa han förnöjt. Bara han inte går för nära med kamera och lampor. Du vet vad som hände den stackarn som plåtade en Turnertavla så att lamporna brände hål på duken. Men du ser. I motsats till många kolleger har jag bara förstklassiga saker.

– Rubens också?

– Rubens? Är du inte klok. Var skulle jag få sånt ifrån? Lagom långa korvar om jag får be.

– Det finns ingen i Sverige som har Rubens då?

– Nja, det tvivlar jag på. Nånstans på nåt gammalt fideikomiss kanske. Ja, före detta fideikomiss skulle jag väl säga, eftersom dom är avskaffade nu. Där hände det att man kunde hitta små godbitar instängda, men numera är dom säkert utflugna till större marknader än Stockholm. Varför frågar du förresten?

– Jag bara undrade. Det var en kund som hörde sig för häromdan, ljög jag. Men du som vet allting. Kan det finnas nåt stort gammalt hus i Stockholmstrakten som är fullt med konst och antikviteter?

– Hus säger du. Vad skulle det vara för hus?

– Ja, slott kanske. Herrgård eller nånting i den stilen.

– Det finns det gott om. Är det nåt särskilt du har i kikarn?

– Kanske. Jag tänker på ett ställe som är så stort att ingen märker om en Rubenstavla försvinner.

Förvånat såg han på mig. Så skrattade han.

– Du är inte lite tokig du. För det första betvivlar jag att det finns kvar en Rubens i privat ägo i det här landet. Och om det mot all förmodan gjorde det så kan du ge dig fan på att det skulle märkas om den försvann.

– Jag antar det. Tack för lånet av Hilleström i alla fall.

– Vad är det nu du håller på med? frågade han nyfiket när jag gick. Nåt nytt "fall" förstås. Köpmangatans egen Kalle Blomkvist som jagar den organiserade brottsligheten, skrockade han efter mig.

Jag log för mig själv när jag kom ut på gatan. Erik hade rätt. Vad var det jag lade mig i egentligen? Jag red ut som Don Quijote på sitt gamla ök för att slåss mot väderkvarnar. Stackars Anders hade druckit för mycket och fått för sig att han skulle bada. Och så drunknar han. Jag köper möbler från en gammal farbror i Venedig som också dör och hans fantasifulle unge släkting berättar att gubben har mördats och är sur för att han inte fick ta över firman. Sen förföljer jag en ung kvinna och tränger mig in i hennes hem för att jag tror att Anders har drömt om henne. Starkare indicier på mord och brott har funnits, tänkte jag och gick in i affären och hämtade Cléo.

Nästa morgon hann jag knappt öppna i affären förrän det klingade silvriga toner från min tibetanska dörrklocka. Det börjar bra, tänkte jag och reste mig från min tidning ur den nersuttna fåtöljen inne på kontoret. Morgonstund har guld i mun. Redan kunder.

Men tuppen skulle inte värpa några guldägg den morgonen. Det var inte några kunder som väntade ute på stengolvet. Två män, den ene med portfölj stod där.

— Mitt namn är Bergman, sa den äldre. Kommissarie Bergman. Och det här är kriminalinspektör Larsson. Herr Homan förstår jag?

Ja, inte är det doktor Livingstone hade jag velat säga men jag utgick ifrån att man gjorde klokast i att inte förlita sig på skämtlynnet hos det officiella Sveriges representanter. Istället nickade jag utan att begripa vad de kunde vilja mig klockan nio på morgonen. Sedan förstod jag. Anders. De hade kommit för att tala med mig om Anders död. Då hade mitt samtal med Calle Asplund inte varit bortkastat.

— Ja, det är jag. Slå er ner. Och jag gjorde en gest mot den lilla gustavianska gruppen. Jag förstår att ni har kommit för att diskutera Anders von Lauderns drunkning.

Förvånade såg de på varandra. Sedan satte de sig, verkade besvärade.

— Nja, det stämmer kanske inte. Vårt ärende är ett annat. Nånting helt annat egentligen.

— Jaså?

Undrande såg jag på dem. Vad hade jag gjort nu då? Kom de från nån sorts skatterotel och utredde ekonomisk brottslighet? Kom de för att göra husrannsakan bland mina kvittenser och bokföringspärmar? I så fall fanns det inte mycket att hämta.

Kommissarie Bergman öppnade sin portfölj och tog fram ett stort, brunt kuvert. Ur det fiskade han fram ett fotografi som han visade mig.

— Känner ni igen honom?

Jag nickade.

— Det är Leonardo Pici.

— Just det. Och han förolyckades för några veckor sen. Drunknade i en kanal i Venedig av alla platser. Ja, det var ju inte så konstigt förresten, lade han snabbt till. Pici bodde ju i Venedig.

144

– Jag vet. Jag köpte möbler av honom.

Igen såg de på varandra i snabba blickar av samförstånd.

– Vi känner till det, herr Homan. Och det var det vi ville tala med er om.

– Är det nån sorts förhör? Jag visste inte att det var brottsligt att importera nygjorda antikviteter.

– Lustigt att ni använder det uttrycket. Att det skulle vara brottsligt. Nej, det är det ingen som har sagt. Men det beror på vad som finns i dom.

– Nu förstår jag inte. Men det gjorde jag. Narkotikan! Min nådatid var ute och nu slog polisen till. Eftersom jag var så totalt oskyldig hade jag först inte tänkt på det.

– Vi har anledning att tro att möblerna var preparerade innan dom kom in i Sverige. Att dom innehöll kokain helt enkelt. Med falska bottnar och håligheter fyllda med narkotika.

Jag satt tyst, såg på dem. Hur mycket kunde jag säga?

– Ni tror alltså att jag skulle smuggla knark?

– Vi tror ingenting. Vi ville bara ha ett preliminärt samtal.

Preliminärt, tänkte jag. Det innebär att det bara är inledningen, att det här bara är första omgången och att de kommer tillbaka.

– Det enda jag kan säga är att dom här möblerna har varit mycket populära. Så fort jag har fått in nånting så har det gått åt nästan samma dag. Så jag har inte haft nån anledning att klaga. Tvärtom. Jag hade tänkt öka importen.

– Det var intressant. Dom såldes alltså meddetsamma? Kommer ni ihåg vilka som köpte?

– Inte på rak arm, men jag har det antecknat i en del fall. Namnen alltså. Fast betalar folk kontant så finns det ju inte nån anledning. Men för en tid sen var det ett äldre par som jag har både namn och adress på. Dom köpte en byrå som sen stals.

– Stals den?

– Just det. Dom hade inbrott och byrån försvann. Dom ringde och frågade om jag kunde ordna en annan byrå åt dom. Den skulle vara till deras dotter. En lysningspresent.

De såg på varandra. Kommissarie Bergman nickade bistert.

— Det var tydligen "fel" kund som hade köpt byrån, sa han bekräftande. Den rätta klienten kom och hämtade vad han skulle ha efteråt. Då är det som vi tror. Och ni var själv i Venedig häromdan?

— Ja. Hur vet ni det förresten?

Han log.

— Våra italienska kolleger är mycket samarbetsvilliga. Och vi vet att ni besökte Picis affär.

— Precis. Jag ville prata med honom om Grahns byrå, det där paret alltså, och om en utökning av leveranserna. Men då fick jag veta att han dött. Och ... jag tystnade, visste inte riktigt hur mycket jag skulle berätta för dem. Allt ni säger kan användas mot er. Var det inte så amerikanska poliser sa? Hade inte svenska myndigheter samma skyldighet?

— Och? Frågande såg Bergman på mig.

— Jag förstod på en av hans medarbetare att det kanske inte var nån olyckshändelse. Att Pici inte hade drunknat.

— Mord menar ni?

— Kanske. För Pici hade tydligen fått veta att hans företag utnyttjades för knarksmuggling. Och han ville inte vara med. Då måste han bort. Men Stockholm och mig sa han ingenting om.

— Det låter intressant, sa han och log ett tunt leende.

Jag såg på hans ögon vad han tänkte. Här sitter Homan, sade ögonen, och försöker göra det bästa av situationen. Slå blå dunster i ögonen på oss genom att utnyttja Picis död och framställa sig själv som ovetande. Pici också. Båda är offer för konspirationer och komplotter. Jo, det där hade man varit med om förr.

— Verkligen intressant. Gjorde ni nånting annat i Venedig då?

— Ingenting särskilt. Hur så?

— Vi bara undrar. Om ni träffade någon till exempel?

— Träffar människor gör man väl alltid när man är ute och reser, men ingen särskild faktiskt. Inte den här gången.

— Inte det? Vi har lite andra uppgifter. En viss dam exempelvis. Anna Sansovino? Låter namnet bekant?

— Jo, det gjorde jag. Men jag tänkte inte att det kunde intresse-

146

ra er.

– Säg inte det, log han. Hon är en mycket aktiv ung dam och är lierad med vissa toppfigurer i den organiserade brottsligheten därnere. Fabio Negri till exempel. Säger det er nånting?

Jag skakade på huvudet.

– Han lär kontrollera narkotikahandeln i norra Italien. En mycket inflytelserik person som ni förstår. Och med enorma resurser. Han har ett mycket respektabelt yttre och vill bygga upp en bild av en aktningsvärd medborgare, samhällets stöttepelare och allt det där. Mycket pengar donerar han till sjukhus och kyrkan, och en stor konstsamling har han också. Reser ni mycket förresten?

– Sådär. Inte ofta, men det händer.

– Ni var i Frankfurt för en tid sen, eller hur?

– Ja. Jag var där på en auktion.

– Jag vet det. Och ni köpte för ganska stora belopp. Hur finansierar ni det?

– På olika sätt. Checkkrediter bland annat. I det här fallet hade jag uppdrag från en klient.

– Vem var det?

– Jag föredrar att inte gå in på det. I det här jobbet måste man visa diskretion, både när det gäller säljare och köpare och respektera att klienterna kan ha sina skäl att inte skylta med stora pengar.

– Skatteflykt menar ni?

– Nej, men jag vet att mina kunder inte skulle gilla om jag gick omkring och berättade om vad de köpte och sålde hos mig och vad sakerna kostat.

– Ni pratade om Anders von Laudern när vi kom, sa den andre, som hittills suttit tyst. Kände ni honom?

– Mycket väl. Sen många, många år.

– Han drunknade ju tyvärr som ni vet. Tragiskt. Särskilt som han tydligen just hade köpt tillbaka sitt barndomshem. Det var visst mycket pengar han fick punga ut med? Över en miljon har jag hört.

– Vi diskuterade aldrig några priser, men det var säkert stora

147

pengar.
- Känner ni till var dom kom ifrån?
- Ja, han hade sålt några tavlor. Kandinsky.
- Var hade han fått tag på dom?
- Tur. Tur och skicklighet. Han hade visst köpt dom i nån liten affär där dom inte visste så mycket vare sig om konst eller Kandinsky. Eller om det var på auktion. Jag kommer inte ihåg så noga. Kandinsky var ju inte nån särskilt insmickrande målare heller. Varken solnedgångar eller älgar.

Jag log åt mitt skämt, men de besvarade inte mitt leende. Verkade inte roade. Eller också kanske de tyckte om den sortens konst. Med älgar i solnedgång.

- Är det vanligt att man "hittar" tavlor av världsklass på auktioner eller i konstaffärer?

- Vanligt är det väl inte men ibland kan man ha tur. Kunskap och skicklighet spelar naturligtvis in, och som jag sa är ju Kandinsky ganska svår. Han bodde i Sverige för länge sen och tydligen hade några målningar blivit kvar.

- Ni tror inte att det fanns nån annan förklaring? Nu var det kommissarie Bergman som talade. Allvarligt såg han på mig.

- Ingen aning.

- Men det har vi. Och vi har anledning att tro att Anders von Laudern hade mycket nära kontakt med Leonardo Pici och hans "möbelexport" till Sverige.

Kapitel XVIII

Jag stod i dörren och såg efter dem när de gick. De ser ut som Helan och Halvan, tänkte jag och log för mig själv. Kommissarie Bergman var kraftig. Om några kilo skulle han vara tjock. Och den andre — var det Larsson han hette — var tunn och vesslelik. Så blev jag allvarlig igen. De båda männen ute på Köpmangatan var inte några komiker, tvärtom. Och pajkastning ägnade de sig inte åt.

Även om de inte sagt någonting rent ut, så var det uppenbart att de misstänkte mig för att vara inblandad i narkotikasmuggling från Italien. På min direkta fråga alldeles innan de gick hade de svarat undanglidande, men kommissarie Bergman hade sagt att han var tacksam om jag höll mig hemma den närmaste tiden och inte reste bort. De kanske skulle komma tillbaka med flera frågor.

Men om de misstänkte mig, varför kom de redan nu? Då blev jag ju varnad, kunde förstöra bevis och kasta mig på telefonen för att ringa Venedig. Fast det var kanske vitsen med det hela? Kanske de inte hade tillräckligt på mig än och försökte få mig att agera panikslaget, göra dumheter som kunde användas mot mig som de sista och avgörande spikarna i min kista. Eller också fanns de avgörande bevisen redan. Det var tydligen ett faktum att italienarna använde sig av Leonardos möbler för att skicka kokain till Stockholm. Och det gick via min affär. Skickades dit av Pici och såldes av mig. Det skulle jag aldrig kunna neka till. Själva möbelförsäljningen alltså. Vad de däremot inte kunde bevisa var att jag visste om vad som pågick, att jag spelade med. Men det talade naturligtvis inte till min fördel att jag inte bara gått till Picis affär i Venedig, utan också besökt Anna Sansovino som tydligen stod under uppsikt av italienska polisen. Förmodligen hade de bilden helt klar för sig. Anders behöver pengar för att finansiera sitt hus. Hans äldsta barndomsvän hjälper honom. Andra medbrottslingar är en kvinna i Venedig som arbetar för italienska maffian och en möbelhandlare. Italienare också han och därför en naturlig del i hela affären. Och inte hjälpte det mig att båda två var döda, de två som hade kunnat rentvå mig.

Förmodligen satt det fullt av polisassistenter i någon avlyssningscentral just nu och väntade på att jag skulle kontakta mina medbrottslingar. Var min våning buggad kanske? Inte för att det var tillåtet, men det verkade ju polisen inte ta särskilt allvarligt på. Ändamålen fick helga medlen. Och nu hoppades de väl på att jag skulle handla i panik, göra någonting överilat och leda dem till spindeln i nätet.

– Ni kan ju försöka, sa jag för mig själv. Ni är välkomna.

Så gick jag in i affären och ut till mitt kontor, knäppte på värmeplattan och satte på Visseljohanna. Jag skulle inte göra någonting som de skulle få glädje av. Inte säga någonting i telefonen som kunde missförstås eller göra egendomliga utflykter. Fast vad skulle hända om jag gjorde det? Om jag ringde till ärkebiskopen, rikspolischefen och landshövdingen i Stockholm och talade om leveranser och pengar, vad skulle hända då? Förmodligen skulle hela ledningscentralen paja och panik bryta ut på högsta nivå.

Men deras besök hade gett nya infallsvinklar på Anders död. I mina vaga funderingar hade jag utgått från svartsjuka och karriärstrid. Nu kom plötsligt någonting annat och konkret in i bilden. Måste Anders bort, hade han blivit farlig?

Mina tankar avbröts av Visseljohannas uppfordrande signaler. Med ett ploppande flög den lilla röda hatten på pipen av för ångtrycket. Jag var lat och skruvade locket av en burk Nescafé. Det är inte samma sak, men får duga i nödfall, och med mjölk i blir skillnaden inte så stor. Två teskedar av det mörkbruna kaffepulvret hällde jag min stora porslinsmugg med "Radio Gotland" på i kraftiga bokstäver, ett minne från en intervju med lokalradion i Visby under en antikmässa för några år sedan.

Så slog jag mig ned igen, lade upp fötterna på skrivbordet och bläddrade igenom den senaste katalogen från ett av de engelska auktionshusen. Jag fick inte gräva ner mig i mord och brott. Anders hade kanske drunknat alldeles av sig själv, och när det gällde smugglingen var jag oskyldig, ren som snö om man kunde använda det uttrycket när det gällde kokainsmuggling. Säkert förstod polisen det också. Annars hade de inte kommit hit och pratat så öppet om det. Trots allt levde vi ju i ett rättssamhälle.

Jag bläddrade bland de blanka sidorna, läste avundsjukt om kommande auktioner med föremål som jag inte sett maken till på Stockholms breddgrader. Inte priser heller för den delen. Stradivariusfioler med sidenskimrande lyster. Tavlor av Renoir och Picasso. En liten akvarell av Rialtobron och Canal Grande. Den borde jag köpa, tänkte jag. Det enda som fattades var 200 000.

Mittuppslaget dominerades av en magnifik bild av ett glänsande Fabergéägg. Varje påsk gav tsar Nikolaus sin hustru och sin mor ett ägg från den världsberömde hovjuveleraren Charles Fabergé följt av tre kyssar. Närmare ett sextiotal påskägg skapades. Några finns kvar i Kreml, andra hos amerikanska och europeiska samlare. Och nu bjöds ett ut med utropspris på två miljoner dollar. Det var ett födelsedagsägg med bilder av tsaren och tsaritsan inom ovala, diamantprydda ramar. Ett tiotal ägg hade förkommit, var borta. Man kanske skulle börja leta ägg i Gamla stans bodar? Fast det skulle nog till andra reden än de som fanns här, tänkte jag och lade ifrån mig katalogen. Men alla hade inte varit lika varsamma om sina skatter som Forbes och andra samlare. Ett berömt ägg har en skada i emaljen. Det uppkom när en upprietad äkta man kastade det på sin fru.

Då pinglade min klocka över dörren igen. Motvilligt masade jag mig ut i affären. Någon som ville "titta" tänkte jag och drog undan draperiet. Någon som vill "se sig omkring".

Sven Lundman stod därute, lång och gänglig, med glasögonen på nästippen. Nästan litet generat hälsade han på mig, som om han bad om ursäkt för att han kommit.

– Jag gick just förbi, sa han och harklade sig, log ett osäkert leende. Jag såg namnet på dörren och tänkte att jag ju ändå kunde titta in. När jag var så nära menar jag.

– Vad trevligt. Det gjorde du rätt i. Vill du inte ha en kopp néskaffe och ett kex. Jag är rädd att det är det enda som huset förmår.

Han skakade avvärjande på huvudet.

– Nej tack. Jag ska inte besvära. Jag ville bara titta in som sagt.

Det är någonting han vill berätta, tänkte jag. Det märktes tydligt. Sven Lundman verkade spänd och stressad. Det var inte ett tillfälligt besök av någon som råkat ha sina vägar förbi. Jag fick hjälpa honom på traven.

– Tråkigt med Anders, sa jag. Just när allting verkade så ljust och lovande för honom. Sitt gamla hem hade han köpt tillbaka och det var väl inte några större problem för honom att få efterträda dig kan jag förstå.

Sven Lundman såg allvarligt på mig.

– Nja, drog han på det. Backa hade han visserligen köpt, men det där med chefsposten var väl mera osäkert.

– Jaså? Jag trodde det var mer eller mindre klart. Med hans akademiska meriter och tjänsteår.

– Det kan tyckas så, men det fanns vissa problem.

– Jaså? Där ser man. Det var mer än jag visste.

– Jag uttrycker mig kanske lite oklart, men Anders hade problem. Sista tiden hade han varit stressad och orolig. Verkat spänd och nervös, som om han inte sov ordentligt om nätterna. Han drack för mycket och tog säkert nånting annat också. Ibland verkade han alldeles borta. Anders misskötte sin tjänst helt enkelt.

– Du tror inte att det hade att göra med chefstillsättningen?

– Det spelade kanske in, men jag hade hela tiden en känsla av att det var nånting annat och allvarligare. Och Anders hade inte bara bett mig komma till Backa den där kvällen för att inviga huset. Han ville tala med mig också, sa han.

– Om vad då?

– Jag vet inte. Det sa han inte. Bara att det var nånting viktigt. Och svårt. Fast det blev ju aldrig av. Han ville vänta till nästa dag. Nästa morgon. Men den kom ju aldrig för honom. Då var han död. Sven Lundman tystnade.

– Tror du att det gällde Elisabeth?

Först såg han förvånad ut. Sedan skakade han resignerat på huvudet. Du också, sa hans min. Du vet också om det.

– Nej, sa han lågt. Det gällde inte Elisabeth. Det var nånting mycket allvarligare.

– Det är väl allvarligt nog. Du får ursäkta om jag är för personlig och rakt på sak, men jag trodde att det var en offentlig hemlighet.

– Vad menar du? sa han skarpt och rynkade ögonbrynen bakom glasögonen.

– Ja, skilsmässan, sa jag vagt. Det talades ju om det. Hade jag gått för långt nu, tänkte jag. Gett mig ut på hal is i onödan?

– Jag vet inte vad du talar om, bet han av. Men det var aldrig aktuellt med nån skilsmässa. Ja, jag vet att Anders och Elisabeth hade nån liten affär ett tag. Men det var längesen, och det är över nu. Elisabeth hade aldrig nån tanke på att skilja sig och allraminst ville hon gifta om sig med Anders. Det kan jag garantera.

Jag såg på Sven Lundman. Färgen i hans bleka ansikte hade stigit, ögonen fick liv, glänste. En våg av adrenalin hade pumpat genom hans system och satt hela organismen på stridsfot. Den gamle hannen försvarade sin unga hona. Årtusenden av instinkter nerlagda i gener, anpassade för helt andra förhållanden, vaknade till liv. Hade samma process satt igång i nattdunklet på Backa? Ramlade kulturfernissan av den elegante museichefen när han stod öga mot öga med sin rival?

"Vi älskade varandra, vi skulle gifta oss." Det hade Elisabeth sagt till mig i sitt galleri. Vem talade sanning? Den långe, smale professorn i min affär eller den unga, vackra kvinnan? Fast vad skulle hon ha för anledning att ljuga för mig?

– Jag vet att det pratades en massa strunt, sa Sven Lundman

153

resignerat. Aggressiviteten hade dämpats nu, hormonstormen hade kommit till ro. Men det görs det alltid på alla arbetsplatser. Och särskilt när det gäller personliga relationer. Du kan tänka dig vilken godbit det var när man kunde skvallra om chefens fru och en av intendenterna. Han lät bitter nu. Men det var bara en uppflammande historia, ett känslorus som slocknade lika snabbt som det väckts. Elisabeth är romantisk och varmblodig. Anders utnyttjade henne. Men det är över nu. Och jag har en sak här som du kanske vill se.

Ur innerfickan på sin kavaj tog han fram ett vitt kuvert, vek upp fliken och vecklade långsamt och omständligt upp ett brev som han räckte mig.

Jag såg på det vita pappret och på den maskinskrivna texten. "Broder" började det och var undertecknat med Anders karaktäristiskt svajiga namnteckning. Det handlade om hur ledsen Anders var över alla missförstånd, att det aldrig varit någonting seriöst mellan honom och Elisabeth och att de beslutat att bryta sitt förhållande, liksom han visste att Elisabeth klarat upp allting med Sven. Jag såg på dateringen. Brevet var skrivet bara för några veckor sedan.

– Har du någon aning om varför han skrev det?

– Jag vet inte, sa han och vek lika omständligt ihop det, stoppade kuvertet tillbaka i fickan. Han kanske tyckte att det var praktiskt att rensa luften före utnämningen. Ironiskt såg Sven Lundman på mig över glasögonens kant.

– Varför visade du det för mig?

Han ryckte på axlarna.

– Egentligen har jag väl ingen anledning. Hela den här historien angår ju inte dig direkt. Det var en sak mellan oss tre, Anders, Elisabeth och mig. Men eftersom jag vet att du inte tror att Anders omkom genom en olycka så ville jag bara att du skulle veta att du kan avskriva mig som eventuell mördare. Och han log mot mig, för första gången sedan han kommit in i affären. Tio år yngre såg han ut.

Förvånat såg jag på honom.

154

– Skulle jag misstänka dig för att ha mördat Anders? Vem i fridens dar har påstått nånting sånt?

– Ingen särskild. Och han log igen. Inte för att det spelar nån roll vad du tycker eller tänker. Men eftersom jag råkade gå förbi din affär, så tyckte jag att det var lika bra att titta in och lägga alla eventuella tankar i den vägen tillrätta en gång för alla. Vet du vad jag personligen tror, om jag ska vara riktigt ärlig?

Jag skakade på huvudet.

– Anders drunknade inte. Han begick självmord.

– Självmord? Är inte det lite långsökt?

– Inte så långsökt som du tror. Anders hade blivit inblandad i nånting som han inte kunde klara upp. Nånting som skulle rasera hela hans liv och definitivt utesluta honom som min efterträdare. Om natten, i vargtimmen, bestämmer han sig, orkar inte leva med sin visshet längre. Tyst och försiktigt går han ner till bryggan, klär av sig och lägger kläderna snyggt och prydligt ifrån sig. Så kliver han ner i vattnet och simmar ut. Sven Lundman tystnade. Men nu måste jag gå, sa han sedan, som för att avvärja nya frågor. Det var roligt att se dig igen.

Genom fönstret såg jag honom när han snabbt och litet framåt-lutad gick ner mot Köpmantorget och Sankt Göran och Draken. Att han "råkat" gå förbi trodde jag inte ett ögonblick på. Det var alldeles för genomskinligt. Men vad hade han för anledning att försöka övertyga mig om att Anders och Elisabeth inte hade älskat varandra? Att han inte hade något motiv att döda honom? Ingen hade ju anklagat honom för någonting. Polisen och alla andra utgick ju ifrån att Anders hade drunknat. Men Sven trodde på självmord.

Kapitel XIX

I kvällningen satt jag som så många gånger förr den där varma och vackra sommaren uppe på min terrass och såg ut över svarta hustak och Djurgårdens grönska långt därborta. Nere på Köpmantorget höjde Sankt Göran sitt gröna bronssvärd för att skydda sin späda jungfru undan faror och försåt. Bernt Notkes originalstaty av trä inne i Storkyrkan ansågs länge ha uppförts för att fira Sten Sture den äldres seger över Kristian av Danmark i slaget på Brunkebergsåsen 1471, som stod där Klara kyrka och Sergels torg nu ligger. Under många år var segerdagen den 18 oktober en helgdag och nästan nationaldag, då Sankt Göran fick sitta av sin trähäst och i procession fördes upp till Brunkebergsåsen och runt staden. Men nu har forskningen kommit på andra tankar. Statyn skulle istället vara ett monument över Sveriges goda relationer med påven och Vatikanen. När den invigdes 1489 deltog det påvliga sändebudet Antonius Mart, och de avlatsbrev han hade med sig tog slut. Nya fick tryckas i franciskanernas tryckeri på Riddarholmen. Enligt de teorierna skulle den darrande jungfrun istället symbolisera den kristna tron som anfölls av ondskans drake men räddades av kyrkan i Sankt Görans gestalt. Det kanske också bidrog till att Gustav Vasa lät flytta undan statygruppen till en mera avskild plats i kyrkan. Hans relationer med påven var ju minst sagt ansträngda efter reformationen och indragningen av kyrkans skatter till de kungliga skattkamrarna för att finansiera Hansans bidrag till krossandet av den danska överhögheten över Sverige.

Men mina tankar gick från Sankt Göran och hans bart huggande svärd, vare sig det nu var måttat mot den danske kungen eller Djävulen själv. Vem ljög? Sven Lundman eller Elisabeth? Vem kunde veta? Vem mer än Elisabeth hade stått Anders nära? Svaret var inte svårt att komma på. Barbro Lundelius. Anders assistent och mer än så när det begav sig.

Försiktigt satte jag ner Cléo på golvet och det tyckte hon inte om. Som alltid föredrog hon mitt varma knä. Så reste jag mig ur den bekväma korgstolen och gick ut i hallen. I den tjocka telefonkatalogen hittade jag henne. Hon bodde inte långt därifrån. Borta på Riddarholmen. Om jag skulle ta en promenad? Göra som Sven Lundman och "råka" titta in. Borde jag inte ringa först? Nej, det var bättre att hon var oförberedd, så att hon inte hann tänka igenom sina svar. Kvällen var vacker och ljum, så jag skulle inte gå förgäves även om hon inte var hemma. Dessutom satt jag alldeles för mycket stilla på dagarna nere i affären. Jag behövde ut och röra på mig.

Jag gick över Stortorget när klockan i Storkyrkans torn slog nio slag. Välsignelse hade elektriciteten fört med sig också för ringarna. Förr krävde enbart storklockan elva ringare, och när alla klockorna var igång gick det åt 22 man. Trångt och stökigt var det, och i gamla protokoll klagades över "svärjande och slagsmål" i tornet.

Nerför Storkyrkobrinken gick jag och släntrade ner mot Riddarhuset med sitt koppargröna tak och magnifika barockfasad. För mig är det ett av de vackraste husen i Stockholm, ritat av Jean de la Vallée, han som på drottning Kristinas uppdrag gjorde de första ritningarna till det nya slottet. Och grunddragen i planen går igen också hos Nicodemus Tessin som fick uppdraget att bygga om slottet efter den stora branden som förhärjade Tre Kronor. Tyvärr ligger det gamla riddarhuset så inklämt nu mellan kanaler och trafikleder att palatsets proportioner förfuskats, men grandezzan och värdigheten finns fortfarande kvar, utan att digna under barockens tyngd.

Jag stannade upp och såg på kvällsljuset över den gamla fasaden. Härute på planen hade kungamördaren Anckarström hudflängts och Axel von Fersen dragits ur sin vagn av en uppretad

157

lynchmobb och misshandlats till döds. Och här hade greve Brahe avrättats tillsammans med några olyckliga medbröder för sin roll i Ulrika Eleonoras och Adolf Fredriks misslyckade statskuppförsök. Här jublade människomassorna 1862 när ståndsriksdagen avskaffades genom adelns röstning därinne.

Men nu låg planen tom och öde i kvällssolen. Om man undantog bilarna förstås i sin beständiga, aldrig sinande ström, även om den glesnat nu mot kvällen. Fast borta vid Bondeska palatset kom en joggare med pannband och en free-style inpluggad i öronen. Jag såg på honom, på hans förvridna, svettiga ansikte, och tänkte på en artikel jag läst om att 65 000 svenskar skadades varje år när de motionerade och att risken för hjärtinfarkt var många gånger större vid joggning än när man promenerade. Själv var jag för bekväm för den sortens kroppsövningar. Föredrog att flanera genom staden och livet. Dessutom tycker jag det är oestetiskt att svettas.

Så tog jag mig över den breda betongbron till Riddarholmen och torget med Birger Jarls staty. Det "glömda" torget brukar jag kalla den öppna platsen framför Riddarholmskyrkan, eftersom det har kommit i skymundan för mer spektakulära stadsvyer och sevärdheter i Stockholm. Och det är synd, för det är en alldeles speciell del av staden, en komprimerad sammanfattning av den svenska historien i ett uterum av unik skönhet. Inte för att det direkt kunde mäta sig med Venedig, vilken stad kan det, men för svenska förhållanden är Riddarholmen en klenod. Kyrkan låg framför mig, det ursprungliga gamla gråbrödraklostret från 1200-talet och Stockholms äldsta byggnad, där kungar och statsmän sov under praktfulla sarkofaglock. Sjutton kungar vilade därinne: Gustav II Adolf, Magnus Ladulås och Johan III och Karl XII med genomskjutet kranium. Runt torget låg gamla adelspalats från stormaktstiden, monument från den tid då drottning Kristina och förmyndarregeringen före henne rundhänt delade ut land och egendomar till sina gunstlingar.

Långsamt gick jag uppför backen, upp mot Wrangelska palatset, där hovrätten nu huserar. Inte blev jag klok på adressen i telefonkatalogen. Om allt stämde skulle Barbro Lundelius bo här, men inte kunde man bo i Svea Hovrätt? Jag blev arg på mig själv. Naturligtvis hade jag slarvat igen, inte sett efter ordentligt i telefonkatalogen. Hade så moderna företeelser som telefonkiosker letat sig ut till Riddarholmen och fanns i så fall katalogerna kvar? Jag hade inte några illusioner.

Då hörde jag steg bakom mig. Lätta steg som klapprade mot stenläggningen. Jag vände mig om och såg en förvånad Barbro Lundelius komma mot mig.

– Men Johan. Vad gör du här?

– Väntar på dig. Men jag måste ha tagit fel på adressen, för jag kom till Svea Hovrätt.

– Du tog inte alls fel. Hon log. Jag bor faktiskt här.

– Det kan man väl inte?

– Det kan man visst det. Om man har en pappa som är vaktmästare, och som har en våning högst upp. Och om man har kvar sitt rum där för att man inte vill flytta till Bandhagen eller Skogås och för att man älskar Gamla stan. Då kan man. Vill du ha en kopp te? Jag är rädd för att det är det enda jag kan bjuda på. Kaffet har tagit slut och whiskyn också. Du får säga till i förväg nästa gång.

En stund senare satt vi i vardagsrummet i våningen högst upp. Utsikten mot Västerbron var fantastisk, och framme till höger förgyllde kvällssolen tornspiran på Stadshusets medeltidsborg. Åt andra hållet tornade södra bergens husfasader upp sig på klippbranten, fönstren lyste röda som smält guld för de sneda solstrålarna. Ute på Riddarfjärden fylldes vita segel för kvällsbrisen.

– Du vet att du sitter i ett gammalt kungaslott, sa Barbro när hon ställde ner brickan med de båda tekopparna i grönt och vitt på det lilla bordet framför soffan.

– Det visste jag inte. Jag trodde att det var Wrangel som byggde huset.

– Det är alldeles riktigt. Han var en av dom stora slagskämparna från trettioåriga kriget och blev oerhört rik både genom gåvor som han fick från kronan och drottning Kristina och genom plund-

159

ring ute i Europa. Här byggde han ett Stockholmspalats och hit kunde han segla från Skokloster som var hans fritidsställe vid Mälaren.

– Det är också en beteckning. Fritidsställe. Det är väl ett av Mellansveriges största slott.

– Inte för att han hade mycket fritid och inte för att han var hemma i Sverige så värst mycket heller, men det här palatset var ett av dom pampigaste i stan på den tiden. Så när slottet brann flyttade den kungliga familjen hit och bodde här i nästan sextio år. Först var det änkedrottningen, Hedvig Eleonora, och Karl XII. Han växte delvis upp här, men han fick ju inte stanna så länge, stackarn. 1700 bröt kriget ut och sen kom han aldrig tillbaka.

– Där har du fel.

Förvånat såg hon på mig.

– Han begravdes ju här. I Riddarholmskyrkan.

– Jo, det förstås. Men det räknas inte. Och det var andra kungliga familjer som bodde här också. Gustav III är född i huset till exempel.

– När flyttade alla dina kungar härifrån?

– I mitten på 1700-talet. 1754 tror jag. För då var slottet i stort sett färdigt. Åtminstone såpass att den kungliga familjen kunde flytta in. Det var ju krig och missväxt och pest och allt möjligt elände på den där tiden, så pengarna räckte inte till som det var tänkt. Därför försenades slottsbygget. Tessin drev på och tjatade för att få fram medel, men han dog innan det var färdigt.

– Det var intressant, sa jag och drack mitt te. Det var svagt rökdoftande, påminde om Elisabeths, och hennes hembakade sockerkaka lyste guldgul på fatet.

– Du förstår kanske att jag inte kom för att få veta mera om Wrangelska palatset. Även om det är intressant.

– Säg Kungshuset du. Det gör jag och så kallades det förr.

– Du ser! Nu fick jag veta nånting nytt igen. Nej, jag kom för Anders.

Hon nickade, hon hade förstått.

– Du berättade för mig om hur förälskad han var i Elisabeth.

Och Elisabeth bekräftade det. Hon sa att dom älskade varandra och skulle ha gift sig. Men så träffade jag Sven.

– Nå? Intresserat tittade hon på mig och böjde sig fram i stolen som för att inte gå miste om vad jag skulle säga.

– Han sa faktiskt tvärtom. Att Anders och Elisabeth visserligen haft nån historia, men att det tydligen inte varit så allvarligt och dessutom var det slut. Sven visade till och med ett brev som Anders hade skrivit där det stod att det aldrig varit nånting allvarligt och att det dessutom var över.

Hon satt tyst, såg uppmärksamt på mig.

– Det tror jag inte, sa hon sedan. Inte för ett ögonblick.

– Inte bara det. Han antydde nånting om att Anders hade begått självmord. Att det inte var någon olyckshändelse, utan att han simmat rakt ut i sjön.

– Självmord? Med stora ögon satte hon ner koppen på fatet, så abrupt att jag trodde att den skulle spricka.

– Anders hade problem, och han hade velat tala med Sven om det. Det var därför han hade bjudit honom till Backa. Av nån anledning blev det inte av. Dom skulle ha pratat om det nästa dag. Men då var det ju för sent. Anders tog livet av sig istället. Han orkade inte mer. Enligt Sven alltså.

Barbro såg ut på kvällshimlen genom fönstret.

– Jag förstår ingenting, sa hon sedan. Anders var totalt och hopplöst kär i Elisabeth. Det fanns ingen återvändo. Elisabeth var det enda som gällde. Jag tror att han hade kunnat göra vad som helst för henne. Och även om han hade problem, så fattar jag inte varför han skulle ta livet av sig just nu? Han hade ju köpt Backa, skulle gifta sig med Elisabeth och var nästan säker på att han skulle efterträda Sven på museet. Kan du förklara det?

– Nej, det verkar minst sagt egendomligt. Fast det kanske hade att göra med det där som Sven talade om. Han antydde nånting om att det kunde blockera Anders utnämning.

– Jag vet att det var nånting som Anders var orolig för och som gjorde honom stressig och nervig. Men jag utgick från att det var utnämningen. Att han var rädd att han skulle bli förbigången, att

Gunnar eller nån annan skulle manövrera ut honom. Men när du säger det... Hon tystnade, såg fundersamt på mig.

– Var det nånting annat tror du?

– På något sätt blev det bara värre, sa hon lågt, som om hon inte hört min fråga. Jag trodde hela tiden att det berodde på att dagen kom närmare och närmare. Regeringsbeslutet alltså. Men just i den vevan hade Anders haft besök av en person som jag aldrig hade sett förut. Och när han gått var Anders alldeles förstörd. Han kom inte tillbaka efter lunch utan ringde och sa att han var hemma, att han inte kände sig bra. Fast normalt är han aldrig sjuk. Förkylning nån gång, men annars är han aldrig borta. Ja, var borta skulle jag väl säga. Och hon log ett litet leende. Men ögonen log inte.

– Han sa aldrig vad det gällde, vad den där besökaren ville?

– Nej, men han kom ut i vårt pentry efteråt och drack ett stort glas vatten. Sen stoppade han i sig en albyl eller vad det nu kunde vara. Han var alldeles likblek. Jag trodde nästan att han höll på att få en hjärtattack.

– Kommer du ihåg hur den där figuren såg ut? Hans besökare.

– Nja, jag såg inte mycket av honom just och tänkte inte på det heller. Inte då. Det springer ju så mycket folk hos oss jämt. Men jag har en vag bild av att han var i fyrtioårsåldern nånstans, ganska smal och blek. Fast ögonen kommer jag ihåg. Dom var svarta och uttryckslösa på nåt sätt. Som om han satt på sig ett par kontaktlinser utan pupill. Det såg ganska ruskigt ut.

Kapitel XX

– Blek med svarta ögon?

Barbro nickade.

– Vet du vem det är? sa hon.

– Ja och nej. Jag vet inte vem han är, men jag har sett honom. Två gånger. I min affär första gången. Och sen vid Viby kyrka. Vid kyrkogården. Det var när du kom och frågade efter vägen.

– Är du säker?

– Nej, men om din beskrivning stämmer så kan det vara samma person. Och då är jag rädd att Sven Lundman har rätt. Att Anders hade problem. Stora problem.

– Det är möjligt, sa hon lågt. Men så mycket kände jag Anders att jag vet att han aldrig skulle begå självmord. Han var inte den sortens människa helt enkelt. Han var alldeles för positiv och livsbejakande.

– Sånt vet man väl aldrig innan. Och det är fler människor som dör för egen hand än i trafiken. Dom brukar säga, att när en människa väl bestämt sig för den utvägen så blir dom på nåt sätt lättade och verkar mer harmoniska och samlade än tidigare.

– Jag vet inte vad du tror, sa hon mjukt och lade sin hand på min, men om du hade sett honom på nära håll som jag, så hade du förstått vad jag menar. Han gick så helt och fullt upp i det här med Backa. Husköpet och planeringen. Inredningen. Vi kunde sitta i timmar inne på hans kontor och diskutera färger och smådetaljer. Kontrollera profiler på dörrkarmarna till exempel mot ritningar från 1700-talet. Han sprang omkring på våra lager för att hitta

163

originaltextilier och möbelklädslar och han jagade runt på byggplatser där dom rev gamla hus för att se om han kunde komma över några kakelugnar. Jag tror uppriktigt talat att det hade varit mycket, mycket värre för honom om Backa brunnit än om han inte blivit Svens efterträdare. Så det där med självmord ställer jag inte upp på.

— Det behöver du inte göra heller. Det var bara Svens idéer. Men vet du egentligen var Anders fick sina pengar från?

— Jag vet inte, sa hon sedan. Han berättade för mig i förbifarten om dom där två tavlorna av Kandinsky. Men jag såg dom aldrig, så jag vet inte om dom ens existerade. För jag tycker att han borde ha visat dom för mig i så fall. Vi... trots allt... Hon fick tårar i ögonen.

Jag försökte låtsas som om jag inte märkte det, men hon gjorde ingenting för att dölja sina tårar. Till sist tog jag näsduken ur min bröstficka och gav henne. Hon tog den med ett litet leende till tack.

— Du är min hovleverantör av näsdukar, sa hon. Hemma hos dig fick jag en också. När jag har tvättat och strukit så ska jag lämna tillbaka dom.

— Bekymra dig inte om det. Gråt du bara. Det lättar. Nej, Anders hade alltid trassligt med sin ekonomi. Hemma på Backa var det knapert med pengarna när han var barn, och i Upsala blev det inte bättre. Så han fick hanka sig fram på lån och jag kommer ihåg att hans studieskulder blev höga.

— Han klagade alltid över det, sa Barbro. Det är som att vara frånskild, brukade han säga. Man blir aldrig fri från att betala underhåll. Fast det var ju ett tag sen han klarade av dom. Trots allt varar ju inte avbetalningar i evighet. Men studieskulderna skapade en ond cirkel, eftersom han lånade upp andra pengar för att köpa sånt han behövde under tiden som han betalade.

— Så kom pengarna plötsligt nerramlande som manna från himlen?

— Det kan man säga. Och Backa var ett stort, svart hål där dom försvann. Takomläggning, jordvärme, nya fönster och golvslipning. Jag vet inte allt som skulle till. Det dög inte med standardvaror heller, utan det mesta skulle specialbeställas för att det skulle passa in i hans perfektionistiska renovering. Men pengarna verkade inte bekymra honom.

– Var tror du han fick dom ifrån?

Hon såg mig rakt in iögonen.

– Det vill jag inte veta, sa hon lågt. Det angår mig inte. Och nu är han död.

– Knark?

Barbro skakade på huvudet.

– Anders var inte den typen. Litet svag och lättledd kanske. Det är en sak. Och pengar behövde han. Men att låna sig till sånt, nej, det tror jag inte.

– Låna sig och låna sig. Det behöver ju inte vara så märkvärdigt. Man behöver ju inte direkt stå på Sergels torg och sälja små påsar.

– Vad menar du?

– Jag menar bara att man kan se till att saker och ting fungerar. Att större partier tas in i Sverige och att det kommer fram till rätt adress om du förstår vad jag menar.

– Jo, jag förstår. Men jag tror det ändå inte.

– Inte jag heller faktiskt. Jag har känt honom längre än dom flesta. Problemet är bara att det är så enkelt. Alldeles för enkelt. Du lägger ett kilo av den där smörjan i resväskan och i nittionio fall av hundra promenerar du bara rakt igenom tullen utan problem om du ser något sånär proper ut och inte kommer med flyget från Thailand eller Colombia. Sen kvitterar du ut hundratusentals kronor för besväret. Inte undra på att svaga själar frestas.

– Anders var inte svag på det sättet, sa hon trotsigt.

– Du älskade honom?

Hon nickade. Nu hade tårarna kommit tillbaka igen. De stora blåögonen mörknade och det långa, blonda folkvisehåret föll ner i pannan när hon böjde huvudet och torkade ögonen med min näsduk.

Långsamt gick jag hem genom tysta gator och gränder. Den bleka sommarhimlen svävade över hustaken. Från Storkyrkans mörka torn kom tio malmklingande slag och på torget nedanför pokulerade några yngre gubbar med höjda vinflaskor på en grön parkbänk.

Jag tänkte på vad Barbro sagt och på Sven Lundmans besök. Han hade försökt övertyga mig om att Anders hade stora problem, att Elisabeth inte älskade honom, och att han dessutom tagit livet av sig. Och Barbro hade berättat om mannen med de mörka ögonen. Igen hade hon visat att hon älskat Anders. Kunde kärlek vändas till hat? Kunde passion gå över i sin motsats? Vad visste man om de mekanismer som styr människors handlande? Själv skulle jag ha svårt att tänka mig att kunna döda en människa som jag älskade. Men jag hade ju aldrig drabbats av någon stor och ödeläggande passion. Tyvärr, eller tack och lov. Hur man nu såg det.

När jag gick förbi min affär hördes musik och skratt från öppna fönster några trappor upp och mitt emot. Det kom från Eriks våning. Han hade tydligen middag. Någon stod i fönstret och såg ut och kastade sedan en cigarrett som flög i en lysande röd, gnistrande båge ner mot gatstenen. Det var Erik Gustafson, min granne, vän och kollega.

– Det där blir dryga böter, ropade jag upp mot honom. Vet du inte det? Du borde skämmas, vuxna karln. Jag ska ringa socialstyrelsen så kommer polisen och tar dig.

Han stelnade till för ett ögonblick. Så kände han igen mig.

– Du käre, käre, ropade han ner till mig. Kan du nånsin förlåta mig för att jag osnyggar på din fina gata? Kom upp så får jag kompensera dig i rikligt mått med mat och dryck. Fast maten struntar du väl i kan jag tro. Jag har massor av snälla människor här och portkoden kan du. Det är samma år som Gustav III:s statskupp.

Den kunde jag. 1772. Den 19 augusti hade kungen stormat in i kommendantsflygeln och utropat sin revolution. Kungen lyckades där hans mamma felat. Och det var en kär dag för Erik Gustafson som tillhörde den svenske Apollons sentida beundrare. Den gustavianska epoken är också hans specialitet när det gäller konst och antikviteter.

Trots de öppna fönstren var det rökigt och varmt under de låga taken i Eriks våning. Trångt var det också där jag trängde mig fram bland gästerna, som var ett typiskt sortiment för Eriks tillställningar. Dansare från Operan, en och annan musiker, några högljudda hovreportrar från damtidningarnas förgyllda värld, här och där uppblandade med en och annan kollega i antikbranschen, museifolk och auktionskoryféer.

Erik kom ångande med ett stort glas kallt, vitt vin som han satte i min hand, presenterade mig för en ung balettdansör med knubbiga kinder och bakåtkammat hår och försvann lika snabbt. Jag bytte några ord med den unge mannen som föreföll måttligt road av mitt sällskap, drack av vinet och såg mig om. Då fick jag syn på ett bekant ansikte. Gunnar Nerman stod bakom några breda ryggar och talade glatt och högljutt med chefen för ett av de större auktionshusen.

– Hej Gunnar, sa jag och gick fram till honom. Han nickade och log, men fortsatte sin konversation. Så tog han mig i armen och förde mig åt sidan.

– Tjänare Johan. Kul att se dig igen. Jag visste inte att du kände Erik.

– Det gör väl alla. Och vi är både kolleger och grannar. Min affär ligger ju mitt emot. Det kommer du väl ihåg?

– Javisst ja. Hur går affärerna? Har du sålt din Hilleström?

– Inte än. Annars går det sin gilla gång. Ibland upp och ibland ner. Som livet självt ungefär. Hur går det för dig då? Har du blivit museichef än?

– Nej, det tar sin tid är jag rädd. Du vet hur det är i byråkratier. Det är många papper som ska skyfflas. Och många sammanträden som ska sittas av innan dom kommer till skott.

Så blev han allvarlig.

– Jag talade med Sven Lundman häromdan. Om Anders, sa han.

– Jaså?

– Och han sa att han trodde att det var självmord. Att det inte

167

var nån drunkning.

– Han nämnde det för mig också. Men jag har svårt att tro det. Jag menar, han hade sitt nya hus och han hade Elisabeth. Så varför skulle han ta livet av sig? Visligen teg jag om hans chanser när det gällde chefsposten.

– Är du säker på det?

Han log mot mig, men det var inte något vänligt leende. I det svaga ljuset från fladdrande stearinljus i draget från de öppna fönstren dansade skuggorna efter väggarna, gled över hans ansikte och fick honom att se nästan demonisk ut. Ett illvilligt satyrleende. Men det var väl ljusets spel över hans ansikte, skuggornas lek.

– Nej, det var nog inte så säkert med vare sig det ena eller det andra. Hans karriär var skakig enligt Sven. Och huset kostade mer än det smakade, och när det gällde Elisabeth så hade hon inga som helst planer på att gifta sig med honom.

– Hur kan du veta det?

– Jag hörde henne säga det. Han log sitt satyrleende igen. Jag har det från hästens egen mun.

– Berättade hon det för dig?

– Inte direkt, men jag råkade höra deras lilla konversationsövning. Jag var ute i trädgården efter middagen. Stod och pinkade bakom en buske helt enkelt, eftersom det var upptaget på muggen. Just när jag skulle gå tillbaka kom Elisabeth och Anders. Inte för att jag ville tjuvlyssna, men jag kunde inte hjälpa att jag hörde vad som sas. Det var helt klart. Elisabeth ville inte längre och han var alldeles gråtfärdig.

Jag stod tyst och fyllde på mitt glas från en flaska i ishinken på bordet bredvid. Isen hade nästan smält, vattnet var ljummet men vinet var gott. Kraftigt, fylligt. Förmodligen någon sorts lantvin.

– Du ser, sa Gunnar. Anders är inblandad i nånting som kan kosta mer än det smakar och hans kvinna överger honom. Lägg till sprit och mera kanske och titta på honom sen när ångesten kommer sättande. Att simma ut och bara sjunka ner i det mjuka, kravlösa vattnet, komma ifrån allting. Nej, här står vi och pratar om sorgligheter. Nu måste vi tänka på framtiden. Ser du bruden i

168

grönt därborta?

Gunnar Nerman log mot mig, blinkade med ena ögat och gled bort mot sitt byte.

Ensam stod jag kvar. Samma budskap som Sven. Samma signal. Anders tog livet av sig. Skumraskaffärer och kärleken slut. Motiv på silverfat. Men varför var de så angelägna att bevisa det för mig? Jag var inte någon polis, de kände mig knappt. Och för Barbro, som borde känt Anders bättre än någon av dem, var självmord uteslutet. Elisabeths kärlek var obruten och hans utnämning som museichef säker som amen i kyrkan. För att inte tala om Elisabeth. Där fanns det heller ingen tvekan. Det var någonting som inte stämde.

Då hörde jag Eriks röst bakom mig, glad och upprymd.

– Nu Johan, ska jag göra nånting dumt. Jag ska presentera dig för en av mina skönaste väninnor. Margareta Andersson.

Triumferande nämnde han hennes namn. Som när en cirkusdirektör presenterar huvudattraktionen vid årets premiär.

Jag vände mig om. Där stod han med sitt stora, generösa leende och spelande, glada ögon bredvid en lång, smal dam någonstans mellan sextio och sjuttio. Blond var hon, om äkta eller inte kunde jag inte bedöma i stearinljusens sken, med stora vackra ögon. Hon var elegant klädd och pärlhalsbandet måste ha kostat en förmögenhet. Hon log och sträckte fram en hand med en diamant, stor som en hasselnöt.

Jag tog hennes hand, böjde mig över den och kysste den chevalereskt. Det vill säga jag lät mina läppar stanna upp just ovanför. Normalt kysser jag inte damer på handen, men det var någonting i hennes hållning, i hennes personlighet som gjorde att det kändes alldeles naturligt.

– Du ser Margareta, skrockade Erik förtjust. Vad var det jag sa! Det var dumt av mig att introducera min unge kollega. Han kommer att ta dig ifrån mig. Du kommer att svika mig och mina enkla ting och trolöst hålla dig borta och köpa dina Hauptbyråer och Roslintavlor från honom istället.

– Jag har varken det ena eller det andra, sa jag. Varken Haupt

169

eller Roslin har gjort min enkla antikvitetsbod den äran. Men jag ska gärna stå till tjänst med nånting annat.

– Det var trevligt att höra. Och hon log igen. Men jag är rädd för att jag inte har så mycket plats längre för inköp. Fast jag ska gärna titta in till herr Homan.

– Margareta bor i Schweiz, förklarade Erik. I ett litet château vid Genèvesjön. Utsökt, utsökt. Han smackade och himlade med ögonen som en hovtraktör inför vaktelägg och ripbröst.

Då förstod jag, då kände jag igen henne från Månadsjournalen och premiärvimmel. Andersson hette hon, men man skulle inte låta lura sig. Margareta Andersson var änka och hade varit gift med "Skruv-Andersson", en lika originell som genialisk uppfinnare. Hans "skruvar" och annat var viktiga komponenter i det amerikanska rymdprogrammet. Andra finesser från hans ritbord fanns både i bilar och TV-apparater. Nu satt hon på sitt slott i Schweiz och tronade på sagolika skatter till förtjusning, avund eller förtret för många, beroende på läggning och inställning till livet.

– Inte bara i Schweiz, sa hon. I Sverige också. Jag älskar Sverige. Och på somrarna kan jag inte tänka mig att vara borta från Slagsta.

– Det är ett annat av Margaretas små ställen, sa Erik. Du borde se det. Det ser ut som ett mellanting mellan Dallas och Nordiska museets lager för högreståndsmöbler.

– Elaka, elaka Erik. Förtjust smällde hon honom skälmskt över fingrarna. Det är faktiskt mitt barndomshem och jag växte upp där. Familjen har haft det sen 1600-talet, som fideikomiss. Och när den där fåniga lagen om upphävande av fideikomissen kom så köpte jag alltihop av min äldsta brors änka. Så det står precis som det alltid har gjort.

– Är det inte lite riskabelt? undrade jag.

– Hurså riskabelt?

– Ja, om man bor i Schweiz på vintern och bara är hemma på sommaren, så är det väl inte alldeles riskfritt att det står tomt. Särskilt inte om man tänker på att huset tydligen är fullt av antikviteter.

170

– Alldeles tomt är det förstås inte. Jag har ett äldre par som bor i ena flygeln och ser till huset. Och hittills har det nästan aldrig hänt nånting. Peppar, peppar. Lätt knackade hon med knogarna på Eriks huvud.

– Varför gör du sådär?

– Förlåt mig, käre lille Erik. Jag kom inte ihåg mig. Jag har varit borta från Sverige för länge. Jag menade förstås "ta i trä." Och så skrattade hon ett ungt, smittande skratt, såg mera ut som sjutton än sjuttio.

– Fast en gång hände det, sa Erik. Det berättade du för mig i våras.

– Om inbrottet menar du? Jo, vi hade faktiskt ett inbrott där dom gick in med dyrkar eller falska nycklar. Jag vet inte vad såna där herrar har för metoder. Men dom stal ingenting av något större värde. En tavla bara.

– Jag hoppas inte det var nån av dina Pilo eller Pasch.

– Inte alls. Nej, det var en hisklig gammal kopia av nånting ännu hiskligare som har hängt därute i ett hörn i alla år. Smutsig och dan så man knappt såg vad den föreställde. Jag tyckte aldrig om den, så dom fick gärna ta den, skrattade hon och höjde sitt glas. Den stora diamantringen sköt diskreta blixtar mot stearinljusens lågor. Femtusen fick jag från försäkringsbolaget, så jag ska inte klaga.

– Det var då för väl, skrockade Erik. Jag älskar överklassens okonstlade sätt att umgås med sina tillgångar. "Den var så hisklig att dom fick gärna ta den". Det ska jag komma ihåg nästa gång dom gör inbrott hos mig.

– Om du sett den så hade du förstått vad jag menade, sa Margareta Andersson. Ett stort och knubbigt fruntimmer som skär halsen av en naken karl, så blodet sprutar i högan sky. Och över alltihop svävar en svärm av små feta änglar. När jag var barn vågade jag knappt gå in i rummet där den hängde. Nej, dom fick gärna ta den.

Kapitel XXI

Vi satt bara fyra runt det stora mahognybordet, och de båda andra gästerna kände jag bättre än värdinnan som jag bara träffat kvällen innan. I ögonblickets ingivelse hade hon bjudit mig på lunch.

— Men varför kommer ni inte ut och tittar själv? hade hon spontant sagt, där vi stod under Eriks låga tak med grova bjälkar tvärs över. I morgon har jag några gamla vänner på lunch och dom behöver piggas upp med ett nytt ansikte. Erik kan förklara hur man tar sig till Slagsta. Jag är så bortskämd med min chaufför, Denton. Fast han är schweizare har han varit så mycket här att han hittar som i sin egen ficka. Han kör alltid, så jag kan inte beskriva exakt hur man tar sig dit. Och nu med motorväg och andra nymodigheter är det ännu krångligare för den som inte kör själv. Välkommen klockan ett, så ska jag visa runt efter lunchen. Men jag säljer ingenting, log Margareta Andersson och hötte skämtsamt hotfullt med ett pekfinger. Erik den fulingen försöker varje gång han hälsar på mig, men jag är ståndaktig. När jag är död kanske. Då får han hålla auktion efter mig och lämna alla pengarna till välgörenhet. Men inte förr.

När jag körde ut till Slagsta nästa dag tänkte jag på vad hon berättat hos Erik. Om stölden av den "hiskliga" tavlan, som hon kallade den. Blodet som sprutade, kniven som gick genom mannens hals. Den knubbiga mörderskan. Det lät nästan som om hon beskrev duken av Rubens, den som Anders "upptäckte" i sin dröm. Den unga änkan Judith som mördar assyriernas fältherre

172

Holofernes för att rädda sin stad. Fast inte verkade det troligt att Margareta, med alla hennes konstskatter, inte skulle ha förstått att hon hade en Rubens hängande på sitt slott. Men den hade varit smutsig förstås och dessutom hade hon utgått från att det var en kopia. Sedan hängde den tydligen i ett rum som låg litet avskilt. Det gjorde väl att hennes konstkunniga vänner som Erik och andra knappast hade haft tillfälle att se den. Nej, jag fick inte låta fantasin skena iväg med mig. Och Anders själv hade ju sagt att hans dröm bottnat i stress, sprit och sömntabletter. Att det varit just en dröm och ingenting annat.

Så såg jag vägskylten som jag letat efter och nästan trott att jag missat. En gammaldags, gul skylt med svarta bokstäver pekade in mot en lång lindallé, som linjalrakt drog fram genom det böljande landskapet. Innan jag for hade jag slagit upp Slagsta i Svenska slott och herresäten. Och det hade en imponerande historia. Ägarlängden redovisade namn som Sten Sture, Gustav Vasa och Sigismund. Oxenstierna hade också ägt det gamla slottet innan ryssen kom på härjningståg och brände ner det till grunden. Men enligt boken reste sig nu ett nytt, lätt och luftigt träslott i rokoko på grunden till den gamla borgen.

Och beskrivningen stämde. Vid alléns slut glimmade det till i gult och vitt bland de gröna trädens bladverk och jag svängde in på en stor grusgård med en mörk grön gräsmattrundel på mitten, där ett stort solur förkunnade tidens gång. I fonden reste sig en gul trevåningsbyggnad under ett svart tak, krönt med ett klocktorn. Fönsterfoder och knutar var vita. Framför slottet låg fyra flyglar, envåningslängor i gult och vitt, och längre bort i parken skymtade slottskyrkan som jag läst om. Gudstjänster hölls där bara ibland, men ett besök rekommenderades för de unika tak- och väggmålningarna av Albertus Pictor från 1400-talet. Uppenbarligen hade kyrkan överlevt såväl ryssar som vådeld och annan påverkan genom seklen.

Framför den breda stentrappan blänkte en mörkblå Jaguar med crèmefärgad skinnklädsel. Framför stod en liten blå Ford. Då var jag inte ensam om att vara i mer blygsamma omständigheter, tänkte jag och ställde min gamla Opel på behörigt avstånd från den schweiziskskyltade lyxbilen.

– Välkommen Johan, sa Margareta Andersson när jag kom in i hallen. Jag vet inte om du känner dom andra gästerna, men jag tänkte att ni skulle passa bra ihop. Han är nämligen konsthistoriker och hon konsthandlare. En perfekt kombination.

Vi gick in i salongen genom de breda dörrarna. Framme vid fönstren ut mot parken stod Elisabeth och Sven Lundman med varsitt sherryglas i handen på en stor, kinesisk matta i milt gult och mörkblått.

– Vi känner varandra redan, sa jag och gick fram mot dem. Inbillade jag mig, eller stelnade Sven Lundman till när han fick syn på mig? Men Elisabeth var lika vänlig som vanligt och kysste mig lätt på båda kinderna. Snart hade jag också ett litet glas sherry i handen.

– Det är faktiskt Adelcrantz som har ritat huset, sa Margareta. Ni vet kanske att det gamla slottet brändes ner av ryssarna. Min, få se nu, farfars farfars farfar eller nånting åt det hållet hade funderat på att bygga om slottet redan tidigare, för det var visst i dåligt skick när han ärvde det. Och han hade gett Adelcrantz i uppdrag att rita det. Sen hade han inte råd och ritningarna blev liggande. Så dom kom väl till pass efter branden.

– Han var verksam på Stockholms slott också, sa Elisabeth. det ser man i inredningarna här på Slagsta. På panelerna och mycket annat.

– Adelcrantz var en av våra mest framstående arkitekter från den tiden, docerade Sven Lundman. Teatern ute på Drottningholm är hans verk till exempel. Och gamla operan, den som revs. För att inte tala om Kina slott. Fast otack är världens lön. Han fick inte ut sina arvoden som han skulle, och dessutom fick han själv betala en del av byggnadskostnaderna som skulle ha kommit från kungen.

– Du ser Johan, sköt Margareta in. Vad var det jag sa? Här finns en förkrossande sakkunskap.

– Fattas bara, sa Elisabeth. Jag har ju delvis vuxit upp här.

174

Margaretas pappa var min farbror.

– Just det. Visste du inte det Johan? Margareta log mot henne. Vi är kusiner trots att det är en ganska stor åldersskillnad. Men det var långt mellan barnen i förra generationen. Nej, nu ska vi äta så får vi gå husesyn sen. Ja, Elisabeth och Sven slipper. Ni har sett allt som finns så många gånger redan, men jag har lovat Johan att gå runt med honom.

Lunchen var utsökt, serverad på ostindiskt vapenporslin med tunga silverbestick och viner i 1700-talsglas. Tyst och diskret serverade den schweiziske chauffören, för dagen betjänt i vit jacka och vita bomullsvantar.

– Gustave tycker att det är så roligt att få följa med till Sverige, anförtrodde oss Margareta när han försvunnit för att hämta mer Porla. Han och hans fru sköter om mig nere i Nyon och den här utflykten till Sverige är deras semester säger dom.

– Det har sina fördelar att vara utlandssvensk, höll jag med. Betjänter och chaufförer är lite mer tunnsådda på våra breddgrader.

– Tro inte att det är gratis att bo i Schweiz. Nu hade Margaretas röst fått skärpa. Det märktes att det inte var första gången hon förde den sortens konversation. Skatterna över en viss nivå är inte oansenliga, och levnadskostnaderna är mycket höga. Genève till exempel lär vara en av världens dyraste städer efter Tokyo och Lagos. Men det är klart att vi inte har den sortens lyx som i Sverige, där sjukfrånvaron är 23 dagar per år och person och där varje buske är full av kulturchefer och fritidschefer och allt vad det heter.

Margareta hade fått två små röda rosor på kinderna och hon tog en djup klunk av sin gyllengula Chablis. Den stora diamanten på ringfingret hade bytts ut mot någonting mera diskret, mer lämpat för lunchbruk.

– Nu ska vi tala om nånting annat, sa Sven och log. Ingen missunnar dig att ha det bra nere vid Genèvesjön. Vi är bara lite avundsjuka helt enkelt. Slott i Sverige, en underbar konstsamling och ett behagligt liv i solen om vintern.

När vätternrödingen och glassen med de färska smultronen var överståndna gick vi husesyn. Sven föredrog en kubansk cigarr och en kopp svart kaffe på altanen med utsikt över sjön, men Elisabeth insisterade på att följa med. Vi gick genom salonger och kabinett, över honungsgula parkettgolv och i breda stentrappor. Ner i de ursprungliga källarvalven där grönbukiga vinflaskor sov i hyllfacken bakom bastanta järndörrar med decimeterlånga nycklar. Upp i vindsvåningens rader av gästrum med Elias Martin-gouacher på väggarna och signerade rokokostolar vid de små skrivborden.

– Egentligen är hela miljön ganska unik, sa Margareta framför en av de blå-vita mariebergskakelugnarna i stora salongen. Rosiga Lundbergsdamer såg på oss med kupiga blå ögon mellan förgyllda ramar, en karolinsk krigare i allongeperuk och blankt bröstharnesk blickade buttert mot en vit porträttmedaljong av Sergel. På håll såg det ut som om den föreställde Linné. I den stora kristallkronans prismor blänkte ett återsken av sommarsolen över parken därute.

– Möblemanget och konsten räddades undan från ryssarna. Det gömdes på vindar och i jordkällare i bondstugorna runt omkring. En del av det värdefullaste låstes in i kryptan under kyrkan härute i parken. Och genom att Slagsta var fideikomiss, så fick ingenting säljas eller fördelas i arvsskiften.

– Det innebär, att som det ser ut nu så har det alltid sett ut, sköt Elisabeth in. En av dom första Silfverstiernorna var general i trettioåriga kriget och blev sårad i slaget vid Lützen. Men han var inte sjukare än att han fick med sig tjuvgods från hela Europa.

– Säg inte tjuvgods. Margareta log. Krigsbyte låter trevligare.

– För dom som blev av med det gjorde det nog ingen skillnad. Det är en sida av krigen som aldrig kom fram riktigt i historieböckerna. Inte när jag gick i skolan i varje fall. Elisabeth såg trotsigt på henne.

– Nu läser dom väl knappt någon historia alls, sa Margareta syrligt. Och här har vi biblioteket.

Hon öppnade två höga dörrar och vi kom in i ett stort rum, fyllt från golv till tak med gamla vackra band i skinn med guldtryck i

176

ryggarna. Framme vid ett av fönstren stod en stor jordglob i ett stativ. Jag snurrade försiktigt på den. Stora skepp med fladdrande flaggor och böljande segel strävade ut på världshaven som var befolkade med skräckinjagande sjömonster. "Anno Domini 1578" stod det under en kunglig krona mitt på globen, och den enda stad som fanns utmärkt på den del som föreställde Sverige och Norge var Bergen. Det var tydligen den viktigaste hamnstaden för de gamla kartritarna. Men Östersjön och Finska viken var förvånansvärt väl återgivna. Där hade man ju också seglat under många hundra år redan när kartan ritades.

— Här har vi en intressant sak, sa Margareta och pekade på ett etui i läder på det stora skrivbordet i rokoko med magnifika bronsbeslag. Det måste vara franskt, tänkte jag och strök försiktigt med handen över skivan.

— Du kan aldrig gissa vad det är. Hon räckte etuiet till mig.

Jag petade upp den lilla haspen och öppnade locket.

— Det ser ut som en kompass. Och den gjordes inte igår.

— Det kan man säga, skrattade hon. Det är faktiskt en gåva till Tycho Brahe, astronomen du vet, från en österrikisk kejsare. Och den tog gamle Baltsar när han var med och stormade kejsar Rudolfs av Habsburg skattkammare i Prag 1648.

Margareta pekade mot ena kortväggen. I en snidad barockram mellan två bokhyllor blickade en hårdför och bister krigare mot oss.

— Baltsar Silfverstierna. General och fältmarskalk. Egentligen hette han Lundgren och var son till en prost i Ångermanland. Men han räddade Gustav II Adolf i slaget vid Breitenfeld och gav honom sin häst när kungens sköts och försvarade fanan som stod nerstucken i marken tills han blev undsatt. Duktig måste han också ha varit, för han befordrades snabbt och slutade som greve och kommendant på Elfsborgs fästning.

— Tyvärr är den tiden förbi, sa jag. Inte för att jag har nån häst att ge min kung på slagfältet, men det var nog roligare förr.

— Du ska vara glad för att du inte var med då, sa Elisabeth. Du kanske hade varit både fältmarskalk och greve, men du hade också

177

varit död i trehundra år.

När vi gick ner till bottenvåningen och ut på stenterrassen med utsikt mot sjön satt Sven Lundman och halvsov i den bekväma solstolen.

– Jaså, ni har besett konstskatterna nu, sa han och gäspade bakom handen. Margareta är en utmärkt cicerón. Du kan bli guide hos oss den dan du behöver extraknäcka. Men om du ursäktar, så tror jag att vi måste dra oss in till stan. Jag ska sitta med på ett sammanträde där vi ska behandla nånting viktigt. Faktiskt gäller det vem som ska bli min efterträdare. Så jag bistår med att såga av den gren jag sitter på.

– Säg snarare att du ympar in en kvist som kan växa sig lika stark och nyttig för museet som du har varit. Margareta log mot honom.

– Man tackar. Du är alldeles för älskvärd. Ingen är oersättlig. Det försöker jag säga mig själv varje morgon jag vaknar. Men skämt åsido, så ska det bli oerhört roligt att få börja forska igen. Skriva som en fri man utan en massa byråkrati och administration. Jag har kvar en hel del på min bok om Rehn.

– Jean Erik Rehn? frågade jag.

– Just han. Arkitekt, konstnär och mångsysslare. En ovanligt snillrik person, som betydde mycket för den svenska rokokon.

– Ja, jag har väl inget val, sa Elisabeth med ett leende. Jag måste följa min man och husbonde. Dessutom har jag en massa som väntar i galleriet. Du vet hur det är med bokföringen, Johan. Man skjuter och skjuter på den och går alltid med dåligt samvete.

Jag nickade. Om jag visste!

Och med många kindkyssar och "vi ses snart" försvann de över gräsmattan mot bilen.

– Det är synd om Sven. Margareta såg länge efter dem, och vinkade när bilen svängde in i allén. Ja, du vet väl hur det ligger till?

– Jo, jag har hört talas om det.

– Tur i oturen var det i alla fall att den där stackars intendenten drunknade. von Laudern hette han visst.

– Hur menar du? Tur?

Hon såg allvarligt på mig.

– Jag träffade Sven alldeles innan von Laudern drunknade. Han kom ut hit och var alldeles över sig given. Elisabeth skulle lämna honom och han klarade det inte. "Jag ska döda den djäveln", skrek han. Det var det sista han sa innan han körde hem. Och jag måste erkänna att jag blev glad när jag läste om drunkningen. För då kunde ju inte von Laudern ha blivit mördad, eller hur?

Kapitel XXII

— Det har du rätt i, höll jag med, men jag talade mot bättre vetande. Har du känt honom länge? Ja, Sven menar jag.

— Ända sen han gifte sig med Elisabeth. Och det var väl en tio år sen. Jag tänkte redan då i mitt stilla sinne att det aldrig skulle gå. Inte med den åldersskillnaden. Sen kom han ofta hit med sina studenter när jag var hemma i Sverige. Dom läste ju konsthistoria. Det var när han var professor vid högskolan. Ja, det är visst omdöpt till universitet nu och har flyttat till Frescati. Hit kom dom ibland, och han föreläste om mina skatter. För det är ju ganska unikt att en så stor samling är intakt från "tiden". Och att det är sån klass på föremålen. Dom flesta stora namn finns här, både snickare och målare. Skulptörer också. Inte för att dom första Silfverstiernorna var några esteter, men det dom stal i olika krig var turligt nog utsökt. Och sentida ättlingar har haft både smak och tillgångar. Dessutom gifte dom sig ofta rikt, och deras fruar bidrog med både det ena och det andra i boet. Därför har jag bestämt att upprätta en stiftelse som ska ärva hela härligheten plus tillräckligt med pengar för underhållet. Det vore synd om en sån kulturskatt skingrades, även om du och dina kolleger skulle slicka er om munnarna om dom här sakerna kom ut på marknaden, eller hur? Och hon skrattade sitt öppna, unga skratt.

Jag höll med henne, hon gjorde en verklig kulturinsats, men jag undrade för mig själv vad Elisabeth skulle säga och tycka. Trots allt var de kusiner, och hon hade väl vissa förhoppningar för framtiden.

– En sak innan jag går bara. Kan du inte visa det där rummet där den "hiskliga" tavlan hängde.

– Den där med feta damen och halshuggningen? Jodå, det kan jag visst det. Inte för att det är mycket att se, eftersom den är borta, men ramen hänger faktiskt kvar. Jag måste göra nånting åt det. Kan du inte skaffa en Ehrenstrahl förresten? Han gjorde ju saker i det stora formatet och jag har ingenting av honom. Det är en vit fläck i samlingarna.

– Jag kan ju försöka, men han finns mest på kungliga slott och i museer. Det är inte många som kan ha honom hemma i vardagsrummet utan att slå ut väggarna och höja taket.

– Försök! Det är en utmärkt idé när jag tänker efter. Jag är så förtjust i hans djurmotiv. Om du kan hitta nånting med hundar eller hästar kanske?

– Det är tur att han inte hör dig.

– Hur så?

– Han älskade att måla jättestora dukar med kungliga personer och allegoriska attribut runt om. Tron, Godheten, Uppriktigheten och Kärleken och allt det där. Det blev så invecklat ibland att han fick skriva bruksanvisningar för att man skulle förstå vad han syftade på. Men han fick mer och mer beställningar på kungliga favoritdjur. Ett år fick han måla sju tavlor av drottningens hundar. Och det beklagade han sig högljutt över. Fast det ironiska var att han gick till konsthistorien just som djurmålare. Den allra första, långt före Liljefors. Han målade allting, från ekorrar till isbjörnar.

– Ta en med isbjörnar då, log hon. Ekorrar blir för småttigt att fylla ut den där stora ramen. Följ med får du se.

Uppför stentrappan gick vi, upp på tredjevåningen. Där öppnade hon dörren till ett ganska stort rum på ena gaveln. På långväggen fanns en stor, praktfull ram i guld och barock med små änglavingade keruber i hörnen. Tom hängde den som ett utstucket öga.

– Det här rummet användes aldrig av nån anledning, sa Margareta. Kanske berodde det på tavlan. Hon drog undan gardinerna från fönstren och släppte in sommarsolen. Men det fanns ju rum så det räckte till ändå, och eftersom den här salongen ligger på tredje våningen så hamnade den litet i skymundan.

– Sven och hans studenter var aldrig uppe här?

– Inte som jag kommer ihåg. Fast det är ju möjligt. Inte för att det fanns mycket att titta på. Bara den här tavlan. Jag skulle tro att det var pietetsskäl som gjorde att den fick hänga kvar. Och jag brydde mig aldrig om att flytta den när jag tog över Slagsta. Jag måste erkänna att jag inte gärna kom upp hit. Rädslan från barndomen satt kvar. Det var alltid jättespännande att öppna dörrarna och kika in på den förskräckliga kvinnan som skar halsen av honom. Särskilt på kvällarna. Usch ja. Nu gäller det bara att få fatt på en duk som passar till ramen. Om jag varit tjuven så hade jag tagit den istället och låtit tavlan vara kvar. Ramen är ju både antik och handsnidad med äkta bladguld på. Den måste vara värd mycket mer än själva tavlan.

– Det är en sak som jag har funderat över, sa jag, när vi gick nerför den breda stentrappan. Hur vågar du ha allt det här i ett tomt hus?

– Peppar, peppar, så har ingenting hänt. Mer än den där tavlan förstås. Men jag har faktiskt ett mycket sofistikerat larmsystem som skrämmer bort tjuvar innan dom ens har kommit inomhus. Om du börjar peta på fönster och dörrar så går en signal på. Larmet sitter uppe på hustaket och kan skrämma hästar i sken. Det gör faktiskt ont i öronen. Och det ska mycket nerver till att fortsätta då. Hela trakten vaknar. Sen har jag arrendatorn som bor i ena flygeln. Han och hans fru håller ett vakande öga på allt som rör sig. Och ABAB patrullerar med vissa mellanrum. Sen måste man ju få njuta av sina saker, eller hur? Det är ju ingen glädje med att ha dom inlåsta i ett bankfack.

Mot tillräckligt avancerade skurkar kanske det inte räcker, tänkte jag, när jag sa adjö och tackade för mig. Då räcker varken arrendatorer eller ABAB-vakter. Men det var hennes prylar, inte mina.

Det kunde inte hjälpas, men jag kände mig en aning förvirrad när jag körde in till Stockholm efter lunchen. Omtumlad hette det väl förr, i gamla romaner. Ett rov för stridiga känslor. Anders hade tydligen inte drömt. Judith och Holofernes hade funnits här, hängt i ett stort rum i en magnifik guldram. Margareta hade avskytt motivet och inte insett mästaren bakom. Sven Lundman och hans studenter hade kanske också sett den på sina konsthistoriska utflykter. Men ingen hade reagerat, jublat och konstaterat att de hade upptäckt en okänd Rubens. Och den snälle, korrekte Sven Lundman, prototypen för en svensk ämbetsman, hade skrikit att han skulle "döda den djäveln." Till mig kommer han efteråt och visar brev som påstår motsatsen. Att allt är slut, dött och borta mellan Anders och hans fru. Samtidigt påstår Elisabeth att de skulle gifta sig och att de älskade varandra. Vad var sanning, vad var lögn?

Så tätnade trafiken, jag kom upp på motorvägen och fick annat att tänka på än dödsfall, konstskatter och passioner.

Kommissarie Bergman såg ut genom fönstret. Två veckor kvar till semestern, högtrycksrygg över Mellansverige och badstränderna fulla. Skulle vädret stå sig tills det blev hans tur? Eller skulle lågtryckens oändliga rad av tunga, blygrå regnmoln vandra in över landet och göra livet surt och outhärdligt för honom?

Då knackade det på dörren, men den som stod utanför väntade inte på svar utan steg in i rummet i samma ögonblick.

Harry Bergman svängde sin stol runt ett halvt varv.

— Nå?

Kriminalinspektör Larsson ryckte på axlarna och lade ett brunt kuvert på skrivbordet framför sin chef.

— Vi har följt honom hela veckan, men ingenting har hänt.

— Du är säker på det?

— Mm. Vi har ju avlyssning på honom också som du vet. Telefonavlyssning, men ingenting särskilt. Du kan se själv i promemorian. Han har träffat en del personer med anknytning till von Laudern. Assistenten, Barbro Lundelius. Och sen Sven Lundman, museichefen. Han kom till affären häromdan. Så har han träffat Lundmans fru och varit på lunch på Slagsta. Det är ett ställe

183

utanför stan och han var där med Lundmans.

– Myrstacksteorin funkade inte? Harry Bergman log ironiskt.
Den andre såg frågande på honom.

– Det vi diskuterade. Att röra om med käppen i myrstacken för att se vad som skulle hända. Vi hade ju för lite på honom, ingenting direkt bindande. För om vi ska vara riktigt ärliga, så vet vi ju faktiskt inte om han har befattat sig med knarket eller om han bara har utnyttjats, eller hur?

Mannen mitt emot honom nickade.

– Nej, du har väl rätt. Som vanligt höll jag på att säga. Men skämt åsido, så var det värt ett försök. Och vi har inte släppt honom än. För är han inblandad så kommer han förr eller senare att kontakta sina uppdragsgivare.

– Om nu inte dom där två är inblandade förstås.

– Du menar Lundman och Lundelius?

– Mm. Glöm inte bort att alla tre var där när von Laudern drunknade. Lundman, ja, hans fru också förresten. Och så Lundelius och Homan.

– Du menar att han inte drunknade?

– Jag vet inte, sa Harry Bergman och såg på sin kollega. Men jag känner på mig att det kan finnas ett samband. Kalla det intuition eller instinkt. Men gamla poliser har en viss känsla i fingertopparna. Och det börjar rycka lite i dom nu. von Laudern blev kanske lite för farlig, visste för mycket och kunde berätta. Det är kanske därför Homan har hållit sig lugn. Han har inte behövt kontakta någon. För den han arbetade för, eller med, är borta. Död och begraven. Och en annan sak.

Han tystnade. Ute från gatan kom en ambulans siréner genom det halvöppna fönstret, steg och sjönk.

– Vad skulle det vara?

– Jag har bläddrat igenom papperen kring den där drunkningen. Dom visar att Homan tydligen var den förste som gav sig iväg på morgonen innan dom hittade von Laudern i sjön. Han hade så bråttom att han inte ens hann säga adjö till värden på stället. Fast han hade kanske sina skäl?

– Du menar...

– Jag menar ingenting, log han. Men jag tror att jag ska ha ett samtal med obducenten. Och han log igen. Men det var inte ett leende riktat till hans kollega. Kommissarie Harry Bergman log för sig själv.

När jag kom tillbaka till affären tog jag en tjuv på bar gärning. Lacket på min blå kakburk var uppetat. Cléo satt bredvid och hade just slagit klorna i en bit kardemummakaka, hennes stora passion i livet. Med ett skuldmedvetet uttryck i det lilla ansiktet släppte hon tillbaka kakbiten ner i asken och rakade iväg som en skottspole till tryggheten under det höga barockskåpet.

– Jag vet, sa jag, när jag bröt en bit kardemummakaka, bakad på kakmix, och lade på hennes blåvita, spruckna meissenfat. Jag är en dålig husse för dig. Alltid borta. Men jag måste tyvärr. Och eftersom du inte tjänar några pengar eller har några aktier, så måste jag skaffa dom. Annars blir det varken strömming för dig eller Dry Martini för mig.

Förebrående såg hon på mig under det stora skåpet, blev inte övertygad av min monolog. Och den var ju heller inte alldeles sannfärdig. För den här gången hade jag inte varit på språng efter möbler eller tavlor som jag kunde sälja med vinst. Nej, mördare hade jag jagat, och det gav varken pengar eller ära. Egentligen undrade jag varför jag höll på, varför jag lade mig i.

Då kom hon. Och det enda skälet var förmodligen att hon inte kunde motstå den förföriska doften från kardemummakakan. För henne motsvarar den min Dry Martini, fast mer.

Då ringde telefonen. Skarp och genomträngande kom signalen. Jag måste byta, tänkte jag och sträckte mig efter luren. Det måste finnas apparater som inte väsnas så förskräckligt. Signalerna kunde ju väcka upp döda.

Först hördes ingenting. Ett avlägset susande bara, ett brusande med knastrande inslag.

– Hallå, sa jag. Hallå.

Just som jag irriterat skulle lägga på igen hördes en röst. Den

185

var svag, kom långt bortifrån.

– Mr Homan, please.

– Yes. Speaking.

– Det är Anna. Anna Sansovino. Jag ringer från Venedig.

Trots den dåliga förbindelsen kände jag igen hennes röst. Kultiverad och vacker.

– Ni försvann, sa jag. Och jag förstod aldrig vad som hände. När jag kom tillbaka till er våning så fanns ni inte där. Hade aldrig varit där, sa dom. Och möblerna var utbytta.

– Jag vet, sa hon snabbt, som om hon måste skynda på innan någon kom. Dom tvingade mig. Ni var farlig. Jag har nånting att berätta för er. Nånting viktigt . . . Hon tystnade.

– Jag lyssnar.

– Det går inte på telefon.

– Då blir det kanske lite komplicerat. Jag är ju i Stockholm.

– Ni måste komma hit. Det finns ett direktplan till Milano om två timmar. Då kan ni vara i Venedig vid elvatiden.

– Nja, jag vet inte, drog jag på det.

– Jag möter er i samma hus som förra gången, avbröt hon. Och ni måste komma. Det gäller Anders von Laudern. Hans död. Och min. Så lade hon på.

186

Kapitel XXIII

Det lätta regnet prasslade mot lövverket bakom mig. Ljuset från den gamla järnlyktan ovanför porten räckte knappt till för att identifiera den lilla ringledningen på ena sidan. Jag fann den genom att låta händerna känna sig fram på båda sidorna av den smala dörren. En surrande ton hördes långt inne i huset. Jag väntade, tryckte igen, men ingenting hände. Den här gången hade jag inte kommit i en romantisk gondol utan i en prosaisk taxi. Prosaisk för Venedigs förhållanden, men i Stockholm skulle man vänt sig efter den låga, smäckra båten med glänsande mahognysidor och ett elegant kapell uppspänt till skydd för regnet.

Jag tog ett steg tillbaka, och såg upp mot fasaden till palatset, men inga ljus syntes i fönstren, inga ljud hördes därinifrån Tyst och öde stod det gamla huset i regnet, ensam väntade jag i den lilla trädgården. Visserligen var klockan nästan tolv på natten, men hon hade ju bett mig komma, krävt att jag hals över huvud skulle störta till Venedig för att träffa henne. Hade det inte gällt Anders död, och hon inte låtit så förtvivlat angelägen och rädd, vettskrämd igår, hade jag aldrig kommit.

Men hon kanske hade fått förhinder, kanske hade det hänt någonting som gjort att hon inte kunnat vara hemma och vänta på mig. Jag fick komma tillbaka imorgon istället. Portvakten måste ändå kunna ge besked.

När jag vaknade nästa morgon i mitt lilla hotellrum vid Rialtobron beställde jag upp frukost på rummet. Solgul apelsinjuice, nattsvart kaffe och ett par varma, härligt frasiga croissanter. Till det en liten kanna med het, skummig mjölk för att göra Café au lait. Så en liten burk honung och några små glasburkar med sylt. Prydligt hopvikt låg en morgontidning på brickan.

Sämre kunde en dag börja, tänkte jag och hällde upp kaffet och mjölken samtidigt i den stora koppen. Inte för att det var mycket att stå sig på för den som skulle arbeta, men allting var fräscht och apelsinjuicen smakade inte plåtburk. Egentligen är det egendomliga matvanor, det där med en skvätt kaffe och en bit bröd till frukost. Det var ju nästan det viktigaste målet, det man skulle arbeta på före lunchen. Istället äter de sena middagar med många rätter och flera sorters vin och går hem med magar som tegelstenar. För att inte tala om de långa luncherna med en flaska vin som bestående inslag. Så log jag för mig själv där jag låg i den breda sängen. Socialstyrelsens kampanjer och propaganda hade tydligen slagit rot i min själ utan att jag märkt det. Fibrer, gröt, rotfrukter och vatten var säkert nyttigt, men inte särskilt muntert. Förresten spelade det inte någon större roll vad man åt nuförtiden, filosoferade jag och vecklade ut tidningen. Gick man ut i friska luften och solen fick man hudcancer och drack man vanligt vatten ur kranen fick man i sig aluminium som ledde till Alzheimers sjukdom. Hur man än vände sig blev det fel. Då kunde man lika gärna hålla sig till cigarrer och Dry Martini. På sikt dog man visserligen, men det gjorde man ju ändå hur man än bar sig åt. Och det var trevligare att göra det i sällskap med ett gott vin än med aluminium- och nitrathaltigt vatten.

Inte för att jag förstod mycket av den ordrika italienskan där jag bläddrade bland tidningssidorna, men kopplade man ihop rubriker och bilder så anade man åtminstone ett sammanhang. Och mina långa år med latin som huvudämne på Karolinska läroverket i Örebro hade inte varit alldeles förgäves tydligen, för en hel del ord förstod jag innebörden av.

Plötsligt stannade mina ögons planlösa färd över sidorna och jag stelnade till. En bild av Anna Sansovino fanns i övre, högra hörnet. Bilden var suddig och oskarp, men jag misstog mig inte. Det var hon. Namnet under bekräftade. Fast jag inte riktigt förstod allt i texten så var innebörden klar. Anna Sansovino var död. Rånmördad i sitt hem.

Långsamt lät jag tidningen sjunka ner mot täcket. Anna mördad. Men varför? Och av vem? Jag såg på texten igen, försökte ta mig igenom de långa meningarnas anhopning av konsonanter och vokaler, och mina rudimentära håkgomster från latintragglandet hjälpte mig på traven. Anna hade hittats i sin våning, skjuten. Lådor var utdragna, smycken och pengar borta. Polisens slutsats var klar. Rånmord. Man hade misstankar, som polisen alltid har i intervjuer och artiklar. Spåren pekade i en bestämd riktning och så vidare, men ännu var inte något anhållande aktuellt.

Det kom litet väl lägligt det där rånmordet, tänkte jag. Först ringer hon till mig och vill tala om Anders död. Och om sin egen. Bara några timmar senare bryter sig någon in för att stjäla pengar och juveler. Trodde polisen på rånmordsteorin, eller ville man inte gå ut i pressen med det man visste? Och hade jag kunnat förhindra det om jag flugit ner samma dag hon ringt? Men jag hade inte hunnit.

När jag duschat och klätt mig gick jag bort genom de smala gränderna, där tvättkläderna hängde på tork i ett färgsprakande flaggspel på linor mellan husfasaderna, pittoreskt som i en film från Neapels hamnkvarter. Jag gick till Formosaplatsen där Leonardos antikaffär låg och där Emilio Magazzeni arbetade, min enda kontakt i Venedig. Naturligtvis visste han ingenting om Anna, men hade jag tur kunde han ge mig ett tips om vem jag kunde tala med, någon som kunde tänkas veta någonting om henne. Ett skott i mörkret var det, men jag hade inte råd att inte fånga alla halmstrån i luften, hur fragila de än kunde verka.

När jag kom fram till det gamla torget hade grönsaksmarknaden börjat. Jag satte mig på en stol vid en uteservering och beställde en espresso medan jag höll torget under uppsikt. För jag ville inte skapa problem för honom. Jag kom ihåg vad han sagt när vi träffades på Florian vid Markusplatsen. Omertà. Var det inte så maffian sa? Tystnad. Den som pratade, den som avslöjade något, för honom fanns bara ett straff. Döden.

Kaffet var beskt, men det piggade upp. Inte för att det kunde vara särskilt nyttigt för magen med den där seden att med jämna mellanrum skopa ner starkt kaffe som frätte på hela systemet. Det måste vara skapat och avsett för vanligt vatten. Ett mjukt vin kunde väl gå an, öl också kanske, men det mesta annat i dryckesväg var säkert fördärvligt. Sprit, stark, frätande sprit till exempel. För att inte tala om Cocacola och andra njutningsmedel. Men jag levde inte som jag lärde, för jag beställde en till liten vit kopp svart kaffe. En tunn bit citronskal simmade på ytan. Precis som i en Dry Martini.

Den öppna platsen låg fridfull i morgonsolen. Kvinnor i olika åldrar kom med flätade korgar och kassar, stannade upp vid grönsaksstånden och kände, klämde och köpte. En dam med en lejonklippt vit pudel satte sig vid det lilla bordet bredvid mitt. Med kloka, sorgsna ögon såg djuret på mig. Det kunde inte vara särskilt roligt att vara hund i Venedig. Att få hålla sig till de trånga gatorna och gränderna och aldrig kunna sträcka ut på öppna fält eller hämta pinnar som någon kastade. Men vad visste jag? Den konstfärdigt klippta hunden med det röda, silverbeslagna halsbandet kanske inte var ett dugg road av att hämta pinnar. Att ligga på sidenkuddar och äta fläskkotletter kanske var mera i hans smak.

Jag log för mig själv när jag tänkte på de engelska studenterna i Venedig som utsatte de goda borgarna för ett practical joke. Någonstans på fastlandet hade de kommit över hästgödsel som de fyllde några resväskor med. I skydd av nattens mörker arrangerade sedan sitt byte i naturalistiska högar mitt på Markusplatsen. Häpna stadsbor skyggade inför åsynen när de korsade torget nästa morgon. Hästar i Venedig! Hur och när? En ofattbar gåta.

Då vände damen en kränkt rygg mot mig efter ett bestämt och avvisande ögonkast. Hon hade tydligen missförstått mitt leende och trott att jag inlett ett närmande. Hade jag talat om sanningen för henne hade det väl inte blivit bättre förstås. Att jag inte alls tänkte på henne utan på gödsel, hästgödsel.

Då såg jag honom. Snabbt gick han över torget, kom åt mitt håll. I svarta jeans och svart skjorta, öppen i halsen där en guldkedja med ett kors glimmade, såg han ännu mer ut som Elvis Presley än förra gången.

– Emilio, ropade jag och vinkade. Emilio!

Han stannade upp och såg sig förvånad omkring. Så fick han syn på mig och gick fram till mitt bord.

– Signor Homan. Är ni tillbaka?

– Som du ser. Slå dig ner.

– Jag vet inte. Han kastade en snabb blick över torget.

– Du vill inte synas med mig?

– Helst inte.

– OK. Jag förstår. Varför går vi inte in i kyrkan därborta. Gå först du så kommer jag efter. Där kan vi sitta ostörda.

Han tvekade ett ögonblick. Så nickade han och gick bort över torget. Jag betalade mina espresso, satt kvar några minuter. Så reste jag mig och följde efter honom, gick över det öppna torget fram mot den lilla kyrkans barockfasad. På torget hade förr tjurfäktningar hållits, men nu hade frukter och grönsaker tagit över och skapade en mindre dramatisk och våldsam miljö med stånd under gröna och blå tygtak, travar av gula trälådor på den grova stenläggningen, berg av mörkröda tomater, svartglänsande auberginer och luftigt fräsch sallad.

Först såg jag honom inte i kyrkans dunkel. Svag orgelmusik hördes, som om någon spelade för sig själv och inte ville störa. Det luktade sten därinne, som det gör i gamla kyrkor. En månghundraårig blandning av fukt, damm och sötma med tillsats av kryddig rökelsedoft som hängde kvar under valven.

Längst bak satt han, med huvudet sänkt som till bön. Jag satte mig bredvid honom.

– Jag ska inte ta mycket av din tid, sa jag. Men jag måste fråga dig om några saker.

Han nickade. I dunklet verkade hans ansikte blekare. Eller var det ljuset som gjorde det?

– Vet du vem det här är?

Jag tog fram bilden av Anna Sansovino ur min plånbok, fotografiet som jag rivit ur tidningen.

Han tog det i sin hand, såg länge på den lilla bilden. Så nickade han igen.

– Ja, sa han lågt. Jag känner igen henne. Och hon är död.

– På vilket sätt?

Han såg frågande på mig.

– Ja, jag menar, hur känner du henne? Hur har ni träffats?

– Hon var konsthandlare och kom ofta till affären. Hon var god vän med Leonardo.

– Jag trodde att hon var mera intresserad av tavlor än av möbler.

– Det var hon också, men Leonardo hade ett stående uppdrag av henne att hålla ett öga på verkligt fina saker på möbelsidan. Och där spelade pengarna ingen roll. Men mest gällde det förstås konst. 1700-talstavlor och bakåt.

– Sysslade Pici med måleri?

– Ja och nej. Han hade ju kontakter med alla antikhandlare och konsthandlare i den här delen av Italien. Dom flesta viktiga i alla fall. Så när han fick höra talas om nåt objekt som kommit ut på marknaden, eller om nån som ville sälja, så brukade han kontakta Anna.

– Och fick provision?

Emilio log. Och då var han inte alls lik Elvis Presley längre. Han borde le oftare, tänkte jag. Och klippa håret. Då skulle han se trevlig ut.

– Bara om det blev nån affär. Dom samarbetade i många år. Fast det där med inbrott och rånmord tror jag inte på. Det som stod i tidningen är inte sant.

– Hur vet du det?

– Hon var inblandad i alldeles för farliga saker. Hon visste för mycket. Det är åtminstone vad jag tror.

– Gissar du eller vet du?

Emilio Magazzeni såg sig om, men vi var ensamma under valven. Nästan ensamma. Bara några gamla damer längst fram som omöjligen kunde höra oss.

– Anna Sansovino seglade på djupa vatten. Hon sysslade med

stora pengar och farliga människor.

– Du talar kryptiskt.

Emilio såg på mig. De stora, mörka ögonen glänste. Och nu talade han så lågt att jag fick anstränga mig för att höra.

– Du har hört talas om hur man tvättar pengar vita? Hur man arrangerar så att inkomster från knark och annat blir legitima?

Jag nickade.

– En exklusiv metod är konst. Gammal konst och stora mästare. Och... Han tystnade. Nej, jag säger inga namn, men en av dom största och den som jag tror ligger bakom mordet på Leonardo är dessutom samlare. Leonardo berättade om honom, för det är ju ingenting man läser om i tidningarna direkt. Han har ett vinslott i Toscana, nära Florens, och där har han magnifika samlingar som inte visas för nån.

– Du menar att Anna sålde konst till honom? Att hon förmedlade tavlor?

– Ja.

– Tror du att hon var inblandad i kokainsmugglingen till Sverige också? Dom där möblerna som skickades till Stockholm från Leonardos verkstad.

– Det tror jag knappast. Tvärtom så har jag en känsla av att hon kom på det och inte tyckte om det. Och jag vet att Leonardos död tog henne hårt. Från början hade hon väl bara sålt tavlor till den där figuren, men så hade hon börjat förstå vad det var frågan om. Att det inte bara var en förmögen konstsamlare hon hade affärer med, utan en knarkkung som omsatte en bit av sin miljonpott i konst.

– Var det därför hon mördades?

– Dom litade inte på henne längre. Hon måste försvinna. Som Leonardo, tillade han bittert.

– Kom hon ofta till er affär?

– Ganska. Dom brukade sitta inne på Leonardos rum och dricka capuccino. Skvallra och dricka massvis med kaffe. Hans ansikte lystes upp av ett snabbt leende, men så blev han allvarlig igen.

– Hon var vacker, sa han stilla, för sig själv, och såg rakt fram i

193

kyrkan. Mycket vacker.

– Kommer du ihåg om hon hade med sig en man nån gång? En svensk? Anders von Laudern hette han.

Emilio funderade, så nickade han.

– Det fanns en svensk med. Men jag vet inte vad han hette. Lång och smal var han. Men han presenterade sig inte. Kunder som kommer brukar inte gå ut i verkstan och presentera sig för oss som jobbar där.

– Jag förstår. Men är du säker på att han kom från Sverige?

Han nickade.

– Fast jag minns inte så noga. Jag såg bara en glimt av honom när dom kom ut och tittade på några ramar som vi höll på att fixa.

– Ramar? Gjorde ni ramar?

– Det förekommer. Och Anna brukade beställa ramar ibland. Dom tavlor hon köpte och sålde hade ofta inte originalramarna kvar. Därför bad hon oss göra nya. Ja, i rätt stil alltså. Renässans-ramar, barock och så vidare. Hon var noga med att tavlorna pre-senterades på rätt sätt. Jag menar, du kan inte komma med en rokokoram på en flamländsk mästare, eller hur? Och som du vet är vi bra på att göra kopior. Bara experter kan se skillnaden. Han såg stolt ut. Anna beställde en ram bara för nån månad sen förresten.

– Vad var det för sorts ram? Kommer du ihåg det?

– Om jag gör. Det var en jätteram. I barock. Den är inte färdig än, för det är mycket jobb. Du vet ju hur barockramar ser ut. Tunga och överlastade och fulla av krusiduller. Flera meter lång är den, och i hörnen ska det till och med sitta keruber. Alltihop ska förgyllas. Så billigt blir det inte. Och vem ska betala, nu när hon är död?

Kapitel XXIV

Jag satt kvar i den tysta kyrkan sedan han gått. Mina teorier var i gungning, vad som tyckts självklart var plötsligt ett korthus som blåsts sönder i de dramatiska vindarna kring mordet på Anna Sansovino. Mödosamt fick jag börja om igen, bygga upp en ny konstruktion på solidare grund. Men elementen fanns kvar, utgångspunkterna. Anders von Laudern hade problem och han behövde pengar som en bas för sitt nya liv som museichef och ägare till Backa, det barndomshem som han hela sitt liv längtat att återvända till. Och han skulle inte göra det ensam. Tillsammans med Elisabeth byggde han den framtid som blåstes ut som ett ljus när hans liv släcktes i den mörka Vibysjön. Var det därför han dragits in i narkotikaaffärer? Fick han procent på det som togs in via min affär eller hur fungerade det? Och var det därför han mördades, för att han visste för mycket? Och tavlan. Hur kom den in i bilden?

Nu började orgeln spela igen. Osynliga händer lockade fram en Bachkoral som steg och föll under valven, viskade som en vind, brusade likt ett hav i storm. Vågorna välvde grönsvarta, det vita skummet flög och under en renblåst himmel seglade väldiga albatrosser på stela vingar över ett upprört hav.

Eller var kokainet ett spel på en sidoscen? Var det en slump att just min affär hade utnyttjats och var Rubenstavlan huvudnumret? Den hade hängt på Slagsta i århundraden och alla som varit där kunde ha sett den. Men ingen hade förstått värdet, insett att det var en Rubens. Eller också hade någon av dem gjort det och

195

bara väntat på rätt tillfälle. Där kom Anna Sansovino in i bilden. Konstagenten som för svindlande belopp förmedlade gamla mästare till hänsynslösa knarkbaroner.

Innan jag tog planet på eftermiddagen gjorde jag ett nytt försök i palatset vid kanalen. Och den här gången hade jag bättre tur. Det fanns åtminstone någon hemma som ville öppna. Samma surmulne, dystra person som jag träffade förra gången, han som påstått att han inte kände till henne och att någon Signora Sansovino inte fanns där. Nu var han inte lika negativ, utan medgav åtminstone att hon bott i huset men att hon var död, som jag kunnat läsa i tidningarna. Fruktansvärt, hade han sagt och skakat på huvudet. Ligister. Att sådant kunde hända i Venedig. Nu gick man inte säker någonstans.

– Som jag sa, så hade Signora Sansovino och jag kommit överens om att träffas här. Det gällde konst. Tavlor. Hon hade tavlor som jag var intresserad av att köpa.

Han nickade, han förstod och hade tinat upp när han insåg att jag var en hederlig person och inte en journalist som kommit för att snoka i hennes död.

– Såg ni nånting speciellt här innan hon mördades? Jag menar om det kom nån, om hon fick besök?

– Jag har redan berättat allting för polisen. Nu var den gamla misstänksamheten tillbaka och han såg surmulet på mig.

– Det förstår jag att ni gjort. Jag bara undrade.

– Här sprang alltid folk, muttrade han ogillande. Alla möjliga typer kom och gick. Den enda jag såg nu var en utlänning. Lång och smal var han och han hackade sig fram på italienska. Men hon ville inte ta emot honom.

– Varför det?

Han ryckte på axlarna och slog ut med händerna.

– Hur ska jag kunna veta det, signor? Jag har mitt att sköta och jag lägger mig inte i vad andra gör och inte gör. Men han hade rest långt, sa han. Bara för att träffa henne och det var viktigt. Jag tyckte nästan synd om honom när hon inte ville se honom. Fast jag var ute när det hände. Hade jag varit hemma så hade dom inte

196

vågat sig hit.

– Säg mig en sak bara innan jag går. Varför sa ni förra gången jag var här att hon inte bodde i huset? Och varför var rummet ommöblerat och förändrat?

Återigen ryckte han på axlarna.

– Jag får mina order och jag frågar inte. Det är bäst så. Nu har jag inte tid längre. Adjö. Och med en smäll stängde han den tunga porten framför näsan på mig.

Tre dödsfall, tänkte jag när den låga, svarta gondolen mjukt svängde ut från stentrappan till det lilla renässanspalatset. Gröna alger täckte strandskoningen och i det grågröna vattnet flöt en gul apelsin. Och alla tre har en minsta gemensamma nämnare. Slumpen, tillfälligheternas spel. Anders von Laudern drunknar under en simtur. Leonardo Pici faller i en av kanalerna en mörk kväll efter ett vått restaurangbesök och Anna Sansovino råkar vara hemma när en inbrottstjuv dyker upp, en nervös och rädd inbrottstjuv som skjuter henne i panik. Så såg det ut, så skulle det verka och så stod det i polisrapporter och obduktionsprotokoll. Men jag kände mig inte övertygad. Inte ett dugg.

Då sa gondoljären bakom mig någonting som jag inte förstod, men det fanns ängslan i rösten, en ängslan som gick över i panik. Jag såg upp. Rakt framför oss kom en stor mörkblå motorbåt i full fart med kursen rätt på oss. Det yrde vitt från stäven av skummande vatten och motorerna mullrade dovt, ett hotfullt motorljud som ökade hela tiden, ekade mellan husfasaderna.

Han måste väja, tänkte jag. Han måste svänga undan annars kör han på oss.

Men den stora motorbåten därframme väjde inte och med ett brak körde den rakt in i sidan på gondolen som svängt undan mot en av kanalkanterna. Jag drogs ner i det kalla, svarta vattnet, fick en kallsup och hörde hur de kraftiga propellrarna passerade alldeles ovanför mitt huvud. Så steg jag långsamt mot ytan, tog några kraftiga simtag och kom upp igen. Litet längre bort såg jag min gondoljär. Halmhatten med det långa bandet var borta och han hade klamrat sig fast vid en pollare en bit bort. Han grät och svor

197

och skakade en knuten hand mot den försvinnande båten.

— Banditer, skrek han. Förbannade fyllerister! Jag ska polisanmäla er.

Banditer har du rätt i, tänkte jag och simmade mot en av de smala stentrapporna som ledde ner till vattnet. Men fyllerister är dom säkert inte. Jag hade uppfattat varningen, förstått en fin vink. Jag hade gjort mitt i Venedig. Det fanns tydligen de som tyckte att jag varit litet för aktiv. Och jag var farlig för dem, hade Anna sagt i telefon. De hade till och med möblerat om hennes våning om jag skulle ta mig tillbaka. Och portvakten var instruerad att förneka hennes existens när jag kom. Det var nog lika bra att ta nästa plan hem, om det inte skulle hända värre tillbud. Och bland undrande turister tog jag mig hem till hotellet, drypande våt. Men jag hade varken tid eller lust att bli inblandad i en polisutredning. Och frågor om varför jag besökte Anna Sansovino och hennes palats var jag inte särskilt angelägen att besvara. Särskilt inte nu när jakten på hennes mördare var i full gång.

När jag kom hem sent på kvällen från Arlanda fanns det åtminstone en ljuspunkt bland räkningar och andra påminnelser om livets förtret bland min post på hallmattan. Det var ett inbjudningskort till kräftpremiären på Slagsta. "Hoppas du kan komma", hade Margareta lagt till, med stora, djärva bokstäver. Och det tänkte jag verkligen göra. Jag älskar kräftor. Dessutom behövde jag någonting annat att tänka på än vem som sköt Anna och knuffade Anders i sjön, eller försökte dränka mig i Venedigs kanaler.

Min första kund nästa morgon var inte någon kund. Det var Elisabeth Lundman och hon hade inte kommit för att köpa någonting.

— Jag ringde dig igår, sa hon när hon satte sig. Men du var inte hemma.

— Nej, jag var i Venedig.

— I Venedig? Då vet du redan?

Jag nickade.

— Ja. Anna Sansovino är död. Mördad.

– Jag kan inte fatta det. Elisabeth var blek, såg ut som om hon inte hade sovit. Och så meningslöst. Jag menar, ett rånmord! Nån liten inbrottstjuv som blev överraskad och får panik.

– Om det nu var så det gick till.

Förvånat såg hon på mig.

– Nu förstår jag inte riktigt. Dom ringde ju från Venedig och berättade. Och dom sa att polisen sagt det. Att det var rånmord alltså.

– Det är väl vad dom tror. Åtminstone för närvarande.

– Du menar att det skulle vara nånting annat?

– Vad vet jag? Men en del av hennes klienter var visst inte Guds bästa barn. Tvärtom.

– Lustigt att du säger det, sa hon långsamt. Men jag har samma känsla själv. Det fanns lite för mycket pengar i omlopp för att det skulle kännas riktigt trevligt alla gånger.

– Pengar luktar inte. Vet du vem som sa det?

– Inte på rak arm.

– Nån romersk kejsare som la skatt på offentliga avträden. Det är nånting som regeringen har missat. Så handlar du med den sortens konst, så får du väl se lite grand genom fingrarna förmodar jag. Om det ska bli affär av.

– Vad menar du? sa hon skarpt. Insinuerar du att jag skulle vara inblandad i några skumma affärer?

– Inte alls. Jag antar bara att konst köps av olika skäl. Ibland för att det är vackert, ibland av andra orsaker.

– Som till exempel?

– För att tvätta svarta pengar vita. Och jag tror att Anna kan ha blivit indragen i nånting åt det hållet. Utan egen förskyllan kanske, men ändå.

– Det var därför hon mördades menar du?

– Kanske. Men det får italienska polisen reda ut.

– Jag antar det. Nej, nu måste jag kila. Jag tittade in för att berätta om Anna bara. Eftersom vi pratade om henne häromdan.

– Det var snällt av dig. Och det var trevligt på Slagsta förresten.

199

– Verkligen. Margareta är en sån härlig person. Så glad och positiv jämnt.

– Kommer du ihåg den där tavlan förresten, den som stals?

– Den där förskräckliga historien med feta damer och nakna karlar menar du? Blod och knivar. Jodå, det gör jag. Har man sett den en gång glömmer man den inte. Det var en välsignelse att nån ville knycka den. Jag förstår inte varför bara. Den går ju knappast att hänga upp nånstans utan att folk mår illa när dom tittar på den.

– Jag är inte så säker på det. Får man döma av beskrivningen så verkar den ganska intressant. Påminner om Rubens.

– Rubens! Elisabeth skrattade. Nog för att det var en jätteduk med en fläskig, naken dam på, men det var också det enda som påminde om Rubens. Smutsig var den också och hade lika lite med Rubens att göra som Rembrandt med Hötorget. Om jag nu tar till.

– Det kanske just berodde på det.

– Nu förstår jag inte.

– Tänk efter. Motivet är så läskigt att ingen egentligen vill titta närmare på det. Så är den lortig så man inte ser färgerna ordentligt. Vad hade hänt om den tvättats och restaurerats efter nästan fyrahundra år av damm och fukt. Och sen hängts fram med rätt belysning. Du tror inte att dina slutsatser hade kunnat bli annorlunda då?

– Jag förstår inte riktigt vart du vill komma. Hon såg eftertänksamt på mig, som om hon letade efter dolda motiv, försökte analysera innebörden av vad jag sagt.

– Men om du tror att varken Sven och hans studenter eller alla andra som har varit på Slagsta kunnat förstå att det varit en äkta Rubens så verkar det lite egendomligt. Det är mycket möjligt att det var Rubens skola eller till och med en elev till honom. Sånt finns det gott om, inte bara när det gäller Rubens. Men det är en himmelsvid skillnad på det och ett original.

– Det fanns en som trodde det i alla fall. Och han var expert på Rubens. En av dom ledande.

– Vem skulle det vara?

Jag såg på henne att hon visste svaret. Men jag gav det ändå.
— Anders von Laudern.

Kapitel XXV

— Vem mördade dig Anna? Varför måste du dö?

Men hon svarade inte. Hennes gåtfulla leende avslöjade inte någonting där hon höll sin blomsterkrans i guldglänsande klänning mot en svart bakgrund. Blommorna inslöt det svenska riksvapnet och bokstäverna C och R. Experterna diskuterar innebörden av initialerna på den magnifika tronhimlen på Stockholms slott. Stod de för Carolus Rex eller hade drottning Kristina, Cristina Regina, låtit sätta dit dem till sin kröning 1650? Men en sak var man ense om. Att den högra kvinnan var broderad efter en förebild av Botticelli, och jag hade alltid varit förälskad i henne. Kyskt och lidelsefritt genom århundradenas klara luft, men trofast. Då och då går jag upp på slottet och stannar upp framför hennes milda leende. Katarina Jagellonica hade haft tronhimlen med sig i hemgift när hon gifte sig med Johan III. Den kom från hennes mamma, Bona Sforza, hertigdottern från Milano.

Botticellis vårkvinna såg på mig. Men hon svarade inte på min fråga. Fast jag visste svaret. Anna var farlig, hon visste för mycket. Men vem hade hon varit farlig för? Internationella knarksyndikat? Eller fanns sanningen på ett helt annat håll?

Långsamt gick jag tillbaka genom de stora salarna och gemaken, gick nerför de breda stentrapporna i Tessins monumentala verk, där han förenat barockens överdåd med stram realism i sin manifestation av den enväldiga kungamakten av Guds nåde. Egentligen var det väl litet löjligt att gå in i slottet bara för att titta på en gammal textil, en vävnad som var många hundra år gammal. Som om den kunde lösa några gåtor. Men jag har alltid varit romantisk. Gjort saker som inte varit särskilt rationella eller förnuftiga alla gånger. Och det kanske var en del av charmen med livet, tänkte jag, när jag stod ute på borggården igen. Att tillåta sig att vara romantisk ibland.

Men livet består inte enbart av romantiska utflykter till slottsgallerier eller hastigt påkomna flygresor till Venedig. Som fri företagare i en svår bransch måste man arbeta också. Det fick jag en abrupt påminnelse om när jag kom tillbaka till affären. Ett kravbrev med förtäckt hot om inkassering och rättsliga åtgärder väntade, liksom en påminnelse om momsinbetalning. En förening som jag tillhört i många år hade också hört av sig med inbetalningsavier för såväl förra årets som årets medlemsavgift. Summan var inte överväldigande, inte som i kravbrevet, men det bättrade inte på mitt humör.

Då ingrep ödet igen, åtminstone ringde det på telefonen, ett redskap som försynen i takt med teknikens utveckling uppenbarligen fått mer och mer glädje av. Äldre tiders pest och naturkatastrofer var betydligt trubbigare instrument när det gällde ingrepp i människors liv. Och det var ett samtal jag väntat länge på. Det kom från Askersund, från en gammal fröken som överlevt båda sina föräldrar och nu satt ensam i en stor våning vid det lilla kullerstenstorget. Hon hade varit god vän med mina föräldrar och troget bevistat min pappas gudstjänster i Viby kyrka. Många gånger hade jag varit uppe hos henne i de stora rummen, fyllda med antika möbler och tavlor. Hennes pappa var på sin tid en framgångsrik affärsman i skogsbranschen med stora sågverk och dessutom konstintresserad. När han dog lämnade han efter sig en ovanligt högklassig samling 1700-talsporträtt av Lundberg, Pasch och många andra. Varje gång jag träffat henne hade jag bett henne tänka på mig om hon ville sälja någonting, men varje gång hade hon lett ett blitt leende och skakat på sitt silvergrå huvud. Hon behövde inte sälja, allting skulle stå som det gjort på pappas och mammas tid. Men nu hade hon alltså ändrat sig. Nu skulle hon förverkliga en gammal dröm och resa jorden runt.

– Jag har tänkt på det så ofta, sa hon i telefonen. Och jag blir ju faktiskt äldre och äldre för varje dag som går. Bor man i en stad som inte ens har järnväg så är det på tiden att man kommer ut och ser sig om. För till slut är det för sent, även om man skulle vilja. Så nu får Johan komma ner och välja ut en tavla som du får köpa. Jag vill inte sälja till nån annan, för man vet aldrig vad man har att göra med för sorts folk nuförtiden. Titta bara på dom där förhören i konstitutionsutskottet! Men jag har känt dig sen du var pojke, så dig litar jag på.

Och jag följde min gamla princip att smida medan järnet var varmt. Vem vet, tänkte jag medan hon talade. Imorgon kanske hon har ångrat sig. Man vet inte med gamla människor. Inte med yngre heller för den delen. Så efter ett telefonsamtal med min bankkamrer för att kontrollera läget på min checkkredit, en antik-handlares hemliga vapen, satt jag en stund senare i bilen på väg ut över Skanstullsbron. Klockan var fem och trafiken flöt makligt fram. Inga köer, men heller inte fri körning. Det började dra ihop sig till kvällsrusning, men jag hade hunnit ut i rätt tid.

Jag tycker om att köra bil. Det är avkopplande och rogivande och man tänker så bra. Om man inte har bråttom förstås och tvunget skall jäkta och köra om. Då stiger blodtryck och adrena-linnivå, då läggs grunden för stress och magsår. Nej, bil skall framföras i lugn och ro, i en behaglig takt och i ett mjukt tempo. Det är bara en illusion att man kommer snabbare fram om man kör fortare.

Utanför Strängnäs stannade jag som vanligt när jag kör åt det hållet och gick av vid en bensinmack med en tillbyggd kiosk- och bardel. Det var ett arrangemang som betjänade såväl kroppen som själen. För att inte tala om bilens behov. Dels behövde jag sträcka på benen, dels ville jag inte missa mitt försenade eftermiddagskaf-fe. Inte för att jag hade några illusioner. Svart, beskt och ljummet var det, långt från Talleyrands ideal. Den franske statsmannen, som var den drivande kraften bakom Wienkongressen 1814, när Europas nya karta drogs upp efter Napoleonkrigen, definierade måleriskt idealet för den dryck som skvalpade i min vita kopp med orden: "Kaffet måste vara hett som Gehenna, svart som Djävulen, rent som en ängel och sött som kärleken."

Vid åttatiden på kvällen rullade jag in på torget i Askersund, och just när jag steg ur bilen slog klockan på rådhuset åtta slag. Och inte vilka slag som helst. De kom från en figur som slog med en hammare av järn mot klockans brons och jag undrade vad grannarna tänkte när han slog tolv om natten. Fast de var väl vana.

Runt torget låg små låga, pastellfärgade hus som undgått den normala, kommunala husslakten under de senare årens vandalisering av nästan alla Sveriges gamla stadskärnor för att ge plats för banker, Domus, försäkringskassor, systembolag och andra prestigebyggen i medioker arkitektur med glas, betong och stål som huvudkomponenter.

Lisa Lundgren bodde mitt emot rådhuset, och snart satt jag i hennes rakryggade gustavianska soffa i salongen mot torget och drack kaffe, serverat ur en rokokokanna i bukigt silver. Och det kaffet låg betydligt närmare Talleyrands ideal än det jag druckit utanför Strängnäs. En timme senare, efter inledande samtal om mina föräldrar, skattetrycket och världens ondska i största allmänhet, hade vi närmat oss mitt ärende, kommit fram till väsentligheter efter inledande förpostfäktningar, som tanterna på landet förr när konversationen cirklade runt vårt kaffebord på söndagarnas kyrkkaffe. Och efter ännu en timme bar jag ner till bilen en örnnäst och stolt blickande Karl XIV Johan av Westin, liksom ett förtjusande porträtt av Magdalena Rudenschöld, där Pasch hållit penslarna. Litet dåligt samvete hade jag, inte för prisets skull, utan för min checkkredit. Jag hade sprängt ramarna, överskridit beloppet. Men jag visste att jag kunde ordna det med ett telefonsamtal så snart banken öppnade nästa morgon.

Middagen den kvällen blev frugal, långt ifrån både Escoffier och socialstyrelsens målsättning. Två slankiga korvar med mycket senap, potatismos och vitt, bomullsaktigt bröd mitt på torget i Askersund. Men jag måste bekänna att det faktiskt var ganska gott. En kall Sprite fick ersätta rödvinet. Någon Dry Martini var det inte tal om. Den fick vänta på rätt tillfälle och rätt miljö. Och är definitivt inte en utomhusdryck. Och förhållandevis mätt och belåten svängde jag ut från torget igen efter min expedition. Två högklassiga verk av två stora svenska konstnärer fanns i lasten och med litet tur skulle förtjänsten hjälpa mig över de närmaste månadernas stötestenar och blindskär på min otrygga segling genom livet.

Efter en stund kom jag upp mot vägskälet där motorvägen började. Till höger stod det Stockholm, och tog man till vänster bar det av mot Göteborg. Jag saktade in och tänkte på Anders von Laudern. Backa kunde inte ligga mer än en tio minuter därifrån, en kvart kanske. Om jag skulle åka dit? Det var fortfarande ljust och tanken på hans död hade aldrig lämnat mig. Efter de senaste dagarnas händelser hade jag blivit mer och mer övertygad om att han inte dött genom en olyckshändelse. Fast hur hade det gått till? Hur såg det ut nere vid bryggan där ekan låg förtöjd? Jag hade bara vaga minnen, och vi hade just inte varit utomhus den där kvällen. Visserligen satt vi på gräsmattan vid husgaveln med utsikt ner mot sjön när vi åt middag, men myggen hade fått oss inomhus ganska snart. Dessutom låg huset på en höjd så man såg inte mycket av bryggan bakom de höga och täta buskagen.

Det kostar ingenting att titta efter, tänkte jag och körde rakt fram, tog varken till vänster eller till höger, och passerade ett försäljningsställe för någonting som kallades trädgårdsskulpturer. Ute på en gräsmatta trängdes ett groteskt sällskap av tomtar och troll, storkar och flugsvampar, väderkvarnar och dragspelande gubbar, allt i cement och starka färger. Som än mer bisarra inslag höjde ett antal frihetsgudinnor från inloppet till New York sina facklor, högt över den brokiga mängden. Efter en stund svängde jag in på en smal grusväg mot Viby kyrka. Mörka regnmoln drog upp på kvällshimlen och det var dunklare än normalt, inte så ljust som det borde. Vita dimmor virvlade över fälten i böljande älvdans och det doftade tung, fullmatad sensommar genom mitt nervevade fönster.

Därframme höjde sig kyrkans vita torn, och jag tog av på en

annan och smalare väg, kantad av höga träd som en allé. Så rullade jag upp på gårdsplanen och stannade framför det långa, låga huset. Det var tyst och stilla uppe på höjden. Sjön blänkte blek därnere och några änder flög skrämt snattrande upp ur den täta vassen. Husets fönsterrutor blänkte svarta mot mig. Mörkt och tyst stod huset där, Anders von Lauderns barndomshem som han sett så mycket fram mot att sätta liv i igen. Men den drömmen hade krossats nere vid sjön.

Långsamt gick jag ner mot bryggan, följde den daggfuktiga stigen i gräset som hade vuxit upp från välklippt gräsmatta till ovårdad ängsmark. Det behövdes inte många veckors underlåtenhet med gräsklipparen förrän naturen tog tillbaka det människan tuktat. Likadant var det på gårdsplanens grus, där ogräset ryckte fram, ohejdat av Klorex och redskap. Backa andades förfall och hopplöshet. Illa underhållet och med flagnande målning låg det gamla huset uppe på kullen. Ogräs på trädgårdsgångarna och igenväxande gräsmattor. Anders borta, livet hade flytt därifrån. Vem skulle nu ta över?

Jag trängde mig fram mellan buskarnas grenar som nästan växte ihop över stigen nere vid bryggan. Den var av trä, som jag kom ihåg, med långa, breda plankor som här och där sviktade betänkligt. Vattnet var mörkare härnere under de höga alarna, svart och hotfullt. Det inbjöd definitivt inte till bad. Jag såg upp mot huset, men kunde inte se det bakom den täta vegetationen. Mörkgröna snår växte manshöga längs stränderna och vad som än hänt Anders nere vid bryggan hade inte kunnat observeras uppe från huset.

En lång, smal eka i vitt och blått låg förtöjd längst ut på bryggan med en rostig järnkedja som försvann ner i det svarta vattnet mellan båt och brygga. Några åror låg på botten av båten och ett öskar av trä flöt i slagvattnet som stod en halv decimeter upp. Antingen var den gisten eller också hade det regnat. Fast vem brydde sig om att ösa den? Var det samma eka som Anders och jag hade använt på våra fiskeexpeditioner för så länge sedan?

En mygga surrade mot mitt öra. Jag slog till vid kinden och

kände att jag fick den. Men nya följde efter och långsamt gick jag tillbaka.

Vid bryggans landfäste stannade jag upp och såg ut över sjön. Därute låg en svan. Orörlig som en vit väktare. Nordiskt ljus, tänkte jag. Det overkliga, vita, nostalgiska ljuset över sekelskiftsmålarnas dukar, det nordiska ljuset i våra själar. Var det därför vi alltid längtade till sommaren?

Närmast bryggan hade snåren nästan vuxit ihop. De spretiga grenarna sträckte sig högt över mitt huvud upp mot kvällshimlen, hängde över den smala gången som trängts ihop till en smal stig i en hotfull djungel. En fågel prasslade till i bladverket, på andra sidan sjön skällde en hund och vinden tilltog i de höga alarnas täta kronor. De första regndropparna föll mot min panna.

Här hade Anders kommit nedför gången, gått ut på bryggan och klätt av sig. Snyggt och prydligt hade han vikit ihop sina kläder och lagt dem ifrån sig för att sedan simma ut i det svarta vattnet. Gjorde man det? Stod naken bland myriader av aggressiva myggor för att sedan glida ner i det svarta, kalla sjövattnet? Var det spriten och tabletterna som fått honom till det? Eller hade någon förmått Anders att gå ner till bryggan och simma ut mot en säker död?

Långsamt gick jag uppför gången, vek undan grenarna och kom ut ur buskaget. När jag såg upp mot husets dystra silhuett stod någon däruppe, halvvägs mot huset. En mörk gestalt väntade med ett långt, smalt föremål riktat mot mig. Först såg jag inte vad det var. Sedan förstod jag. Ett gevär.

Kapitel XXVI

– Men Johan! Är det inte Johan Homan?

Först kände jag inte igen henne. Så växte långsamt en minnesbild fram av en långbent, linhårig och fräknig flicka med stora allvarliga ögon. En sidenrosett i håret hade hon på avslutningarna och längst fram hade hon suttit. Alltid kunnat sin läxa, aldrig glömt några böcker. Frökens favorit. Eva Lind. Jag hade inte sett henne sedan mammas begravning. Jag kom ihåg hur förvånad jag blivit när jag förstått att min gamla skolkamrat från kyrkskolan nere i backen hade blivit kantor och musiklärare.

– Det är tur att jag har starkt hjärta, sa jag och gick upp till henne. Du höll på att skrämma slag på mig med den där bössan.

– Skrämma slag på dig! Hon skrattade nervöst. Om du visste hur rädd jag var. Men jag såg bilen komma och att du parkerade på gårdsplanen. Och eftersom huset är tomt så tänkte jag att det kanske var en tjuv.

– Och då rusar du hit med dubbelbössan?

Hon log i dunklet.

– Jag vet faktiskt inte hur man gör när man skjuter med en sån här. Det är pappas och har hängt på väggen i alla år, men jag behövde nånting för mitt självförtroende.

– Är det inte lugnare att ringa till polisen istället?

– Och det tror du hjälper? Du kommer fram till en automatisk telefonsvarare och i bästa fall ringer nån dan därpå. Glöm inte bort att Sverige är en glesbygd utanför Stockholm. Men vad har du för dig här egentligen?

Nu var skämtet i rösten borta och misstänksamt såg hon på mig. Jag förstod henne. Vad gjorde jag vid Anders brygga en regntung sommarkväll?

– Jag har varit i Askersund och köpt några tavlor. Karl XIV Johan och Magdalena Rudenschöld. Dom finns i bilen.

– Det var ett intressant par. Ska du hänga upp dom på Backa? Det är kanske du som ska ta över?

Jag skrattade.

– Inte riktigt. Nej, jag ville titta på bryggan, se hur det såg ut därnere bland buskarna. Och det har verkligen vuxit igen sen jag var pojke och sprang här med mitt metspö.

– Varför det?

– Därför att jag inte tror att Anders råkade ut för en olyckshändelse. Jag tror inte att han drunknade när han badade den där kvällen.

– Gör du inte. Förvånat såg hon på mig.

– Nej. Och jag slog mot en mygga som stack på halsen. Nej, det gör jag inte. Och jag upptäckte, att om man står på bryggan så syns man inte från huset. Blev han mördad så kunde ingen se det. Mördaren kunde operera ganska fritt, menar jag.

– Men vem skulle det vara?

– Jag vet inte. Har du något förslag?

Eva Lind såg på mig som om hon ville säga någonting viktigt. Så verkade det som om hon ändrade sig.

– Kom hem och drick en kopp te, sa hon. Det är ruggigt ute och snart börjar det regna. Och . . . Ja, det är en sak jag vill berätta för dig.

Vi satte oss i bilen. Eva hade rätt. De enstaka dropparna som förebådat regnet i vinden bland trädens lövverk tätnade, blev fler och fler, gick över i ett kraftigt hällregn som trummade mot bilens plåttak. Jag fick sätta vindrutetorkaren på maximal hastighet, men det räckte knappt ändå för att hålla sikten fri. Men vi hade inte långt att köra, några hundra meter bara. För halvvägs mellan kyrkan och Backa låg hennes hus. Ett stort rött trähus med vita knutar.

– Från början var det tjänstebostad för skolläraren, förklarade Eva Lind när vi svängde in mellan grindstolparna. Det var en kombinerad tjänst. Både lärare i skolan och kantor i kyrkan. Sen las skolan ner och tjänsten drogs in och jag fick köpa huset. Jag är kantor i kyrkan. Musiklärare i Hallsberg också, så traditionerna fortsätter.

– Jag kommer ihåg. Vi var ju skolkamrater. Du var yngre, men eftersom det var B-skola så gick flera klasser i samma rum. Och det var kanske inte så dumt när man tänker efter. Barn i olika åldrar uppfostrades tillsammans och fick lära sig ta hänsyn till varandra och arbeta i grupp oavsett åldersskillnaden.

– Jag är smickrad, sa Eva. Tänk att du kommer ihåg mig. Det hade jag aldrig trott.

– Du påminde mig vid begravningen, annars vet jag inte om det hade varit så lätt. Men jag kommer så väl ihåg att du spelade orgel på morgnarna. Fröken Asp var inte särskilt duktig på det. Inte sjöng hon nåt vidare heller.

– Jag glömmer inte när du härmade henne, sa Eva. Du stod nere vid vedboden och sjöng för full hals och märkte inte att hon kom bakom dig.

Vi skrattade och gick ur, halvsprang i det hällande regnet, mot huset. Det lyste välkomnande i fönstren på bottenvåningen och ett grovt hundskall hördes därinne. En svansviftande, gul labrador hälsade innanför dörren. Mina byxben intresserade honom speciellt. Tätt intill mig stod han, med nosen tryckt mot mina ben, och nosade intensivt, som en vinprovare med näsan över ett glas fin Bordeaux.

– Det luktar katt, förklarade jag. Siameskatt.

Jag satte mig i en bekväm länsstol i hennes hemtrevliga vardagsrum med den gula hunden vid mina fötter. Eva slamrade med koppar och fat ute i köket. Hon hade avböjt all hjälp.

Från vardagsrummet såg man Backa uppe på höjden och jag förstod att hon undrat vem som kommit körande och stannat framför huset däruppe. Men det var riskabelt att ge sig dit med ett oladdat gevär. Man visste inte vem som kom farande när natten

211

föll och i vilka ärenden.

– Varsågod. Varmt te och nygräddade scones. Ja, fuskscones, för dom var färdiga innan du kom. Mikrovågsugnen är en välsignelse, tycker du inte det? Hon satte ner en stor silverbricka på bordet framför soffgruppen.

Jag såg på henne när hon hällde upp det ångande heta teet i våra koppar. Lång och smal var hon, med en nästan pojkaktigt tunn kropp. Sommarsolen hade satt ett litet band av små fräknar tvärs över näsan. Ögonen var stora och klara, någonstans mellan grått och blått, och kindknotorna höga. Hon hade långt, ljust hår som föll fram över bordet när hon hällde upp teet från andra sidan. Hon liknar någon, tänkte jag och kände vagt igen ett drag över hennes ansikte som jag sett någon annanstans. Men var?

– Du kan välja mellan hemmagjord apelsinmarmelad och honung. Den har jag inte gjort själv, men den kommer från en granne. Han är ett gammalt original som är både snickare och poet. Bikupor har han också och säljer honung till vänner och bekanta. Jag tycker så mycket om hans honung. Den smakar så annorlunda mot den du köper i affärerna. Sen gör bara känslan att den kommer från blommorna runt omkring mig den ännu mera speciell.

– Fast marmeladen gör du själv förstår jag. Nuförtiden trodde jag det var bortglömda dygder.

Hon log.

– Det beror väl på det. Jag skulle inte kunna tänka mig att köpa sylt och marmelad i en affär. Dom är fulla med kemikalier och färgämnen. Och så smakar dom på ett helt annat sätt. Tänk dig känslan att gå ut i trädgården och plocka svarta vinbär från buskarna och sen koka sylt i köket. Hälla den på små burkar och skriva etiketter som man klistrar på. Sen radar man upp dom högst upp i skafferiet för vintern. Och när snöstormen rasar utanför så känner man vinbärssmaken på det rostade brödet, blundar och är tillbaka i sommarträdgården.

– Det är genetiken, slog jag fast och hällde mjölk i mitt te.

– Genetiken?

– Du kommer från nomadiserande jägare och fiskare som drog

212

omkring i Bronsålderssverige när det var varmt och solen sken. Men dom lärde sig att samla förråd när vintrarna kom. Så du har en nedärvd ekorrinstinkt. Det är därför du tycker det är så trevligt att klappa burkarna på hyllan.

— Det har inte ett dugg med mina gener att göra. Hon log. Det är gott helt enkelt. Himla gott och fräscht.

Jag höll med henne. Det var gott. Apelsinmarmeladen på de ljumma sconsen var en smakupplevelse. Inte slaskig och substanslös med en vag sockersmak, utan fast och fruktig, med långa smala bitar av apelsinskal och en aning bitter smak. Gott!

— Berätta nu för mig, sa hon allvarligt. Varför tror du att Anders mördades?

— Eftersom både polisen och läkarna säger att han drunknade, så borde jag väl tro på dom. Men det är nog inte riktigt så enkelt. Jag vill inte gå in på några detaljer, men Anders var inblandad i en historia som inte var särskilt nyttig.

— Hur då nyttig? Det verkar som om du pratar om cancerogena kemikalier i livsmedel.

— Inte riktigt, log jag. Det är allvarligare än så. För jag tror helt enkelt att det fanns dom som hade inresse av att se honom död. Och dom tog chansen här på Backa. Och fick det att se ut som en olyckshändelse.

— Jag vet ingenting om det, sa hon och sträckte sig efter honungsburken. Och jag kände honom inte alls lika bra som du. Visserligen gick vi i skolan på samma gång, men han var ju flera år äldre. Och du vet hur det är i den där åldern. Hade jag inte spelat orgel på morgonbönen hade du inte haft en aning om vem jag var, eller hur? Och hon log mot mig. Vi träffades egentligen först när han kom hit och hade köpt Backa. Jag var ju hans närmaste granne, och han gav mig nycklarna till huset och bad mig titta till det ibland. Ett vattenrör kunde ju gå eller ungar kunde slå ut rutorna och sådär. Han sa alltid att det kändes tryggt att ha mig som gårdskarl.

— Jag förstår det, log jag. Det skulle jag också tyckt.

— Tror du att det var någon på den där middagen som mörda-

213

de honom? frågade hon.

– Jag vet inte. Det kunde ha varit någon annan också. Jag såg en man i en bil vid kyrkogården samma dag som Anders dog. Och han verkade litet mystisk, milt talat.

– Vad gjorde du på kyrkogården?

– Mina föräldrar ligger där.

– Javisst ja. Så dum jag är. Jag brukar sätta en blomma där ibland. Din pappa var ju min konfirmationslärare. Och han tjänstgjorde fortfarande när jag började som kantor.

– Det var snällt av dig. Tyvärr blir det inte av så ofta att jag kommer hit. Men jag hoppas kyrkorådet gör vad dom ska. Jag betalar åtminstone för vården av graven.

– Jag lovar att hålla ett öga på den.

– Tack. Men du måste vara försiktig. Ja, inte på kyrkogården, men på Backa. Går du alltid ut med dubbelbössan när du ser misstänkta bilar på vägen?

– Det händer inte så ofta. Men jag har faktiskt sett folk däruppe vid huset några gånger och gått dit. Och då har dom varit försvunna. Fast det är väl nyfikna ortsbor skulle jag tro. Anders var ju inte någon dussinmänniska och ond, bråd död är ju alltid attraktivt.

– Det är väl det. Men var försiktig. Du vet inte vad som kan hända. Särskilt som bössan inte är laddad.

– Jag tror att det skulle vara betydligt riskablare om den verkligen var laddad, log hon. Både för mig och för andra. Så blev hon allvarlig igen. Men det var första gången jag tog med den ikväll. Det var så mörkt och otäckt. Fast det här med Anders . . .

Eva tystnade och tog en scones, bredde guldgul honung på, så mycket att det droppade ner på fatet. Jag tyckte inte att det angick nån. Men nu . . . Nu när du inte tror att det var en vanlig olyckshändelse.

Jag såg på henne, såg det plågade uttrycket i de gråblå ögonen. Eller var de blå. Det var svårt att avgöra i lampskenet.

– Anders von Laudern var homosexuell, sa hon snabbt som för att få det gjort och tog sin pappersserviett och torkade koncentre-

214

rat och energiskt upp den utspillda honungen från den blanka bordsskivan.

Jag fattade inte vad hon sagt. Anders? Vad menade hon?

Hon såg att jag inte trodde henne, att jag inte förstod innebörden av vad hon just sagt.

– När jag skulle gå och lägga mig den där kvällen han dog och hade sin middag kunde jag inte sova. Och Golden ville ut. Hon nickade mot hunden som sträckt ut sig framför öppna spisen. När han hörde sitt namn lystrade han, spetsade öronen, men gick snart tillbaka till sin dåsiga halvslummer.

– Och eftersom det finns harungar och rådjurskid och annat såhär års så kan jag inte släppa honom lös i trädgården. Fast han är min knähund så sitter jaktinstinkterna djupt rotade. Så jag måste gå ut med honom. Vi gick längs stranden av sjön som vi brukar och när vi nästan kommit fram till bryggan vid Backa så hörde jag röster. Hon tystnade.

– Hörde du vilka det var?

– Jag kände bara igen Anders röst. Och han var inte nykter. Det märktes. Han talade sluddrigt. Men jag såg dom. Och Anders var naken. Han höll armarna om en annan man. Det såg ut som om de kysste varandra.

Kapitel XXVII

– Skål, sa hon.
– Skål sa vi.

Sju långskaftade brännvinsglas med Gustav III:s monogram höjdes i luften, fördes sedan till sju munnar, ett ögonblicks paus och sedan ett samfällt aah.

Som en ritual i någon sekt, tänkte jag och sköljde ner den kalla snapsen med litet öl. Och det var väl just vad det var. En ritual med rötter många hundra år bakåt i tiden. För vi åt kräftor hos Margareta Andersson på Slagsta. Månen stod rund och trind över parkens träd när vi kom, kräftlyktorna lyste ute på terrassen mot sjön där middagsbordet stod dukat och brännvinet fanns inkylt i stora, glänsande isblock.

Efter förrätternas uttåg – små köttbullar och inlagd sill i olika varianter – kom en traditionell augustirätt in på de stora silverfaten som två servitriser i vitt och svart bar runt. Vildand med rönnbärsgelé. Till det en utsökt Haut Brion från det stora året 1961. Det är nästan helgerån, tänkte jag och kände hur den underbara smaken slog ut i munnen som en blomma. För fint för oss vanliga dödliga. Och jag tackade min lyckliga stjärna att Barbro Lundelius fått komma med. För hon körde, hade insisterat på att vi skulle ta hennes bil. Margareta hade frågat om det var någon särskild jag ville träffa på hennes kräftskiva och Barbro hade hon inte någonting emot. Fast det var naturligtvis inte anledningen till att jag föreslagit Barbro, att hon skulle köra mig hem. Mitt syfte var allvarligare än så. Men det kunde inte hjälpas. Att avstå från

216

hennes fantastiska Bordeaux hade varit svårt, kanske för svårt. Fast brännvinet till kräftorna och sillen var jag desto försiktigare med och höjde mitt glas mera för syns skull. Nu gällde det att hålla huvudet kallt. Ikväll fick jag inte göra några misstag.

Med ålderns rätt förde Sven Lundman värdinnan till bordet, och på hennes andra sida satt Erik Gustafson. Kvällen till ära var han iförd en kräftröd blazer med monogrammerade guldknappar, rosa skjorta och en mörkblå sidenscarf i halsen istället för slips. Elisabeth var naturligtvis också bjuden, liksom Gunnar Nerman.

– För en gammal utlandssvenska som jag, svensk i världen heter det visst nu, är det här årets höjdpunkt, sa Margareta när hon hälsade oss välkomna. Mycket kan jag avstå från i livet, mycket kan jag försaka, men rör inte kräftorna och brännvinet i augusti! Annars dricker jag aldrig snaps, men då kan jag inte vara utan. Vildand från Slagstasjön och svenska kräftor så mycket ni kan äta. Och till dessert blir det hallon från trädgården. Gula hallon. Det är vår lilla specialitet härute.

Jag såg mig om vid bordet. Sju människor. Välutbildade, väluppfostrade. Människor i karriären. Olika karriärer visserligen, men framgångsrika var och en på sitt håll. En svensk idyll i högreståndsmiljö. Kräftskiva i sommarnatten på ett gammalt slott med fullmånen hängande över trädtopparna. Men idyllen var skenbar. Det fanns en mördare bland oss. Den blanka fasaden hade en mörk baksida.

Mitt på bordet tronade ett stort silverfat överlastat med blankröda kräftor med svarta ögon. Här och där satt stora dillkronor instuckna. De såg ut som exotiska träd i miniatyrformat och höll sina grenverk över kräftberget.

Jag tänkte på kräftfisket med Anders för länge sedan. Hur vi hade åkt upp till den lilla mörka bergslagsån med håvar och burar. Det fanns olika skolor när det gällde bete. Från igelkottkött och ekorrkött som svetts över eld, till mera konventionella agn som mört. Vi följde en annan modell och använde kalvstrupe som vi köpte billigt på slakteriet. Och det fungerade utmärkt. Redskapen slängde vi långt ut i vattnet och förtöjde de långa, vita klädstrecken som de knutits fast vid runt trädstammar och grenar. Vid en stor lägereld satt vi sedan och grillade korv på långa pinnar och pratade medan månen sakta steg över granskogen på andra sidan ån. Spänningen när vi drog iland burarna och plockade ur de svarta, våta kräftorna med lysande röda ögon i ficklampornas sken. I våta, slankiga säcker kånkade vi sedan hem dem genom skogens mörker. Men den tiden var förbi och gången. Äventyret var borta för alltid. Liksom Anders.

– Vad sitter du och tänker på, Johan? frågade Margareta tvärs över bordet. Du är så tyst. Och dåligt med brännvin dricker du.

– Jag tänkte på när vi fiskade kräftor förr i världen, Anders och jag. När vi var pojkar.

Det blev tyst vid bordet, en besvärad tystnad. Jag hade begått ett brott mot etiketten, talat om någonting som berörde dem illa. Sven Lundman såg på mig som om jag varit en elefant i en porslins-affär. Och det hade jag ingenting emot. Det var bara början.

– Det är slut med det hos oss här också, tyvärr, sa Margareta forcerat. Som en god värdinna försökte hon släta över mitt brott mot konvenansens oskrivna lagar. Dom här kräftorna kommer från Småland, men för inte så länge sen tog vi alltid kräftor nere i sjön, innan pesten kom. Det fanns hur mycket som helst när jag var barn.

– Före unionsupplösningen menar du, fnissade Erik och höjde sitt glas mot henne.

– Fuling! Skämtsamt daskade hon till honom med handen och jag undrade om det gjorde ont när han träffades av den stora diamanten på ringfingret.

– Jag ska inte köpa fler saker av dig om du inte sköter dig.

– Du har inte plats i alla fall, sa Elisabeth. Väggar och golv är så fulla att du inte får in en mattstump till eller en ostindisk tallrik i nåt skåp.

– Annars hade du kanske kunnat förmedla nånting vackert. Jag såg på henne.

– Vad menar du?

– Ja, du sysslar ju med konst. Förmedlar högklassig konst.

218

– Det är klart, log hon. Men så fina saker som här på Slagsta har jag inte på lager. Det jag kan ställa opp med skulle inte passa i den här miljön.

– Säg inte det, sa jag. Du kanske har bättre saker än man tror. Det gäller bara att titta efter ordentligt.

– Nu får ni sluta retas med varandra, avbröt Margareta. Berätta om den där befattningen på museet istället. Är det klart än, eller är jag taktlös och trampar i klaveret som vanligt?

– Det gör du aldrig, log Sven Lundman. Officiellt är det inte avgjort, men det är väl ingen större hemlighet att du är i den ganska unika situationen att ha både den gamle och den nye chefen vid samma bord. Ja, inte riktigt förstås. Jag har inte gått än och Gunnar är inte utnämnd, men i praktiken är det klart.

– Då får du önska dig nånting, sa Erik. Sitter man med två museichefer ska man blunda och önska. Men man får aldrig tala om vad man vill ha för då slår det inte in.

– Ojdå, skrattade Margareta. Då får jag skynda mig innan middagen är över. Vad tycker ni jag ska önska?

– En Rubenstavla, sa jag. Den skulle fylla ut barockramen i salongen däruppe.

Det blev tyst vid bordet. Från parkens träd hördes en uggla. Nere på vägen for en bil förbi.

– Det var ingen dålig önskan, sa Erik. Men då får det nog vara lite fler museichefer med är jag rädd. Från Louvren och Metropolitan kanske. Och nu skrattade alla. Margaretas hovnarr hade brutit isen. Men en av dem hade förstått vad jag menade.

– Varför säger du så där? viskade Barbro i mitt öra. Det var inte särskilt roligt.

– Nej, det kanske det inte var, sa jag och tog en stor, bredbakad hona från fatet. Men det var inte meningen heller.

Hon såg på mig utan att förstå vad jag menade. Om jag kunnat skulle jag ha berättat att det var tänkt som ett litet nålstick som skulle kännas hos en viss person, skapa oro. Men ingen av de andra verkade särskilt oroad. Sven skålade med Barbro och Erik fnissade åt någonting som han berättat för Gunnar som gapskrattade. Förmodligen åt någon elakhet om en gemensam bekant. Elisabeth tävlade med Margareta om hur många kräftstjärtar de kunde lägga upp på sina rostade brödskivor.

Kvällen var varm, nästan kvav. Åsktung. Moln skockades på himlen och täckte snart månens gula skiva. På avstånd hördes ett dovt muller. Inte särskilt högt och inte särskilt oroande, men åskan fanns därborta och verkade långsamt komma närmare. Men det bekom inte gästerna vid Margaretas gästfria bord. Ett nytt fat med kräftor kom in, lika dignande som det första. En av servitriserna gick runt med en röd plasthink och tömde diskret ner kräftskalen från de fulla tallrikarna. Den andra satte fram sköljkoppar där en citronskiva flöt på vattenytan. Efter brännvinet och ölet kände jag mig frestad att dricka ur min kopp, men anständigheten har sina gränser.

Långsamt och metodiskt åt jag, lämnade ingenting åt slumpen. Jag skar av skölden alldeles bakom huvudet på kräftan, skrapade ur smöret från sköldens insida, sög ut köttet på kroppen och bände fram stjärten där jag måste peta undan den långa, svarta tarmsträngen ur det vita köttet.

En egendomlig sed, tänkte jag. För en utlänning ser det väl ut som om vi äter rostade skorpioner och sköljer ner med rå, ren sprit. Nej, det krävdes nog att man var uppfödd med kräftor för att älska dem. För att inte tala om surströmming, ett annat utslag av svenskt barbari.

Så kom Västerbottenosten in. Stark så att det brände och sved mot gommen. Men hallonen lenade och läskade, rundade av den överdådiga festen. Gästabud var väl ett bättre ord. Stora drivor av gula hallon med vit, pösig vispgrädde ur silverskålar som såg ut som om de gjorts av Zethelius. Fast jag kunde inte gärna vända upp och ner på dem för att se stämplarna.

Nu hade åskan kommit närmare, det grova fartygsartilleriet mullrade på andra sidan sjön och en vind kom över gräsmattan och bland träden fick bordsdukens hörn att fladdra. Så föll en tung regndroppe som följdes av allt fler våta stänk.

– Vilken tur vi har, sa Margareta glatt. Regnet kommer precis

220

när vi är färdiga. Jag chansade på att vi skulle kunna sitta ute fast väderleksrapporten var en smula olycksbådande. Men nu måste vi gå in.

– Då får jag hålla mitt tacktal inomhus då, sa Sven. Det ger mig lite extra betänketid.

– Tänk inte. Det bara förvirrar. Erik puffade honom i sidan och vi skyndade oss in, för nu började det regna på allvar.

Inne i stora salongen kom kaffet i små lövtunna mockakoppar och Sven höll ett elegant och sirligt tacktal som han hängde upp på Margareta som renässansdrottning på sitt sagoslott, en drottning som delade med sig av sina håvor till mindre lyckligt lottade.

– Kräftor är vårt röda guld, sa han. De svenska kräftorna kostar sin vikt i guld. Därför är vi alla så underbart glada att ha fått njuta av din gästfrihet här ikväll, kära Margareta, och vi skålar för dig i den svenskaste av drycker, det fluidum utan vilket vårt samhälle skulle stanna upp och bli immobiliserat. Vi skålar i kaffe eftersom jag är rädd att våra glas därute är fulla med regnvatten vid det här laget. Skål.

Vi höjde våra kaffekoppar, Margareta log och kysste Sven på kinden.

– Tack söta ni för att ni kom, strålade hon. Det var så roligt för mig. Och ni ska inte tro att kvällen är slut än. Den ska gå i traditionens tecken.

Då lät det som om åskan slog ner i parken. En bländande vit blixt och ett dån som ett lass sten på ett plåttak.

– Hör det där också till traditionen? sa Erik. Det måste i så fall vara sen ryssarna brände det gamla Slagsta.

– Såna traditioner har vi tack och lov inte. Margareta skrattade. Nej, men på alla gamla herrgårdar förr i världen så lekte man charader. Det var före Hylands hörna och TV. Det gick till så, att var och en fick en liten lapp med ett namn på en person som man skulle föreställa. Sedan fick de andra gissa.

– Det kommer jag ihåg, sa Elisabeth. Det gjorde vi alltid på jularna förr. En kunde föreställa Napoleon och en annan drottning Viktoria. Det blev vansinnigt roligt. Men man fick inte säga nånting, bara agera. Som i en stumfilm ungefär.

– Utmärkt. Då vill jag vara Sarah Bernhardt. Erik fnissade.
Ingen kan göra henne rättvisa som jag.

– Visserligen är du bedagad, sa Gunnar Nerman torrt, men
skulle inte Zarah Leander ligga bättre till för din röst?

Alla skrattade, men Erik blev inte sur. Han vinkade bara
skälmskt med handen och brast ut i en perfekt imitation av "Vill
ni se en stjärna, se på mig".

– Då vet ni hur det går till. Och här har jag gjort iordning era
roller. Varsågoda och kom fram och dra en lott, instruerade Mar-
gareta. Men kom ihåg att inte tala om för nån vem ni föreställer.
Jag är enväldig jury, och vinnaren får en flaska champagne. Den
som gör bästa rollen alltså.

Så bänkade vi oss i soffor och fåtöljer, kaffet fylldes på och
konjak serverades. Regnet trummade mot fönsterrutorna och
åskan mullrade över parkens träd. Stearinljus brann i silverstakar
och Margareta hade satt på en skiva med Mozartmusik i utsökt
harmoni med inredning och stämning. Sjuttonhundratal i sjutton-
hundratalet.

Sven Lundman gjorde ett bejublat nummer som Greta Garbo,
som ingen kunde gissa sig till förrän han samtidigt försökte före-
ställa Gösta Berling och Anna Stjärnhök under slädfärden på isen
med en skock vargar hack i häl. Eriks version av Marilyn Monroe
var lättare att genomskåda och han blev besviken. Han hade kun-
nat fortsätta länge, länge.

Margaretas Karl XII hörde heller inte till de svårare, fast Gus-
tav Vasa framställd av Gunnar Nerman blev en nästan omöjlig
nöt att knäcka. Inte förrän han gav sig på kungens flykt genom
Dalarna gick det upp ett ljus för oss.

Så blev det min tur. "Winston Churchill" stod det på lappen
som jag vecklade ut. Det var i lättaste laget. V-tecken och puffande
på en stor cigarr var det enda som behövdes. Men jag tänkte inte
göra Winston Churchill. Jag hade andra planer och hela idén med
att leka charader passade som handen i handsken.

Jag ställde mig på den stora persiska mattan under ljuskronans

222

kaskad av blänkande kristallprismor. Så lade jag mig på golvet och låtsades sova för att väckas och stå inför någonting som först gjorde mig häpen, sedan lycklig. Så ner på mattan igen för att simma och sedan stanna upp och ligga som död. Efter en liten stund reste jag mig upp.

De satt tysta. Ingen sade någonting. Margareta såg fundersam ut. Hon var den enda som hade facit i handen, som visste. Och jag såg på henne att jag inte hade motsvarat hennes förväntningar. Vad jag än föreställt, så inte var det Winston Churchill. Det var en sak som var säker.

– Antingen gjorde du tåget över Bält eller också annandagsrean på NK, föreslog Erik.

– Nja, snarare Caesar och Cleopatra, sa Sven. Åtminstone den där kärleksscenen på mattan.

– Fel allihop, sa jag och slog upp en bottenskyl av den karaktärsfulla Armagnacen från 1912 i det bukiga konjaksglaset. Gissa en gång till.

Men ingen kunde, ingen gissade rätt. Och det var kanske inte så konstigt.

– En av er vet säkert svaret. Jag såg allvarligt på dem. Studerade deras ansiktsuttryck. Det var Anders von Laudern.

– Men... Margareta förde handen upp mot pärlhalsbandet. Men det skulle ju vara Churchill.

– Skulle det? Jag tyckte det stod Anders på lappen. Fast det var väl inte så svårt? Han ligger i sin säng. Blir förd hit ut till Slagsta och kommer upp i det stora rummet däruppe och hittar en tavla som Rubens målade för mer än 380 år sen.

Klirrande föll en kaffesked i golvet. Sven böjde sig ner och tog upp den. Ute från parken kom en ny åskkanonad. Åskan verkade ha kommit närmare nu och regnet tilltog.

– Sedan drunknar han i sjön som ni såg. Fast han fick hjälp. I själva verket blev han mördad.

– Nu går det lite för långt, sa Margareta skarpt och reste sig ur sin fåtölj. Jag bjöd hit er för att vi skulle ha en trevlig kväll, men jag tycker du har tagit i lite väl mycket nu, Johan. Charader är

223

menade att vara lustiga och skämtsamma, men det finns gränser för hur man beter sig.

— Jag är rädd för att någon i det här rummet har tagit ett mycket långt steg över den gränsen. Jag såg på henne. Det är inte bara vänliga och trevliga människor här ikväll. Det finns en mördare också bland dina gäster.

— Men...

— Tyvärr. Och jag ska tala om vem det är. Vem som mördade Anders.

Kapitel XXVIII

– Det är en lång historia, sa jag och såg på dem. Jag fick nästan
en känsla av att stå utanför ett akvarium, som om det fanns en
glasvägg mellan dem och mig. På andra sidan fanns de, med
orörliga ansikten och uttryckslösa ögon. Som om de levde i en
annan värld och det jag sade inte angick dem. Var det chocken
över vad jag just sagt eller var det en försvarsattityd?

– Alltihop börjar i Prag 1648. När den svenska soldatesken
stormade den habsburgske kejsarens palats. Silverbibeln i Upsala
kommer därifrån. Och mycket, mycket annat. Många av bronssta-
tyerna i parken ute på Drottningholm till exempel. Dom är också
krigsbyte, som det heter med en förskönande omskrivning.

– Nu får vi allt be om lite mer konjak. Erik höll vädjande fram
sitt glas mot Margareta. Börjar Johan så där, så tar det aldrig slut.

Men ingen lyssnade till hans försök att skämta. Spänt såg de på
mig.

– Och gamle Baltsar Silfverstierna blev inte lottlös. Det var
inte meningen heller. Systemet förutsatte att man fick sin del av
rovet. Under dom där åren på kontinenten grundlade han såvitt
jag kan förstå familjeförmögenheten. Gods och gårdar hemma i
Sverige fick han genom kungliga förläningar och konstskatter att
förgylla och skyla över sin blygsamma bakgrund med tog han i
kloster, kyrkor och palats ute i Europa. Allt han kunde komma
över antar jag. Bland det han släpade hem fanns också en stor och
åbäkig tavla som ingen tyckte om. Den hängdes undan, glömdes
bort och grodde bokstavligt talat igen. Det gjorde att ingen förstod

vad det var frågan om. Ingen som inte var expert.

— Du menar tavlan med damen som skär halsen av en naken karl? Den som stals?

— Just den, Margareta. Du har alldeles rätt. Det intressanta är bara att tavlan förmodligen är det dyrbaraste konstverk som nånsin funnits här på Slagsta. Ett av dom dyrbaraste i Sverige överhuvudtaget. Rubens hade målat den, och som så mycket annat försvann den under trettioåriga kriget. Konsthistorikerna har utgått från att den hade förstörts och var borta för alltid. Men här hängde den.

— Du menar alltså att det var en Rubens. Sven Lundman såg tankfull ut. Jag måste erkänna att jag aldrig tittade närmare på den. På mig gav den närmast intrycket av att vara en kopia, gammal visserligen, eller ett elevarbete någon gång från barocken. Ramen var jag faktiskt mer intresserad av. Han log ett snabbt leende som inte nådde ögonen. Men du har rätt. Den var inte rengjord och hängde undanskymd utan riktig belysning.

— Fast Anders begrep, eller hur? Frågande såg Elisabeth på mig.

Jag nickade.

— Anders förstod. Han insåg vad det var.

— Det verkar lite konstigt, sa Margareta. Han var ju aldrig här. Jag har faktiskt aldrig träffat honom.

— Att du inte har träffat honom behöver ju inte betyda att han inte har varit på Slagsta. Jo, han var faktiskt här. En mörk natt.

— Nu får du ursäkta mig Johan, sköt Gunnar Nerman in. Men nu har jag faktiskt lite svårt att hänga med.

— Det är inte så märkvärdigt som det kanske låter, fortsatte jag. Anders berättade det för mig på en flygning från Frankfurt. Jag träffade honom av en slump när han hade varit i Venedig och föreläst på nåt seminarium. Han berättade att han väckts en natt och tagits till ett ställe i Stockholmstrakten med en bindel för ögonen, under pistolhot. Och väl framme hade han fått expertisera en tavla, den som hängde däruppe. Som expert på Rubens kunde han konstatera en världssensation. Ett verk av Rubens hade kommit tillbaka efter snart 400 år.

– Å du käre, käre, skrockade Erik och fyllde själv på sitt konjaksglas. Det här blir mer och mer underhållande. Förlåt en gammal oskuld, men hur hänger det ihop egentligen? Anders skulle ha väckts mitt i natten, fått en bindel för ögonen och åkt nånstans. Där hittade han tavlan. Men hur kunde han veta att det var Slagsta när ögonen var förbundna? Och hur kan du veta att det är samma tavla?

– That's a good question, som dom säger i amerikanska deckare. Anders visste det inte. Men jag vet. Det tog nästan en timme att åka hit och han hade gått uppför en stentrappa efter att ha stannat på en gårdsplan, täckt med grovt grus. Sen beskrev han tavlan för mig och berättade om motivet. Om hur Judith dödar Holofernes under knubbiga barockänglar. Den beskrivningen stämmer exakt med vad Margareta berättade.

– Var det inte en onödig omväg? Ja, med den där maskeraden. Sven lät ironisk. Var det inte enklare om han kom ut och tittade på tavlan under mera normala förhållanden? Det verkar lite teatraliskt och melodramatiskt allt det här med nattliga åkturer, ögonbindlar och pistoler.

– Det tycker jag inte. Den som låg bakom var inte intresserad av att Anders skulle kunna identifiera vare sig ägare eller plats. Och det var därför han hotades till livet om han avslöjade nånting.

– Du menar, att jag inte skulle få veta att jag egentligen ägde en alldeles kolossalt dyrbar Rubenstavla för att jag inte skulle sakna den när den stals? Margareta såg på mig med huvudet litet på sned, koncentrerad på vad jag sagt.

– Precis. Huvudet på spiken. Som det nu var, så ryckte du på axlarna, eller hur? Ja, inte direkt. Du kontaktade pliktskyldigast försäkringsbolaget, men handen på hjärtat så saknade du den inte. Och tjuvarna kunde i lugn och ro ta den ur Sverige.

– Så långt kan det ju vara logiskt, sa Barbro Lundelius och tog en cigarrett i den lilla silverbägaren mitt på bordet. Men hur kan du förklara att det inte har väckt nån uppståndelse när en nyupptäckt Rubens kommer ut på marknaden?

227

Då hördes en torr knäppning, som när man bryter av en gren och så small det. Inte dundrade, utan small. Åskan hade slagit ner.

— Vi har åskledare, sa Margareta lugnande. Det är ingen fara. Den tog säkert i nåt av dom höga träden i parken.

— Vem har sagt att den har kommit ut på marknaden? sa jag.

— Men då faller ju hela din egendomliga teori, sa Gunnar Nerman. Den går ju ut på att tavlan stals och smugglades ut ur Sverige, eller hur? Jag förmodar att det inte gjordes för att den skulle doneras till nåt museum.

— Köparen har inget behov av publicitet. Tvärtom. Och han är nöjd, mycket nöjd med ett fantastiskt tillskott till sin samling. Om några år kanske den dyker upp nånstans. I Genève, Monaco, London eller Los Angeles, utan några som helst spår tillbaka till Slagsta. Och skulle Margareta påstå att den stulits därifrån så finns det inga bevis. Slagstatavlan var bara en blek kopia. Och kopior finns det gott om. Dessutom har du redan fått ut försäkringen och då sa du inte ett ord om Rubens.

De satt tysta. Barbro såg ut som om hon tänkte säga någonting, men avstod.

— Jag måste säga att alltihop det här verkar mycket egendomligt, sa Sven Lundman långsamt. Men om det nu skulle vara riktigt, vad har det då att göra med Anders död? Hade han tänkt avslöja tjuvarna? Men hur kunde han i så fall veta vilka dom var? Han hade ju en bindel för ögonen, eller hur?

— Jag är rädd för att det är mer komplicerat än så. Det finns många andra dimensioner. Kokain. Och stulna smycken.

— Kokain? Oförstående såg Elisabeth på mig. Menar du att Anders skulle vara inblandad i nånting sånt? Jag fattar ingenting.

— Egentligen började det för länge, länge sen, sa jag och snurrade mitt konjaksglas mellan fingrarna. Anders var en vek, känslig person. En konstnärssjäl. Och han växte upp på en liten herrgård i Närke som han måste lämna. Det kom han aldrig över, och jag har förstått att hans liv mer eller mindre gick ut på att komma tillbaka. Att få bo där igen och sätta gården i stånd.

– Därför smugglade han kokain menar du?

– Men han kunde inte simma, fortsatte jag, utan att besvara hennes fråga. Det fick mig att fundera. Han hade simmat ut i sjön och kollapsat påstod obducenten. Sprit och narkotika hade hjälpt till. Först tänkte jag att det kanske inte var så konstigt. Varm och olustig efter en sen kväll med mycket sprit och mat vill han svalka av sig. Men för det behövs inte nån lång simtur. Han kunde ha hållit i bryggkanten och bara doppat sig.

– Och vem säger att det inte gick till på det sättet? undrade Gunnar.

– En kvinnlig kantor som trodde att han var homosexuell.

Tystnaden som följde var total. Visserligen fortsatte åskan, men det dova mullrandet underströk den andlösa stillheten i den stora salongen där ljusen i fönstren flämtade för vindens anlopp.

– Av alla bisarra påståenden! Sven Lundman lutade sig fram i soffhörnet och höjde ett anklagande finger mot mig. Rubens, bortrövanden om natten. Kokain. Och nu skulle Anders vara homosexuell!

– Gay heter det, fnissade Erik, men ingen lyssnade.

– Hon hade varit ute sent och luftat sin hund. Ja, hon bor alldeles intill Backa. Och när hon kom längs sjöstranden med hunden fick hon se Anders, avklädd, med armarna om halsen på en annan man. Hon såg inte riktigt vem det var i dunklet och tyckte det var så pinsamt och obehagligt att hon vände och gick hem.

Jag såg på dem, men ingen sade någonting. De bara stirrade på mig som om de inte ville tro vad jag berättade.

– Det var mördaren, sa jag lugnt. Anders var mer eller mindre redlös av sprit och narkotika som nån smusslat ner i hans glas. Och det kan inte ha varit svårt. Sen klädde han av honom och drog ut honom på bryggan. Ner i vattnet sen och en hand som håller Anders huvud under ytan tills han drunknar.

– Inte kunde det ha gått till på det viset. Det skulle ju ha synts från huset, protesterade Sven och rättade till sina runda glasögon.

– Inte alls. Jag var där och tittade häromkvällen. Buskar och träd växer så tätt därnere vid bryggan att det inte finns nån insyn.

– Motivet då? frågade Elisabeth. Knark eller stulen konst?

Jag såg på henne. Hon var blek. Berodde det på den svaga belysningen som kom från stearinljus i silverstakar och några bordslampor i ostindiskt porslin.

– Du vet mer än dom flesta om den saken, sa jag lugnt. Du och Anna Sansovino.

Hon hajade till och de andra märkte det.

– Anna Sansovino? Frågande såg Margareta på mig och sedan på Elisabeth.

– Elisabeths konstagent i Italien. Hon förmedlade kunder. Kom med beställningar på vad man ville ha och hittade köpare till det Elisabeth kunde skaffa fram. Och det var sofistikerade konstaffärer. Inte numrerade litografier av Dalí och Miró utan renässanskonst och stora mästare. Stora pengar också. Och allt sköttes mycket diskret för att undvika onödiga formaliteter med tullverk och skattemyndigheter.

– Anna och jag hade ett helt öppet och korrekt affärsfôhållande, sa Elisabeth kort. Hon hade kapitalstarka kunder i Italien och på andra håll som alltid var intresserade av högklassiga objekt. Och jag hade mina kontakter här i Sverige som ville sälja, och sälja diskret. Det hade ingenting med tullar och skatter och göra. En fråga om diskretion helt enkelt. Dessutom är prisnivån en helt annan utomlands.

– Speciellt om man behöver tvätta svarta pengar, eller hur?

– Vad menar du?

– Bland Annas klienter fanns också en av Italiens ledande mafiosi. Han har en fantastisk samling gamla mästare. Men ingen Rubens.

– Menar du att Elisabeth ... Margareta tystnade.

– Elisabeth har vuxit upp på Slagsta. Hon är intresserad av konst och misstänkte säkert att den där stora tavlan var värd ett bättre öde än att hänga undangömd härute. Men hon kunde inte få den expertiserad öppet. Då hade ju alla fått veta resultatet och pengarna flugit ut genom fönstret. Men hon visste naturligtvis att

Anders var en av världens ledande experter på Rubens.

– Nu tar du väl till i alla fall. Sven Lundman reste sig ur soffan och kom fram till mig, högröd i ansiktet. Menar du att Elisabeth skulle ha dragit ut Anders hit med en bindel för ögonen och fått honom att tala om att tavlan var en Rubens och sen dränkt honom i Vibysjön?

– Det har jag inte sagt. Men jag drar vissa slutsatser. Elisabeth berättar för Anna att hon kanske har en Rubens, en okänd Rubens. Annas klient blir oerhört intresserad, men vill inte köpa grisen i säcken. Därför får Anna ett tips om Anders och arrangerar den där lilla "privatvisningen" om natten. Sen stjäls tavlan, skärs ur ramen och hamnar nere i Italien.

– Djävla insinuationer, sa han. De stora händerna öppnades och slöts. Det såg ut som om han velat strypa mig, men lade band på sig med en viljeansträngning.

– Jag råkar också veta att Anna Sansovino beställde en barockram som är en kopia av ramen däruppe, i en antikaffär i Venedig. Samma utförande och samma mått.

Sven Lundman vände sig mot Elisabeth.

– Är det sant?

Han satte sig bredvid henne, tog hennes hand.

– Är du inblandad i allt det här? frågade han med låg röst.

– Var inte fånig nu. Varför skulle jag vara det? Menar du att jag skulle stjäla konst från min faster?

– Stjäla och stjäla, sa jag. Margareta berättade häromdan att hon tänkte skänka Slagsta och alla samlingarna till en stiftelse. Du kunde ju möjligen ha undrat om det var riktigt rättvist? Att det borde stanna i släkten. Och att du skulle ha åtminstone nånting själv.

231

Kapitel XXIX

— Hur vet Johan att hon inte får det? sa Margareta skarpt. Inte för att det angår dig, men hon blir inte lottlös.

— Visste Elisabeth om det?

— Nja, Margareta drog på det. Jag hade tänkt att det skulle bli en överraskning för henne. Lite post festum så att säga. Och hon log.

— Post mortem menar du väl, sa Erik och alla skrattade, förlösta ur spänningen som byggts upp. Men allvaret var snart tillbaka.

— Bortsett från om nu Rubens målade tavlan eller inte och vem den där Anna vad hon nu hette var, så undrar jag vad det har att göra med stackars Anders död? Och hur kom kokainet in i bilden? Margareta såg forskande på mig.

— Kokainet kom till Sverige via min affär.

— Du är inte klok! Erik Gustafson lät chockerad. Du menar väl inte att du har börjat med knarksmuggling?

— Naturligtvis inte. Men jag utnyttjades. Det finns en firma i Venedig som ägdes av Leonardo Pici. Dom tillverkar perfekta kopior av gamla möbler. Jag kom i kontakt med dom via Anders och möblerna gick som smör i solsken. Ofta såldes dom samma dag jag fick in dom. Och efteråt har jag förstått varför. Möblerna var specialutrustade. I alla byråer och skrivbord fanns lönnfack där kokainet låg gömt. Det ansågs tydligen vara en ny och riskfri metod.

— Hur vet du allt det där? Spänt såg Elisabeth på mig.

— En av Picis medarbetare berättade det för mig. Och egendomligt nog så drunknade Pici också, försvann i en av kanalerna efter en sen middag på en restaurang. Han hade upptäckt att hans möbler användes för knarksmuggling. Och då ville han inte vara med längre utan hotade med att gå till polisen. Så han råkade ut för en olyckshändelse. Precis som Anders. Drunkning tycks vara en specialitet i dom där sammanhangen.

– Nu förstår jag, sa Sven intresserat. Anders smugglar kokain för att kunna köpa tillbaka Backa. Och dom där figurerna i Venedig var rädda för att han skulle avslöja dom. Då lät dom mörda Anders och gjorde det så skickligt att polisen trodde att det var en olyckshändelse.

– Nära skjuter ingen hare, sa jag. Anders hade ingenting med knarket att göra.

– Men jag tyckte du sa att det var han som satte dig i kontakt med den där Pici?

– Ja, men det fanns andra som utnyttjade det. Nej, jag tror att kokainet användes för att betala Rubenstavlan.

– Det här blir värre och värre, skrattade Gunnar Nerman. Först en nyupptäckt Rubens. Sen dubbelmord och knarksmuggling.

– Jag tror inte att mördaren befattade sig med knarket, sa jag lugnt och såg på honom. Det förmedlades via min affär, kom in med möblerna. Väl framme i Stockholm togs det om hand av någon storlangare och pengarna överlämnades diskret till säljarens konto nånstans. Förmodligen på många olika konton i olika banker. För det var mycket pengar.

– Vad kostar egentligen en Rubenstavla av det där formatet? frågade Margareta nyfiket.

– Svårt att säga, men om den var av hög kvalitet och i den storleken så skulle jag gissa på en hundra miljoner. Kanske mera. Det beror på många faktorer.

– Det var du som gjorde det, skrek Elisabeth plötsligt. Hon hade rest sig. De fladdrande ljusens skuggspel gav hennes ansikte en dramatisk dimension som inte funnits där. Som en tragisk rollgestalt ur något antikt drama pekade hon anklagande på sin man.

233

– Du var svartsjuk och du hatade honom! Ni grälade. Du skulle aldrig acceptera att jag lämnade dig, aldrig låta mig gå. Och så började hon gråta, satte sig ner med händerna för ansiktet. Grät en förtvivlad, hackig gråt.

Margareta gick bort och satte sig hos henne, tog Elisabeth i famnen som vore hon ett litet barn och strök henne över håret.

– Såja, sa hon lågt, såja. Och hon vaggade Elisabeth fram och tillbaka i sin famn. Såja, gråt inte.

Vi andra satt tysta. Åskan mullrade fortfarande i bakgrunden, men regnet hade avtagit och slog inte lika hårt mot fönstren som förut.

Sven hade långsamt rest sig. Tyst stod han där med böjt huvud.

– Ja, sa han efter en liten stund. Elisabeth har rätt. Jag hatade Anders, avskydde honom. Hans arrogans och hans begåvning. Hans sätt. Han lät mig aldrig glömma att hans bakgrund var en annan än min. Och Elisabeth föll för honom. Det borde jag ha förstått från början. Ja, inte det där med Anders kanske. Men själva situationen var inte särskilt hållbar i längden. Ganska klassisk egentligen, sa han ironiskt. Den gamle mannen och den unga hustrun. Underlaget för många sängkammarfarser, eller hur?

Han såg sig om, men ingen reagerade, ingen sade någonting.

Så satte han sig ner, som om han inte orkade längre. Höll ansiktet i händerna och stödde armbågarna på knäna. Satt länge tyst. Så höjde han huvudet.

– Men jag dödade aldrig Anders, sa han lågt. Jag mördade honom inte.

– Kan du förklara en sak för mig. Jag såg på honom där han satt i den höga karmstolen, klädd i gult siden. Varför "råkade" du titta in i min affär för att berätta att Anders hade begått självmord och att det var slut mellan honom och Elisabeth? Du visade mig till och med ett brev som han skrivit till dig.

– Det är inte sant. Elisabeth såg stelt på honom. Säg att det inte är sant!

Uppgivet tittade Sven på henne. Så suckade han resignerat, som om han bar på en stor börda som tyngde honom.

– Jag förstod att Johan inte trodde att Anders drunknat, sa han tonlöst, som om det var en ansträngning för honom att tala. Och att jag skulle bli misstänkt eftersom . . . Ja, för din skull. Så jag skrev det där brevet själv. Det var inte svårt att härma Anders namnteckning. Han skrev ju som en vingskjuten kråka. En antydan till ett leende gick över hans läppar. Och det var ju inte meningen att du skulle behålla brevet. Bara kasta ett öga på det.

– Så det var därför du försökte få mig att tro att det var självmord?

Sven nickade.

– Anders hade berättat om dig den där kvällen. Om dina kontakter med polisen. Och jag hade förstått att du inte var övertygad om att han hade drunknat. Och jag låg ju närmast till hands, eller hur? Ja, som mördare, sa han ironiskt.

– Det vet jag inte direkt. Men det skulle vara intressant att veta vad du gjorde i Venedig häromdan?

Han ryckte till, som om jag träffat en öm punkt.

– Jag var nere för museets räkning, sa han kort. Vi ska ha en utställning nästa höst och jag kommer att ansvara för den som konsult. Jag har ju satt igång projektet och vill gärna ro det i hamn.

– Det är riktigt, intygade Gunnar Nerman. Det blir en stor historia som kommer att heta "Venedig i konsten." Dom är mycket intresserade och Sven har varit nere flera gånger.

– Träffade du Anna Sansovino?

Sven Lundman svarade inte. Jag upprepade min fråga.

– Ja, sa han lågt. Så lågt att det knappt hördes. Som en viskning.

– Varför det?

– För . . . för Elisabeths skull.

– Vad menar du? Elisabeths snyftningar hade upphört nu. Förvånat såg hon på sin man.

– Jag visste att ni hade haft mycket med varandra att göra. Och jag hade börjat lägga ihop två och två. Och nu ville jag veta.

– Veta vad då?

235

– Om du var inblandad. Ja, i det här med tavlan.

– Jag förstår inte vad du menar. Du har ju hela tiden sagt att du inte kände till den.

– Anders pratade om det samma kväll han dog. Antydde nånting om Anna och en tavla. Jag förstod inte vad han menade, inte då. Men du och Anna hade ju konstaffärer ihop, så jag ville fråga henne när jag ändå var i Venedig.

– Vad sa hon?

– Ingenting, sa han trött. Hon ville inte berätta nånting. Sa att hon var rädd. Hon verkade alldeles uppriven. Sen blev hon mördad. Skjuten. Det stod i alla tidningar därnere.

– Det var intressant, sa Elisabeth kyligt. Du hatar Anders och du är i Venedig när Anna mördas. Det var inte så att hon visste vem som dödade Anders?

– Jag visste inte att du avskydde mig så, sa Sven lågt och såg på henne. Hon vände inte bort blicken, tittade hårt och kallt på honom. Det var blicken hos en kvinna som ser på sin älskares mördare, tänkte jag. Scenen kunde vara hämtad ur något spanskt drama. Död, kärlek. Passion, mord. Livets bittra frukter.

Så tänkte jag på portvakten i Annas hus. Han hade sagt att den långe, smale mannen som velat träffa henne inte fick komma in. Att Anna inte velat se honom. Sven måste ha kommit in ändå. Hade han gått en bakväg?

– Får jag föreslå en sak? De såg undrande på mig. Vi går upp i det där rummet och tittar på tavlan. Ja, på rummet där den fanns. Ramen hänger kvar åtminstone.

– Varför då? undrade Margareta. Där finns väl ingenting att se?

– Var inte för säker.

Dröjande reste de sig, såg på varandra som om de inte riktigt visste vad de borde göra. Men Margareta tog befälet, gick före och visade vägen. Uppför stentrappan gick vi och kom upp på översta våningsplanet. Margareta stannade framför en hög dörr, öppnade och vi gick in. Det var kvavt och unket därinne. Framme på väggen hängde den tunga, förgyllda barockramen. I hörnen blänkte

236

änglahuvuden och små vingar. Från takets kristallkrona kom ett svagt ljus. Margareta tände stearinljusen på de två spegellampetterna som fanns på var sin sida om den tomma ramen.

– Det var hit Anders kom den där natten, sa jag och gick fram till ramen. Här togs hans bindel av och här fanns tavlan. Till sin förvåning såg han att det var en äkta Rubens. Och resten vet ni. Men inte allt. Anders behövde pengar och pengar fick han för att hålla tyst. Det var villkoret. Inga fantasisummor, men tillräckligt för att han skulle kunna köpa och rusta upp Backa. Han måste naturligtvis ha insett att han var involverad i någonting som inte var som det skulle, men frestelsen blev för stor. Fast det fanns andra som också behövde pengar och mer desperat än Anders. För honom var Backa trots allt bara en dröm som hade kunnat fortsätta att vara en dröm utan att världen gått under. Men för andra betydde pengarna skillnaden mellan himmel och helvete. Mellan framgång och avgrund.

Nu verkade det som om åskan hade vänt tillbaka och kryssade fram över sjön igen i riktning mot det gamla huset. Och regnet hade tilltagit. Häruppe hörde man hur det slog mot taket. Vinden måste ligga omedelbart ovanför salongen där vi stod.

– Det var en sak som Barbro berättade som satte mig på spåret. Och min katt. Cléo de Mérode.

– Du käre, käre, sa Erik igen, men han var allvarlig för en gångs skull. Gör nu inte hela den här bisarra historien alldeles grotesk. Katten! Hur fan kan din katt bli inblandad? Räcker det inte med Rubens och maffian?

Men jag brydde mig inte om hans inpass.

– Det rörde sig om en stöld på Svenska museet som hade upptäckts av en ren händelse. Donerade smycken försvann. Och det var du Barbro som kom på det, eller hur?

Hon nickade.

– Ja, jag hade alltid en känsla av att man tog lite för lättvindigt på den sortens gåvor. Gamla damer testamenterade sina diamantbroscher och jag vet inte allt. Och eftersom de ofta inte hade något musealt värde eller var kulturhistoriskt intressanta så hamnade den där sortens donationer jag vet inte var. Lades undan nånstans som det föll sig. Det fanns inga rutiner för hanteringen. Men även om det kulturhistoriska värdet inte var så stort så var värdet i pengar räknat desto större. Och när jag tittade närmare på det så upptäckte jag till min förskräckelse att både det ena och det andra var försvunnet. Det bara fanns inte. Så jag slog larm på ett möte med avdelningscheferna som undersökte var och en på sitt håll. Några månader senare hade det mesta kommit tillbaka i ett paket till Sven. Och eftersom det hade klarats upp internt, så tyckte han inte att det lönade sig att gå till polisen. Det skulle bara bli obehaglig och onödig publicitet, eller hur? Du trodde att om det kom ut så skulle folk i fortsättningen tänka sig för innan dom donerade nånting till museet.

— Det är riktigt, medgav Sven Lundman. Jag tyckte det var meningslöst att driva frågan, eftersom föremålen kommit tillbaka. Och jag var säker på att vi aldrig skulle hitta den som gjort det. Inte bland hundratals anställda.

— Det kanske var en riktig bedömning, sa jag. Det kanske var förståndigt med hänsyn till anslag och annat. Men hur är det egentligen? Statens kaka är liten men säker hette det förr. Idag är den väl ännu mindre och inte så där överdrivet säker. Åtminstone när det gäller pensioner. Inte skulle det bli lättare för dig att behålla Elisabeth som folkpensionär?

Sven Lundman gick fram mot mig, stannade upp och såg på mig med ursinniga ögon. Musklerna vid käken arbetade. Just när jag trodde att han skulle slå till mig kom det där torra, knäppande ljudet tillbaka igen och i en ny, vitblänkande explosion slog åskan ner. För bråkdelen av en sekund såg jag deras ansikten upplysta av det intensiva, vita skenet. En frusen bild av sex ansikten. Så slocknade lampan i taket. Stearinljusens lågor böjde sig för ett kraftigt vinddrag.

Då öppnades dörren. Långsamt gled den upp. En vit gestalt stod i dörröppningen mot den mörka hallen. En kvinna med ett ljus i handen. Det långa, blonda håret föll ned över axlarna. De stora, klara ögonen såg mot oss. Botticellis vårkvinna hade kom-

238

mit tillbaka till Slagsta. Kvinnan ur Anders dröm. I nästa vita blixt log hon mot oss.

XXX

— Jag måste säga att det var skickligt, sa Barbro Lundelius, där hon satt mitt emot mig i min matsal. Jaa, det är kanske en pretentiös beteckning, rummet är inte särskilt stort, men jag har ett vackert mahognybord i tidigt 1800-tal med vita empirestolar till. En liten ljuskrona hänger över bordet och på väggarna blickar några gamla anfäder ner på mig ur förgyllda ramar, två gamla präster. Med milt överseende betraktar de sin sentida ätteläggs eskapader vid matbordet, inte utan visst gillande som det verkar. Deras kinders rödblommiga rundning tyder på att de delade mitt intresse för god mat och dryck. En stor Keshanmatta med blått och rött i mönstret och ett litet uppställningsbord längs ena väggen, signerat Jacob Sjölin, kompletterar möblemanget. Och när jag dukar till fest, som den där kvällen jag bjudit Barbro på middag, brukar jag använda vita spetstabletter köpta i Venedig under det blåvita kompaniporslinet. Mina 1700-talsbestick i tungt, lödigt silver, gjorda av Petter Eneroth i Stockholm för 200 år sedan, hade jag också tagit fram liksom de olivslipade kristallglasen. I vinstället av silver som stod vid sidan av de fyra gustavianska ljusstakarna blänkte en Château Cheval Blanc från St Emilion med hemlighetsfull, mörkröd glöd.

Efter ett inledande glas champagne framför öppna spisen hade vi gått in i matsalen där en egenhändigt komponerad och lagad middag väntade. Jag bjöd henne på en fräsch endivesallad med roquefortdressing som entré, följd av en rosastekt, vitlöksdoftad lammstek ledsagad av en gyllenbrun, förföriskt god potatisgratäng. Till efterrätt tänkte jag servera tant Helenas chokladmousse, ett recept jag fått för länge sen av en avlägsen släkting. Det var gammalt, urklippt ur en tidning från 30-talet.

Jag hade lagat det många gånger tidigare och anledningen till att jag tyckte så mycket om det var egentligen, om sanningen skall fram, att det gav mig tillfälle använda mina vackra ostindiska crémekoppar. Vilken glädje, inte bara för gommen, att lyfta på det lilla locket och upptäcka den läckra moussen i den blåvita koppen. (För recept se sid 248)

— Jag trodde jag skulle få slag, fortsatte hon och drack av det doftfulla vinet. Och då förstod jag ju inte hur hemskt det måste varit för dom som känt Anna.

— Jag blev förvånad själv, sa jag och tog mer av salladen. När jag träffade Eva och drack te på kvällen så tyckte jag att det fanns nånting bekant hos henne, att jag sett henne tidigare. Men jag utgick från att det berodde på att vi hade varit skolkamrater. Sen insåg jag att det var Anna Sansovino hon liknade. Litet grand i alla fall. Men frisyren och det långa, vita linnet gjorde det väldigt illusoriskt. Stämningen var ju så suggestiv också, att den som sett Anna på natten när Anders var där, blev övertygad om att hon gick igen.

— Jo, det märktes alldeles tydligt på honom. När hon höjde handen och pekade och sa att det var han, att det var mannen hon sett nere på bryggan tillsammans med Anders, så föll han ihop. Det var ruskigt. Hon rös till.

— Jag tog en chans. Det var därför jag ställde till med spektaklet. Åskan var till god hjälp och Eva har känsla för timing. Hon kom in precis när ljuset gick.

— Var du inte säker då? Förvånad såg hon på mig.

— Jo, det var jag nog, men jag kunde ingenting bevisa. Om han inte hade klappat igenom och erkänt hade det säkert varit svårt att få fast honom så att det stod sig inför domstol. Särskilt som Eva Lind inte sett hans ansikte.

— Menar du att hon inte visste? Att det var påhittat alltihop?

— Nej. Hon hade kommit där med sin hund. Varit uppe sent

och inte kunnat sova. Och då fick hon syn på Anders och en annan man. Hon trodde att han var homosexuell eftersom dom stod där och kramades. Det hade sett ut som om dom kysste varandra. Så hon vände på klacken och gick hem och såg aldrig ansiktet på mannen som Anders höll om. Men hållningen. Och sättet han höll huvudet på kom hon ihåg. Och det räckte.

– Jag förstår. Så han blev chockad till en bekännelse.

– Det kan man säga. Och jag hade ju förberett terrängen med min charad efter middagen, så han var redan uppskrämd.

– Men varför måste han mörda Anders?

– För att han var rädd att Anders skulle berätta vad han visste. Och den risken vågade han inte ta. Men jag måste erkänna att jag först trodde att Elisabeth var inblandad och att det var hon som låg bakom.

– Det gjorde jag också, sa Barbro allvarligt. Jag trodde att hon utnyttjade Anders och sen gjorde sig av med honom när han inte behövdes längre.

– Precis, men det var fel. Nej, mördaren hade visserligen träffat Anna Sansovino genom Elisabeth. Och han hade sett tavlan ute på Slagsta och förstått att det var nånting mer än en läskig gammal kopia som hängts undan för att inte skrämma slag på barn och pigor. Han var ju inte konsthistoriker för ro skull. Men han ville inte blanda in Elisabeth av lättförklarliga skäl. Så han intresserade Anna för tavlan och antydde att det var Rubens. Hennes maffiaklient blev eld och lågor. Men han krävde mer än gissningar, så Anders blev utnyttjad som expert.

– Skulle inte Anders känt igen honom, även om han var maskerad? Känt igen rösten i alla fall?

– Det är klart. Därför använde dom några svenska kontakter som Anna ordnade på rekommendation från Italien. Och vitsen var ju också att sylta in Anders ordentligt.

– Hur menar du?

– Jo, om han skulle hoppa fram när tavlan kom ut på marknaden så var det säkrast för honom att ligga så lågt som möjligt. För vem skulle tro på hans rövarhistoria om nattlig kidnappning och allt det där. Men Anna var lite för ivrig bara.

– Du menar att Anders fick syn på henne?

– Just det. Och hon var faktiskt slående lik Botticellitavlan.

– Men eftersom Anders hade träffat Anna hos Elisabeth så visste han ju vem hon var? Och det berättade han aldrig för dig.

– Nej, och jag förstår varför. Han utgick säkert från att Elisabeth låg bakom hela historien. Och han älskade ju henne. Det var därför han tog tillbaka det han berättat för mig på planet när han hade fått några glas för mycket. Pratade om drömmar och sprit. Men när han förstod sammanhanget blev han farlig.

– Jag förstår. När han insåg att det inte var Elisabeth, så var det inte svårt att räkna ut vem som var Annas kompanjon.

– Precis. Men pengarna han fick för att hålla tyst var en hållhake på honom. Han kunde inte motstå frestelsen att använda dom, att köpa tillbaka Backa. Sen var han fast. Och jag förstod igår kväll när han berättade alltihop att dom hade skrämt upp Anders med kokainsmugglingen via min affär.

– Men han var väl inte inblandad?

– Inte alls. Men du kommer ihåg den där figuren med dom svarta ögonen, den där som försökte köpa byrån av mig och som du såg på museet när Anders blev så upprörd?

Barbro nickade.

– Och det var inte att undra på. Att Anders blev rädd menar jag. För han berättade för Anders att Leonardo smugglade knark till Stockholm genom min affär och att Anders skulle anges som sammanhållande länk och spindel i nätet. Han kände oss båda och hade satt oss i kontakt med varandra. Så om Anders berättade om tavlan och vad han hade varit med om för polisen så skulle lämpligt bevismaterial ställas till förfogande lite diskret. Och att han köpt Backa för en massa pengar talade ju inte direkt till hans förmån.

– Jag förstår, sa hon och såg in i stearinljusens milda sken. Anders blev naturligtvis livrädd. Och det undrar jag inte på. Men vad gjorde han ute vid kyrkogården, ute i Viby? Du berättade ju att du hade sett honom. Den där karln med mörka ögon.

243

– Han kanske var där med samma avsikt som mördaren. Fast han behövde aldrig gripa in. Jobbet gjordes av nån annan. Och nästan perfekt.

– Nu förstår jag inte. Nästan perfekt?

– Har du hört talas om "lupara bianca", den vita döden? Undrande skakade hon på huvudet.

– Det är ett maffiauttryck som innebär en död utan kropp och begravning. Man bara låter någon försvinna, gå upp i rök. Och drunkning genom olyckshändelse måste ur den synpunkten vara nästan lika bra.

Barbro rös, trots att kvällen var varm, smuttade på sitt rödvin.

– Och jag har en känsla av att Anders berättade alltihop för mig på planet som en undermedveten försäkring. Livförsäkring. Att han ville att någon skulle veta vad som låg bakom om det hände honom någonting.

– Vem låg bakom smugglingen då? Var det mördaren?

– Indirekt. För tavlan betalades med narkotika, och han fick se till att leveranserna kom till rätt person. Det låg ju i hans eget intresse. Och han använde mig och min affär eftersom han visste att Anders satt mig i kontakt med Pici. Men han befattade sig aldrig själv med knark. Utom när han la LSD i Anders drink för att få honom groggy och för att obducenten skulle få nånting att bita i. Sprit och LSD kan förklara nattliga simturer och kollapser i kallt vatten.

– Hur kom du på det? Att det var han?

– Det var din förtjänst faktiskt. Och Cléos.

Jag log åt hennes förvånade min.

– Det där du berättade om stulna smycken. Och jag gick efter uteslutningsmetoden. Anders räknade jag bort. Jag kände honom tillräckligt väl för att veta att han aldrig skulle stjäla.

– Och dom andra två?

– Först var jag inte riktigt säker, Men jag utgick från att Sven inte ville riskera att sluta sin karriär med ett fängelsestraff. Så jag chansade.

– Hur då?

– Gunnar pratade lite för mycket. Han berättade om Anders "problem" och påstod att han tjuvlyssnat och fått höra hur Elisabeth gjort slut. Han verkade för angelägen bara. Lite för ivrig. Och när jag såg Gunnars ansikte då Eva kom in klädd som Botticellis vårflicka förstod jag att jag hade träffat rätt. Han hade varit på Slagsta många gånger med Sven och hans studenter och sett tavlan. Och hans röda Porsche stack mig i ögat. Hans lön kunde omöjligen finansiera såna inköp. Så dom gamla tanternas smycken, som tydligen hanterades vårdlöst av museiförvaltningen, hade hjälpt till att hålla hans livsföring på en angenäm nivå. Men när du upptäckte att dom var borta måste han ha pengar, stora pengar och snabbt för att försöka få tillbaka dom. Annars hade det varit adjö både med jobb och befordran. Lösningen blev lånehajar som sög blodet ur honom. Han var desperat och på en tillställning hos Elisabeth träffar han Anna och intresserar henne för sitt fynd. Och sen vet du resten.

– Hon blev ju också mördad? Var det Gunnar som gjorde det?

– Nej, inte direkt.

– Vad menar du?

– Jag tror inte det. Även om hon var farlig för honom med sin vetskap om allt som hänt, så var ett mord på henne alldeles för riskabelt.

– Men hon blev ju mördad?

– Just det. Och där var han framme indirekt. Ett litet meddelande till hennes klient om hennes små affärer vid sidan om räckte tydligen. För Anna var inte bara vacker. Hon var smart också. En aning för smart bara. Jag gissar att hon skötte den där knarkleveransen själv, vid sidan av dom etablerade kanalerna för att kamma hem dom stora pengarna. Och du kan göra mycket med maffian. Men konkurrera aldrig med dom. Ta det som ett gott råd. Sätt dig inte upp mot dom heller. Tänk på stackars Leonardo.

– Ska jag berätta en hemlighet för dig Johan?

– Gör det, sa jag och såg på henne. På de stora, blå ögonen som speglade ljuslågornas spel i silverstakarna, på det långa, glänsande blonda håret som föll över hennes skuldror. På klänningens

245

urringning. Och på de långa, smala fingrarna som höll glaset. På munnen när hon log. Inne från vardagsrummet kom svagt musik av Vivaldi, Venedigs kompositör. Genom det halvöppna fönstret trängde den tunga doften av augustikväll.

— Jag har aldrig tänkt konkurrera med maffian, sa hon och log. På hedersord. Fast du glömde en sak.

— Vad då?

— Din katt. Cléo. Hur hjälpte hon till?

Ett svagt jamande hördes från rummet intill och in kom Cléo. Hon hade hört sitt namn, och sådär dags på dagen räcker det för att hon ska komma sättande. Framåt natten vaknar hennes rovdjursinstinkter och hon är beredd att möta alla utmaningar. Särskilt när det gäller mat.

— Kardemummakaka, sa jag och nu tilltog jamandet. Det var ett ord hon kände igen, namnet på hennes stora passion i livet.

Barbro skakade på huvudet.

— Jag ger upp, sa hon. Jag klarar inte mer.

— Elementärt, min käre Watson, sa jag och log, tog upp Cléo i knät. Misstänksamt såg hon över bordskanten på den blonda främlingen i vår idyll.

— Om Cléo varit människa hade hon kunnat begå brott för att komma över kardemummakaka. Nu är hon tack och lov katt och i katters värld existerar inte sådana begrepp som brott och skuld. Man gör vad man vill, man tar vad man behöver och sen är det ingenting mer med det. Men hon är intelligent. Hon har lärt sig att det finns gränser för mitt tålamod. Och den går vid stöld av kardemummakaka. Så när jag kom in på kontoret dan efter vi hade träffats hemma hos dig och du berättat om smyckena så hade hon fått upp locket till kakburken, men när hon såg mig släppte hon sitt byte ner i burken igen och verkade mycket oskyldig.

— Du menar alltså att Gunnar satt med fingrarna i kakburken och fick vackert stoppa tillbaka vad han tagit när jag kom på det?

— Just det.

— Ursäktar du att jag tycker att det låter långsökt? Hon log och såg på Cléo.

246

— Ja. Och det är det också. Men det startade en liten process i min hjärna. Små orsaker, stora verkningar.

— Jag kanske ska gå hem, sa hon och log ännu bredare nu. Här vet ingen vad som kan hända. Ensam med en galen antikhandlare som har kardemummakaka istället för hjärna. Hur ska det sluta?

— Var inte orolig. Jag vet precis hur det kommer att sluta.

— Skål, sa hon och såg på mig över glasets kant. Men hon log inte nu utan var allvarlig. Alldeles allvarlig.

TANT HELENAS CHOKLADMOUSSE

6 personer

1 kaffekopp tjock grädde (1,5 dl)
½ kaffekopp strösocker
½ kaffekopp ljus sirap
1 hg osaltat smör
4 msk cacao

Koka ihop grädde, socker, sirap och smör i en tjockbottnad kastrull tills massan håller ett mjukt karamellprov, dvs inte så tjock som till en kolasås. Rör ihop cacaon med lite vatten till en tjock gröt. Häll cacaomassan i den fortfarande varma karamellmassan och rör om väl så att smeten inte klumpar sig.

Häll upp i crémekoppar eller i andra små koppar av samma storlek. Garnera med en klick vispgrädde. Låt stå i kyl ett par timmar eller tills massan kallnat.

Moussen kan med fördel också göras dagen innan den serveras och stå i kyl över natten.

Kathy Acker	Blod och tarmar i plugget
Douglas Adams	Liftarens guide till galaxen
Douglas Adams	Restaurangen vid slutet av universum
Douglas Adams	Livet, universum och allting
Douglas Adams	Ajöss och tack för fisken
Douglas Adams	Dirk Gentlys holistiska detektivbyrå
Inger Alfvén	Lyckans galosch
Inger Alfvén	s/y Glädjen
Isabel Allende	Eva Luna
Joseph Amiel	Stordåd
Virginia Andrews	Flickan från himlen
Gerda Antti	Kväll efter kväll
Gerda Antti	Inte värre än vanligt
Gerda Antti	Det är mycket med det jordiska
Jeffrey Archer	Till varje pris
Jeffrey Archer	Attentat mot Vita Huset
Jean M Auel	Grottbjörnens folk
Jean M Auel	Hästarnas dal
Jean M Auel	Mammutjägarna
Sun Axelsson	Drömmen om ett liv
Sun Axelsson	Honungsvargar
Sun Axelsson	Nattens årstid
Constance Bartel	En kvinna som hon
Sally Beauman	Destiny
Frans G. Bengtsson	Röde orm
Ingmar Bergman	Laterna Magica
Maeve Binchy	Tom O'Briens dotter
Elaine Bissel	Vi ses igen
Elaine Bissel	Kendalls dotter
Karen Blixen	Vintersagor
Maria-Pia Boëthius	Skalliga damen
Roger Borniche/Donald E. Westlake	Bossen/Dödens lammunge
Barbro Bronsberg & Nina Vestlund	Bränn inte ut dig!

Elizabeth George	Pappas lilla flicka
Michail Gorbatjov	Perestrojka
Graham Greene	Den tionde mannen
Graham Greene	Vår man i Havanna/
	Monsignore Quijote
Graham Greene	Kaptenen och fienden
Hjalmar Gullberg	Dikter
Beth Gutcheon	Inga spår efter Alex
Cecilia Hagen	Mamma — bit för bit
Arthur Hailey	Stark medicin
Arthur Hailey	Krisen
Václav Havel	Fjärrförhör
Ernest Hemingway	Edens lustgård
James Herbert	Ondskans hus
Mary Higgins Clark	Gråt ej mer min älskling
Alice Hoffman	En helt vanlig familj
Keri Hulme	Benfolket
Anthony Hyde	Red Fox
Christopher Hyde	Maxwells tåg
Brenda Jagger	Dagar av nåd
Tama Janowitz	Slavar i New York
P.C. Jersild	Geniernas återkomst
Bengt Johansson	Sara
Reidar Jönsson	Mitt liv som hund
Reidar Jönsson	En hund begraven
Jonathan Kellerman	När sista spärren släpper
Christer Kihlman	Gerdt Bladhs undergång
Stephen King	Död zon
Stephen King	Carrie
Margaret Kirk	Alltid främling
George Klein	Ateisten och den heliga staden
Dean R. Koontz	Väktare
Dean R. Koontz	Sekten
Michael Korda	Queenie
Susanna Kubelka	Äntligen över fyrtio
Milan Kundera	Varats olidliga lätthet

BÖCKER TILL LÅGPRIS I MÅNPOCKET

Milan Kundera	Skämtet
Willy Kyrklund	8 variationer/Om godheten
Stig Larsson	Introduktion
John le Carré	En perfekt spion
Barbro Lennéer-Axelson	Kärlek
Doris Lessing	Det femte barnet
Torgny Lindgren	Ljuset
Herman Lindqvist	Gallfeber
Harry Lorayne	Minnesteknik
Robert Ludlum	Konspiration Akvitanien
Kristina Lugn	Lugn bara Lung
Ulf Lundell	Tårpilen
Eric Van Lustbader	Ninja
Betty Mahmoody	Inte utan min dotter
Norman Mailer	Hårda killar dansar inte
Bodil Malmsten	Ett bloss för Bodil Malmsten Dikter 1977—1987
Rollo May	Kärlek och vilja
Beryl Markham	Västerut i natten
Ed Mc Bain	Jack och bönstjälken
Ed McBain	Snövit och rosenröd
Ed McBain	Askungen
Ed McBain	Mästerkatten i stövlar
Kay McGrath	Waro — I jordens morgon/ Gråt mitt land
Raymond A. Moody	Ljuset ur tunneln
Linda Perigo Moore	Träna din intelligens
Toni Morrison	Älskade
Jan Mårtenson	Mord i Venedig
Christopher Nolan	Under klockans öga
Jan Olof Olsson	Någonstans i Sverige
Kicki Olsson	En bra man är inte svår att hitta
Ulf Palmenfelt	Osedliga historier
Alexandra Penney	Sex för erfarna
Jayne Anne Phillips	Ytterfil

BÖCKER TILL LÅGPRIS I MÅNPOCKET

Susan Elizabeth Phillips	GlitterBaby. Flynns dotter
Marge Piercy	Den långa natten
Nicholas Pileggi	Falskspel
Agneta Pleijel	Vindspejare
Yann Queffélec	Barnet på vinden
Carl Fredrik Reuterswärd	Titta, jag är osynlig!
Jehan Sadat	Kvinna i Egypten
Carl Sagan	Kontakt
James Salter	En lek och ett tidsfördriv
Maria Scherer	Capriole
Roland Schütt	Kådisbellan
Tom Sharpe	Wilt
Sidney Sheldon	Våldets ansikte
William L. Shirer	Det Tredje rikets uppgång och fall. Första delen
William L. Shirer	Det Tredje rikets uppgång och fall. Andra delen
William L. Shirer	Det Tredje rikets uppgång och fall. Tredje delen
William L. Shirer	Det Tredje rikets uppgång och fall. Fjärde delen
Georges Simenon	Maigret och den dödsdömde
Elizabeth Smart	Vid Grand Central Station där satt jag och grät
Steve Sohmer	Favoriten
Stone/Bachner	Tala, kvinna!
Whitley Strieber	Närkontakt
Margareta Strömstedt	Julstädningen och döden
Olov Svedelid	Vapenhandlarna
Olov Svedelid	Svarta banken/Skål för döden
Judith Thurman	Karen Blixen. Ett diktarliv
Märta Tikkanen	Rödluvan
Stieg Trenter	Som man ropar
Stieg Trenter	Sturemordet
Stieg Trenter	Narr på nocken
Stieg Trenter	Aldrig näcken

BÖCKER TILL LÅGPRIS I MÅNPOCKET